우리 소설
알짜읽기

스스로 생각하고 표현하는 독서의 길잡이

우리 소설 알짜 읽기

2014년 7월 15일 초판 발행

엮은이 현상길 ◎ **펴낸이** 안대현 ◎ **펴낸곳** 풀잎 ◎ **등록** 제2-4858호

주소 서울시 중구 필동로8길 61-16 ◎ **전화** 02_2274_5445/6 ◎ **팩스** 02_2268_3773

디자인 디자인스튜디오 203 대전

※ 잘못된 책은 바꾸어 드립니다

ISBN 979-11-85186-08-5 (부가기호 : 44810)

ISBN 979-11-85186-06-1 44810 (세트)

이 도서의 국립중앙도서관 출판예정도서목록(CIP)은 서지정보유통지원시스템 홈페이지(http://seoji.nl.go.kr)와
국가자료공동목록시스템(http://www.nl.go.kr/kolisnet)에서 이용하실 수 있습니다. (CIP제어번호 : CIP2014019833)

우리 소설 알짜읽기

중학생용 2

현상길 엮음

이 책의 좋은 점과 활용법

이 책의 좋은 점

- 국어교과서에 실린 우리 소설 중 청소년의 성장에 도움을 줄 수 있는 알짜 작품들을 가려 뽑아 실었습니다.
- 국어교과서에 수록된 유명 작가들의 교과서 밖 명작들을 엄선하여 심화 읽기를 돕도록 하였습니다.
- '준비 → 집중 → 읽기 → 마인드맵 → 정리 → 문제풀기 → 감상쓰기'의 단계를 통해 스스로 독서하는 능력을 키울 수 있게 하였습니다.
- 작가 이해와 작품 읽기에 도움이 되도록 '작가 프로필'을 실었습니다.
- 1권은 조금 짧고 쉬운 작품, 2권은 중간단계의 작품, 3권은 비교적 길고 내용의 깊이가 있는 작품들로 구성되어 **수준별 읽기**에 좋습니다.

이 책의 읽기 단계 활용법

- **작가 프로필** : 작품을 읽기 전에 작가가 어떤 분인지 알아봅니다.
- **준비(읽기 전에 알아두자)** : 작품의 개요에 대하여 읽기 전에 알아둠으로써 내용 이해에 도움을 받을 수 있습니다.
- **집중(이것만은 꼭 생각하며 읽자)** : 이 부분을 잘 기억하고 있으면 끝까지 초점이 흐트러지지 않고 읽을 수 있습니다.
- **본문 읽기** : 처음부터 끝까지 한 번에 집중하여 읽는 것이 좋습니다. 모르는 어휘는 각주를 참고하거나 사전을 찾아봅니다.

- **마인드맵 그리기 :** 작품을 읽은 후, 글의 요소들(인물, 사건, 배경 등)을 마인드 맵으로 그리면서 내용을 돌이켜 봅니다. 다음 예시를 참고하여 자신만의 개성 있는 마인드맵을 그려 보세요.

- **줄거리·주제·핵심 정리 :** 줄거리와 주제는 혼자 작성한 후에 책의 것과 비교해 보고, 핵심 내용은 잘 이해해서 기억해 둡니다.
- **문제 풀기 :** 스스로 답을 찾고 모범답과 비교해 봅니다. 서술형 답은 반드시 주어와 서술어가 있는 문장으로 써 보세요.
- **감상 쓰기 :** 작품을 읽은 후 인물에게 하고 싶은 말, 작가에게 보내는 편지, 또는 알게 된 점이나 느낀 점 등을 자유롭게 써 봅니다. 인상 깊은 장면을 컷이나 만화로 그려도 좋습니다.

  학창시절에 매일 독서하는 습관을 기르는 것은 매우 중요한 일입니다. 독서 습관이 형성되면 여러분은 평생 책과 함께 행복한 삶을 누리게 될 것입니다. 이 책이 여러분 스스로 독서하는 습관을 형성해 나가는 데 도움이 되기를 바랍니다.

2014년 7월
현 상 길

차례 Contents

우리 소설 알짜 읽기 제2권

차례 Contents

13

모범 경작생
(模範耕作生)

 박영준 (朴榮濬, 1911~1976)

박영준 朴榮濬

1911~1976

일제 강점기 시대부터 근대화 시기까지 활동한 소설가, 교육자. 민족 수난기 우리 농민들의 삶을 인도주의 정신으로 작품화하였으며, 해방 이후에는 현대 물질문명 속 도시 소시민의 삶과 절망 극복의 과정 등을 비판적 시각으로 작품화함.

연보

- 1911년 3월 2일 평안남도 강서군 함종면에서 독립운동가인 박석훈 목사의 차남으로 출생
- 1934년 연희전문학교 문과 졸업
- 1934년 『조선일보』 신춘문예에 단편소설 「모범경작생」, 『신동아』에 콩트 「새우젓」이 동시에 당선
- 1935년 '독서회사건'으로 5개월간 구류, 이듬해 석방
- 1938년 만주 길림성 반석현으로 이주, 교편생활
- 1948년 경향신문사 근무, 1951년 육군본부정훈감실 근무
- 1954년 단편집 『그늘진 꽃밭』으로 제1회 아세아자유문학상 수상
- 1959년 이후 한양대학교, 연세대학교 등에서 교수로 재직
- 1965년 제14회 예술원상 및 1967년 서울시문화상 수상
- 1976년 사망

❶ 박영준은 해방 전까지 주로 농촌의 가난을 소재로 하는 농촌소설을 많이 썼는데, 목사이며 독립운동가인 부친의 영향을 받아 일제 치하에서 고통받는 우리 농민들에 대한 사랑과 인도주의 정신을 바탕으로 절망을 이기는 고양된 정신세계를 작품으로 형상화하였다.

❷ 박영준은 해방 이후 도시 소시민의 생활을 중심으로 인간의 고독과 윤리 문제를 추구하였는데, 고독한 존재인 인간이 절망을 극복하고 차원 높은 정신의 세계로 나아가려는 삶의 의지를 표현하였으며, 한편으로는 물질과 쾌락을 추구함으로써 윤리의식마저 잃어버린 현대인의 타락을 폭로하는 작품들을 발표하였다.

아버지의 꿈(1936)	목화씨 뿌릴 때(1936)
청춘병실(1955)	태풍지대(1956)
방관자(1960)	고호(1964)
체취(1968)	추정((68)

준비

"읽기 전에 알아두자."

「모범 경작생」은 1934년 『조선일보』 신춘문예에 당선된 단편소설로서 일제 강점기 시대 농민들의 생활상이 매우 사실적으로 묘사되어 있습니다. '길서'라는 부정적 인물을 통하여 일제의 농촌진흥정책의 허구성을 비판하고, 우리 농민들의 가난이 게으름이나 무지 때문이 아님을 보여주고 있지요. 농민들이 처한 비참한 상황, 가난의 고통 등을 생생하게 묘사한 점, 비인간적인 수탈을 계속하는 일제 식민지 정책의 기만성을 폭로하고 농민들의 분노를 형상화했다는 점에서 높이 평가되고 있는 소설입니다.

집중

"이것만은 꼭 생각하며 읽자."

이 작품은 주인공의 배신행위와 식민지 조국의 현실을 외면하고 자신의 이익만을 추구하는 한 청년의 이중적 인간성을 드러내고 있습니다. 면장, 면서기 등도 모두 침략자 일제의 하수인들로서 총독부의 지시에 따라 마을 사람들을 수탈하는 일에 협력하는 부정적 인물들이지요. 식민지 치하 조국의 현실을 알아보고, 참된 민족의식은 무엇인지 깊이 생각하면서 읽어 보세요.

모범 경작생(模範耕作生)

-
-
-

"얘— 나 한마디 하마."

"얘— 얘, 기억(基億)이보고 한마디 하래라. 아까부터 하겠다구 그러던데……."

"기억이 성내겠다. 자아, 한마디 해 보게."

한참 소리를 하는데 이런 말이 나와 일하던 손들이 쥐었던 벼 포기를 놓았고, 모든 눈이 기억의 얼굴로 모이었다. 목청이 남보다 곱지 못하다고 해서 한 차례도 소리를 시키지 않은 것이 화가 났던지 기억이는 권하는 기회를 놓치지 않고, 있는 목소리를 다 빼어 소리를 꺼냈다.

온갖 물은 흘러 나려두
오장 썩은 물 솟아만 오른다.

같은 논에서 일하던 사람들은 기억의 미나리곡[1]에 합세하여 다시 노래를 주고받고 하였다.

1_**미나리곡** : 농부들이 즐겨 부르는 노동요의 하나

깔기죽 깔기죽 깔보디 말구

속을 두르러 말해 주렴.

소리를 하면 흥겨워져서 모르는 사이에 일이 빨리 되어감에 일터에서는

웃는 소리가 아니면 노래가 그치지 않는다.

모시나 전대에 베 전대에

전에나 전대루 놀아나 보자.

성두(成斗)의 논에서 일하던 사람들은 누구 하나 빼놓은 사람 없이 단

한 번씩이라도 목청을 뽑고 소리를 불렀다. 물소리를 출렁출렁 내며 한 움큼씩

쥐인 볏모[2]를 몇 뿌리씩 떼어 꽂는 그들은 서로 뒤떨어지지 않으려고 입으로

소리를 하면서도 손을 재빠르게 놀리었다.

그러나 열네 살밖에 안 되는 성두의 동생은 떨어지는 솜씨에 소리를

한마디 하고 나면 가뜩이나 한 발씩 뒤떨어졌다.

"얘—, 너는 소린 그만두고 모나 잘 꽂아라. 잘못하면 너 때문에 일을 못

맞출라."

성두가 그의 동생 몫을 꽂아 주며 하는 말이다.

"얘들아, 이번에는 수심가[3]나 한마디 하자꾸나. 아마 수심가는 성두가

가장 나을걸."

2_ **볏모** : 옮겨심기 위하여 기른 벼의 싹

3_ **수심가** : 구슬픈 가락의 서도 민요의 하나. 인생의 허무함을 한탄하는 사설로, 평양의 것이 가장 유명함.

다 같이 젊은 사람들만이 모이어 일하는 곳이라 그런지 어떤 이가 이렇게 따라 말했다.

"암, 수심가야 성두지."

"나야 받기나 하지······. 누가 먼저 꺼내 봐."

"공연히 그러지 말고 빨리 해."

성두는 처음엔 사양하려 했으나 두 번 권하는 데는 댓 자 소리를 꺼냈다. 그럴 때 마침 옆의 논에서 자동차 온다는 고함 소리가 들려왔다. 그 논에서 일하던 이들이 휘었던 허리를 펴고 달려오는 자동차를 보고 있었다.

"저 차에 길서(吉徐)가 온대지."

"그러더군."

이런 말이 나자, 성두 동생은 논에서 밭을 건너 신작로로 뛰어갔다. 옆의 논에서도 몇 사람이 자동차가 머무르는 큰 돌이 놓여 있는 길가에 모여 서서 수군거리었다.

"팔자 좋다. 어떤 놈은 땀을 흘리며 종일 일만 하는데 어떤 놈은 자동차만 슬슬 굴리누나."

기억이가 자동차 온다는 말에 길서를 생각하며 이렇게 말했다. 그러면서도 길서가 부러운 듯 자동차에서 눈을 떼지 않았다.

자동차는 여름 먼지를 뽀얗게 휘날리면서 동네 앞까지 왔으나 기다리던 사람들 앞에서 머물지를 않고 그냥 달아나 버렸다. 동네 서쪽 조그만 산을 돌아 가물가물 사라질 때까지 모여 섰던 사람들은 다시 수군거리며 제각기 일터로 돌아갔다. 성두 동생이 돌아왔을 때 일꾼들은 남의 일이 아니면 자기들도 신작로까지 나가 보고야 말았으리라고 수군거리며 다시 모를 꽂기 시작했다.

"오늘 온댔으니 꼭 올 텐데……."

성두가 못단[4]을 왼손에 쥐며 말했다.

"글쎄, 꼭 올 텐데……. 요새 모를 못 내면 금년에는 상을 못 탈 거 아냐."

기울어지는 햇살을 쳐다보며 진도 아비가 말했다.

"너 원통할 게 무에 있니? 길서가 상을 탄대두 너는 마꼬[5] 한 개 못 얻어 먹어, 이 자식아.."

기억이가 톡 쏘았다.

"그래도 올랴고 한 날에는 올 텐데……."

은근히 기다리던 성두가 다시 말했다.

길서는 그 마을에서 가장 칭찬을 받는 사람이다. 물론 사촌형뻘이 되면서도, 기억이 같은 몇 사람은 길서를 시기하고 속으로는 미워까지 했으나, 동네 전체로 보아 소학교 졸업을 혼자 했고, 군청과 면사무소에 혼자서 출입하고, 공부를 많이 한 사람에게도 지지 않으리만큼 동네 사람들을 가르치며 지도 했다. 나이 젊은 사람으로 일을 부지런히 해서 돈도 해마다 벌며, 저축을 하여 마을의 진흥회니, 조기회니, 회마다 회장을 도맡고 있는 관계로 무식하고 착한 농부들은 길서를 잘난 위인이라고 생각하지 않을 수 없었다.

더욱이 서울서 모이는 농사 강습회[6]에 군에서 보내는 세 사람 중의 한 사람으로, 한 주일 전에 그리고 떠난 뒤로 길서를 칭찬하는 소리는 더 커졌다. 평양 구경도 못한 마을 사람들이 서울까지 가사 별한 구경을 다 하고 돌아올 그에게서 서울 이야기를 들을 생각을 하니 그의 돌아옴이 기다려지는 것도

4_ **못단**: 모를 묶은 것
5_ **마꼬**: 일제 강점기 시대의 담배 이름
6_ **강습회**: 학문이나 실무를 배우기 위한 모임

할 수 없는 일이었다.

점심을 먹은 뒤, 한 번도 쉬지 못한 성두의 논에서 일하던 사람들은 논
두렁으로 올라가 담배를 피우기로 했다. 다른 동네에서는 점심 뒤 한 번 쉬
는 참에는 새참[7]을 먹는 것이었으나 이들은 몇 해 전부터 그런 것을 잊어버
렸다. 그래서 밥은 못 먹어도 그저 몸이나 쉬는 것이었다. 길서네만 내놓고는
전부가 소작으로 사는 그들이 여름철에는 보리밥도 마음대로 먹을 수가 없는
터에 사이쯤은 물론 생각도 못했다.

"나두 돈이 있으면 죽기 전에 서울 구경이나 한 번 해 봤으면 좋겠다."

진도 아비가 드러누워 풍뎅이[8]로 얼굴을 가리며 말했다.

"나는 평양이라두 구경해 보구 죽었으문 좋갔다."

신문지 조각으로 희연[9]을 말아 침으로 붙이던 성두가 웃었다.

"하늘에서 돈이나 좀 떨어지지 않나."

풀 위에 엎드려 풀을 손으로 뜯던 기억의 말이다.

여름 하늘은 구름 한 점 없이 말갛고, 곡식의 싹이 돋은 들판은 물들인
것같이 파랗다.

"그런데 금년엔 나두 길서네처럼 금비[10]를 사다가 한번 논에 뿌려 보았으
면……. 길서는 밭에다 조합 비료래나, 암모니아를 친대. 그것을 한번 해
보았으문 좋겠는데……."

7_ **새참** : 일을 하다가 잠깐 쉬면서 먹는 음식
8_ **풍뎅이** : 머리에 쓰는, 추위를 막는 모자의 하나
9_ **희연** : 일제 강점기 사대의 싸구려 담배
10_ **금비** : 돈을 주고 사서 쓰는 거름(화학비료)

하고 성두가 말할 때, 진도 아비는 벌떡 일어나 앉았다.

"말 말게, 골메서는 누가 돈을 빚내다가 그것을 했다는데 본전두 못 빼구 빚만 남었다네."

"그럼! 웃동네 니륵이네두 녹았대더라. 설사 잘 된다 한들 우리가 많이 먹을 듯하나? 소작료가 올라가면 그뿐이야……."

기억이가 성난 것처럼 말했다.

"얼마 전에 지주한테 가니까 니특이 칭찬을 하며 우리가 금비 안 쓴다는 말을 하던대……."

"글쎄 말이야. 금비라는 게 또 못살게 하는 거거든. 그것은 어떤 놈이 만들었는지 모르지만 아마 돈 있는 놈들이 만들었을 게야. 빚 안 내고 농사를 지어도 굶을 지경인데 빚까지 내래니 살 수 있나?"

기억이가 큰 소리를 할 때, 진도 아비는 무엇을 생각하고 있다가 말을 꺼내었다.

"길서야 돈 있고 제 땅이 있으니 무슨 짓인들 못하리. 또 변리[利子]¹¹ 없이 얼마든지 보통학교에서 돈을 갖다 쓸 수도 있으니까."

"나두 보통학교나 다녔으면 모범 경작생¹²이나 되어 돈을 가져다 그런 것을 한번 해 보았으문 좋을텐데, 보통학교란 물도 못 먹었으니."

성두가 절반이나 거의 꽂힌 모를 둘러보며 말했다. 그들은 이런 의미에서 도 길서를 부러워했다. 물론 제 땅이 얼마만큼은 있어야 모범생이라도 될 것 이나, 보통학교도 다니지 못한 형편에 그런 꿈은 꿀 수도 없고 따라서 길서

11_ **변리[利子]** : 이자. 남에게 돈을 빌려 쓴 대가로 치르는 일정한 비율의 돈
12_ **모범 경작생** : 일제 침략자들이 자신들의 정책에 협조하는 길서에게 붙인 호칭

처럼 서울 구경을 공짜로 할 생각을 못해 보는 것이 억울했다.

"내일은 우리 조밭 세 벌 김매러들 오게."

기억이가 일어서서 기지개를 켜며 말했다.

"나는 내일 장에 가서 돼지 금새[13]를 보구 와야갔네. 그것을 팔아다 지세도 바치고 오월 단오에 의숙이 댕기도 한 감 끊어다 줘야지."

성두가 이 말을 하고 일어날 때는 앉았던 사람들도 논으로 다시 내려갔다. 성두는 말없이 모를 꽂고 있었으나 모 이파리에서 곧 벼알이 열리어 익어 주었으면 하고 생각해 보았다. 일 년에 벼를 두 번만이라도 거둘 수 있다면 돼지는 안 팔아도 좋을 것이라 생각했던 까닭이다.

기나긴 해도 기울어지기 시작하자 어느새 쑥 내려갔다. 서산에 넘어가려는 붉은 해를 돌아보고 기억이가 타령조로 소리를 높이었다.

"어서 꽂구 저녁 먹자."

다른 사람들도 이 소리를 따라 마지막 춤을 추는 무당처럼 소리를 치며 모를 꽂았다.

어둠이 들을 휩싸고 돌 때 물오리들이 소리치며 떼를 지어 날아갔다. 성두의 논에서 큰 개뚝을 넘어 김매러 갔던 그의 손아래 누이 의숙이는 국숫집 딸 얌전이와 같이 모 꽂는 논두렁을 지나갔다.

"의숙아! 빨리 가서 저녁 지어라. 원, 이제야 가니?"

성두의 남동생이 의숙이를 보며 말했다.

"응……."

하며, 의숙이가 고개를 돌리었을 때 기억이가 말을 붙이었다.

13_ **금새** : 물건의 시세나 값

"길서가 안 와서 맥이 풀리겠구나."

하며, 다시 얌전이에게 말을 했다.

"오늘 저녁 너의 집에 갈까?"

의숙이와 얌전이는 꼭 같이 눈을 떨구고 길을 걸었으나 의숙이만은 얼굴을 붉히었다. 갯둑에 가리어 자동차를 못 보았으나 그래도 동네에 들어가면 길에서라도 길서가 자기를 불러줄 것을 은근히 생각하던 의숙이었다. 먼지 묻은 적삼이 등골에 흐른 땀에 뻘개졌고, 장흙¹⁴을 뭉갠 듯한 치마가 걸을 때마다 너풀거리었다.

"얘, 길서가 안 왔대지?"

얌전이가 말을 꺼냈다.

"글쎄 누가 아니……."

"공연히 그러지 말아. 눈물 나오면 울어라. 그런 때 울지 않구 언제 울겠니? 나 같으면 그까짓 거 막 울겠다."

이름만이 얌전이며, 사실은 동네에서 제일가는 말괄량이로, 아직 시집도 가기 전에 서방질까지 했다고 하지만 의숙이는 그의 말이 그다지 믿기지 않았다.

하루라도 보지 못하면 가슴이 답답한 듯하여 안타까워하던 길서를 한 주일이나 두고 보지를 못하다가 오늘에야 만나려니 했던 마음을 얌전이만이 알아주는 듯하기도 했다.

"얘, 사랑이라는 게 무어니? 함께 살지두 않으면서 사랑을 할 수 있니? 나는 그래두 기억이를……."

---

14 **장흙**: 우리나라 일대에서 주로 볼 수 있는 붉은색 흙

무슨 소리나 가릴 줄 모르는 얌전이는 하지 않아도 좋을 말을 하면서도 전에 없던 진정을 보였다.

"누군 사랑이 뭔지 아니?"

"그래두 너는 길서 오래비하구 사랑한대더구나……."

"몰라, 얘……."

마을은 조용했다.

어슬어슬해가는 들에서는 낮에 먹은 더위를 식히고 마시었던 먼지를 토하는 듯, 벌레들이 목청을 가다듬어 울고 있었다.

의숙이와 얌전이는 집에다가 호미를 두고는 꼭 같이 우물로 나왔다. 의숙이는 바가지에 물을 떠서 한 손으로 물을 쏟아 얼굴을 씻고, 머리털에 묻은 물방울을 손으로 튀긴 뒤에 흙에 빨개진 고무신과 발을 씻고 있었다. 마침 그때 동이를 옆에 끼고 오던 마을 여편네가 길서가 이제야 온다는 것을 알려 주었다.

"얘, 길서 오래비가 온대! 개들이 짖는 데쯤 온 게다."

하며, 얌전이가 만나 보기나 한 것처럼 말했다.

개소리가 커지며 또 가까워질수록 의숙의 마음은 들먹거리었다. 고무신도 마저 씻지 못하고 물동이를 이고 집으로 돌아갈 때 그는 혹시 길에서나 만나지 않을까 하여 가슴을 더 졸이었다. 집에 가서 아무 정신없이 돼지죽을 바가지에 담아 가지고 돼지우리로 나갈 때는 설마 길서가 자기 옆에 와 있으려니 했으나, 울걱거리는 돼지에게 죽을 쏟아주고 섭섭히 돌아설 때까지 길서가 자기를 만나러 오지 않음이 원망스러웠다.

그러나 대문으로 돌아 들어가려 할 때, 귀에 익은 기침 소리가 의숙의 발을 멈추게 했다. 역시 길서의 소리가 틀림없었다.

의숙이는 작년 여름, 설레는 가슴으로 길서를 대하게 된 뒤부터 동네에서도 거의 알게끔 사이가 친했건만 아직까지 어른들에게는 눈을 숨기고 있는 사이라 마당 옆 낟가리 밑에 숨어 길서를 만났다.

"잘 있었니?"

"네……."

"자동차를 타구 올래다가 몇 시간 걸으면 칠십오 전이나 굳는 걸 공연히 타구 오겠든……. 빨리 너를 만나구 싶기는 했지만……."

의숙이는 아무 대답도 못했다. 울렁거리는 가슴은 그저 널뛰듯 뛰었고, 고개는 들고 있을 수 없게 늘어지기만 했다. 매일같이 만날 때는 어느 틈에라도 웃어 보이었고, 말을 한마디만 해도 기쁜 생각이 드솟았건만, 며칠 떠났다가 만났음인지 공연히 가슴만 떨리었다.

그날 밤, 동네 사람들은 서울 이야기를 들으려고 길서네 마당으로 몰려들었다. 소 먹이러 갔던 어린애들은 밥술을 놓기 전에 뛰어 와서 멍석을 차지하고 앉았다. 마당에는 빨랫줄에 남포등[15]이 걸리어 금세 꺼질 것처럼 바람에 홀딱홀딱 했다. 웃꾼에게 남포등을 내다 건 것이 길서네로서도 처음인 만큼 마을 사람들도 보통 때의 웃과는 달리 말들을 적게 했다.

불빛이 희미하게 비치는 한편 옆에 앉은 부인네들도 각기 길서에게 잘 다녀왔느냐는 인사를 했다.

"오래비, 잘 다녀왔소?"

특별히 크게 하는 얌전이의 인사는 웅크리고 앉았던 의숙의 고개를

15_ **남포등** : 석유를 원료로 하는 서양식 등

더 숙이게 했다.

"그래 서울 동네가 얼마나 크던가?"

길서 앞에 앉았던 수염 기른 늙은이가 웃으며 물었다.

"서울에는 우리 동네 터보다 더 넓은 자리를 잡고 있는 집이 수없습니다. 총독부[16] 같은 집에는 수만 명이 살겠던데요."

길서는 서울서 구경한 놀랄 만한 일을 하나도 빼지 않고 이야기했다. 전차는 수백 대나 되며, 자동차가 수천 대나 있어 귀가 아파 다닐 수 없었다는 말까지 했다. 혀를 빼고 멍하니 듣던 사람들이 숨을 몰아쉬려 할 때, 그는 자리에서 일어서며 강연조로 말을 꺼냈다.

"이제는 강습회에서 배운 것을 조금 말하겠습니다. 농사짓는 법이란 제가 보통학교 다니면서 배운 것이며, 지금 내가 채소밭 하는 것과 꼭 같은 것이었으니까 말할 것이 없지요. 하나 새로 배운 것이 있다면, 닭을 칠 때 서울서 레그혼이라는 흰 닭을 사다 기르면 그놈이 알을 굉장히 낳는다는 것입니다. 그 밖에는 배운 것이라고 별로 없습니다."

이 말을 끝맺고 다시 말을 이을 때는 기침을 한 번 하고 목청을 올리었다.

"제가 강습회에서도 가장 많이 물은 일입니다마는, 우리가 제일 깨달아야 할 것이 하나 있습니다. 그것은 다름 아니라 가장 어렵고 무서운 시국이라는 것입니다. 까딱 잘못하다가는 죽을죄를 짓기 쉽고, 일을 아니하고 놀려고만 생각하면 농사도 못 짓게 됩니다. 불경기(不景氣), 불경기 하지만 이것이 얼마 오래갈 것이 아니며 한 고비만 넘기면 호경기(好景氣)가 온다는 것입니다. 들으니까 요사이에 감옥에 가장 많이 갇힌 죄수들은 일하기가 싫어

16_**총독부**: 침략자들이 식민지를 강압으로 다스리기 위하여 설치한 최고 행정기관

서 남들까지 일을 못하게 한 놈들이래요. 말하자면 공산주의자라나요. 공연히 알지도 못하고 그런 놈들의 말을 들었다가는 부치던 땅까지 못 부치게 될 것이니 결국은 농군들에 손해가 아니겠소……."

들고 있던 사람들은 길서의 얼굴만 쳐다보며 멍하니 앉아 있었다.

"또 무슨 전쟁이 일어날 것도 같습니다. 하라는 일을 아니하면 우리가 어떻게 될는지도 모르지요. 그러나 같은 값이면 마음 놓고 하라는 일을 잘하며 살아야 하겠어요. 에―, 우리는 일을 부지런히 합시다. 그러면 굶어 죽는 법이 없으니깐요. 유명하게 된 사람들은 전부 부지런했던 덕택이었다는 것을 우리는 잘 알지 않습니까!"

이 말을 끝맺고 한참이나 섰다가 앉을 때, 옆에 앉았던 늙은이가 이마를 긁으며 물었다.

"너 서울 가서 그런 말도 배웠니?"

길서는 그저 웃었다. 의숙이도 재미있게들 듣는 동네 사람들을 볼 때 길서가 더 훌륭한 것같이 생각했다.

"그런데 호경긴가 그것은 언제 온대든?"

아닌 밤중에 홍두깨 내밀 듯 기억이가 한참동안 잔잔하던 공기를 깨뜨리고 말했다. 대답에 궁했던 길서는 한참이나 생각하다가,

"얼마 안 있으면 온대드라……."

라고 대답했으나 어째서 불경기니 호경기니 하는 것이 생기느냐고 캐어물을 때에는 모르겠다는 솔직한 대답밖에 더 할 수가 없었다. 농민들이 나날이 못 살게 되어 가는 것이 불경기 때문만이냐고 묻는다면 자신 있는 말로 그렇다고 대답했을는지 모른다.

"암만 호경기가 온다 해두 팔아먹을 것이 있어야 호경기지, 팔 거 없는 놈

이 호경기는 무슨 소용이냐, 호경기가 되면 쌀이 많이 생기기나 하나……."

이러한 기억의 말은 아무런 생각도 없이 나온 듯했으나 호경기가 쌀을 많이 가져다주는 것이 아니라는 것을 아는 그들은 길서의 말보다도 더 그럴 듯이 생각했다.

아무리 불경기라 해도 십 리 밖 읍내에 있는 지주(地主) 서(徐)재당은 금년에도 맏아들을 분가시키고 고래 같은 기와집을 지어 주었다.

쌀값이 조금 오르면 고무신 값이 오르고, 쌀값이 떨어지면 물건 값도 떨어지는 것을 잘 아는 그들은 불경기니 호경기니 해도 그것이 그들에게는 아무 관계가 없는 것같이 생각되었으며, 돈 있는 사람들도 불경기에 땅 팔았다는 말을 못 들었으므로 경기라는 것이 무엇인지 참으로 알 수 없었다. 그러나 그러면서도 길서가 힘든 말을 자기들보다 많이 아는 사람같이 생각하며 집으로 돌아갔다.

다음날, 서울 갈 때 입었던 누런 양복을 벗고 무명 잠방 적삼[17]을 갈아입은 뒤, 논에 나가 모를 꽂고 들어온 길서는 컴컴한 저녁때쯤 해서 의숙의 집 뒤 모퉁이로 의숙이를 찾아갔다.

기쁨을 기쁘다고 말하지 못하던 의숙이도 이날만은 자기도 모르게 웃음이 솟아오르며 무슨 말이든 가슴이 시원하게 털어놓고 싶었다. 길서가 서울서 사왔다고 파란 비누를 손에 쥐어 줄 때 의숙은 진정이 서린 눈초리로 길서의 손을 듬뿍 잡았다.

---

17 **잠방 적삼** : 잠방이는 가랑이가 무릎까지 내려오도록 짧게 만든 홑바지이고, 적삼은 윗도리에 입는 홑옷으로 모양은 저고리와 같음.

비누 세수라고 평생 못해 본 의숙이가 비누 세수를 하면 금시 자기의 탄 얼굴이 희어지며 예뻐질 것 같아 춤을 추고 싶게 기뻤다.

"내 다음 일본 가게 되면 더 좋은 거 사다 주께."

"언제 또 가세요?"

"가을에는 도에서 세 사람을 뽑아 일본 시찰을 보낸다는데 뽑히거나 할는지 모르지만."

"뽑히겠지요 뭐……."

자신 있는 듯의 의숙이가 말할 때 껌껌한 데서 사람 소리를 들은 강아지가 깡깡 짖으며 뛰어 나왔다. 무서운 호랑이나 본 것처럼 그들은 뒤돌아 볼 새도 없이 굴뚝 뒤로 몸을 움츠리었다. 가슴속에서 뛰는 심장의 고동을 제각기 남의 가슴속에서 들었다.

"그놈의 개새끼가 사람을 놀라게 하는……."

하며, 숨을 내쉬고 일어설 때 그들의 손은 꼭 잡히어 있었다.

의숙이는 길서를 떠나서 몰래 집안으로 들어가서 비누를 궤 속 깊이 넣었다가 한 번 다시 꺼내 보고는 마당으로 나와 어머니와 오빠와 동생이 앉아 있는 명석으로 갔다. 그러나 길서의 품에 안기었던 생각만이 가슴에서 떠나질 않았다.

"그래 사 원 팔십 전을 받고 팔았단 말인가?"

그의 어머니가 성두에게 하는 말이었다.

"그럼 어떡합니까? 그거라두 팔아서 용돈을 써야지요. 우선 지세두 밀리구 아직 보리 필 때까지 먹을 보리두 사야 하지 않어요. 또 단오 명절두 가까워 오는데 돈 쓸 데가 없어서 그러십니까?"

"아아니, 그런 줄은 알지만 큰돈을 만들려구 했던 도야지를 너무 일찍

팔았단 말이다."

"누구는 모르나요. 여름에는 풀을 깎아다 주기만 하면 거름을 잘 만들고, 먹일 것도 겨울보다 흔해서 기르기도 쉽구, 그러다가 가을철에 들어 팔면 큰돈 될 것두 알기는 하지만 어떻게 합니까?"

성두의 얼굴은 푸르럭푸르럭 했다.

"오빠, 오빠의 잔치는 어떻게 합니까? 돼지를 팔구……."

의숙이가 옆에 앉았다가 눈을 흘기는 것 같으면서도 웃는 얼굴로 말을 했다.

"글쎄 말이다. 내 말이 그 말이 아닌가?"

어머니는 차마 꺼내지 못했던 말이 나와서 시원한 듯했다.

길서는 새벽에 일어나 감자밭에 나가 벌레를 잡고 뽕나무 묘목(苗木)밭을 한 번 돌아보고는 서울 갈 때 입었던 누런 양복을 입고 읍내로 들어갔다.

먼저 보통학교 교장에게로 가서 제 손으로 만든 빗자루 다섯 개를 쓰라고 주고, 모를 다 냈으니 비료를 사야겠다고 이십오 원을 취해 가지고는 뽕나무 묘목에 대한 이야기를 하려고 면사무소로 들어갔다.

"리상, 잘 왔소. 한턱내야지. 오늘은 리상의 점심을 얻어먹어야겠군."

세금 못 낸 사람을 잘 치기로 유명한 뚱뚱한 서기가 길서가 들어서자마자 말을 했다.

"한턱은 점심 때 내기루 하구, 묘목은 언제 가져갑니까? 퍽 자랐는데, 이번에는 돈을 좀 실하게 받아야겠는데요."

"한턱만 내면야 잘 팔아 주지. 내게만 곱게 보이란 말이야. 값을 정해서 갖다 맡기면 그만이니까 누가 무슨 소리를 감히 해 내나……."

면서기는 농담 비슷하게 웃었으나 허리를 구부리고 복종하는 농부들은 절대로 마음대로 할 자신이 있다는 듯한 호걸웃음을 웃었다.

"일본으로 보내는 사람을 뽑는 때두 면장을 시켜서 잘 말하도록 할 테니 그저 한턱만 내요."

"그것은 염려 마십시오. 술 한 병이면 녹초가 될 걸. 그러면서도 얼마나 먹는 듯이……하하하……."

길서는 진정으로 한턱내고 싶기도 했다. 묘목만 잘 팔아 주면 예산 이외의 돈이 수십 원 들어온다는 것을 모를 리 없었다. 그때 뚱뚱한 몸에 맵시 없는 의복을 입은 면장이 들어와서 길서 앞에 섰다. 길서는 인사를 하고 서울 갔던 이야기를 보고했다.

보고를 듣고 수고했다는 말을 한 뒤는 곧장,

"그런데 이번 호세[18]는 자네 동네에서도 조금 많이 부담해야겠네. 보통 학교를 육 학급으로 증축해야겠으니까."

하고 길지도 않은 수염을 쓸며 호세 이야기를 했다.

"거야 제가 압니까?"

"아니야, 자네 동네서야 자네만 승낙하면 되는 게니까. 그렇다구 자네에게 해로운 것은 없을 게고."

"글쎄요."

길서는 면장의 말에 무엇이라고 대답할 수가 없었다. 만약 그에게 조금이라도 재미없는 말을 해서 비위에 거슬리게 하면 자기도 끼니때를 굶고 지나는 동네 소작인들이나 다름이 없는 생활을 해야 할 것을 잘 알고 있다. 일본은

18_ **호세** : 집집마다 매기는 세금

둘째로 하고라도 묘목도 못 팔아먹을 것이며 그런 말이 보통학교 교장 귀에 들어가면 돈도 빌어다 쓸 수가 없게 된다. 그러면 묘목 심었던 밭에 조를 심게 되고, 면사무소 사무원과 학교 선생들에게 팔던 감자와 파도 썩어버리게 된다.

삼백 평밖에 안 되는 논에 비료를 많이 내지 않으면 미곡 품평회(米穀品評會)[19]에 출품도 못해 볼 것이며, 그러면 상금을 못 탈 뿐 아니라 벼가 겨우 넉 섬밖에 소출 못 날 것이다. 그러면 동네 사람들과 꼭 같이 일 년 양식도 부족할 것이 아닌가.

"자네 동네 사람들은 얌전하게 근심 없이 사는 모양이던데······."

면장이 다시 말을 꺼낼 때 길서는 곧 대답했다.

"그러문요. 근심이 조금도 없다고야 할 수 없지마는 무던한 편은 됩니다."

벼는 누릇누릇해서 이삭들이 뭉친 것이 황금덩이 같았다. 그러나 얼굴의 주름살을 편 사람이라고는 하나도 없었다. 강충이[20]가 먹어 예년에 비해서 절반도 곡식을 거둘 수가 없었기 때문이었다.

길서만이 평양 가서 북어 기름을 통으로 사다가 쳤기 때문에 그의 논만은 작년보다도 더 잘 되었으나 다른 논들은 털 빠진 황소 가죽같이 민숭민숭해졌다.

이[蝨]새끼만한 작은 벌레까지가 못 살게 하는 것이 가슴 원통했으나 여름내 땀을 빼고도 제 입으로 들어올 것이 없을 것을 생각하니 눈물이 솟아오를 지경이었다. 그들은 할 수 없으므로 성두의 말대로 길서를 시켜 읍내 지주 서재당에게 가서 금년만 도지[小作料][21]를 조금 감해 달래 보자고 했다.

19_ **미곡 품평회** : 쌀의 좋고 나쁨을 평하는 모임
20_ **강충이** : 벼 줄기를 깎아 먹어 벼를 마르게 하는 벌레
21_ **도지** : 소작료

그러나 길서는 자기와 관계가 없을 뿐 아니라 정해 놓은 도지를 곡식이 안 되었다고 감해 달라는 것은 흔히 일어나는 소작쟁의[22]와 같은 당치 않은 짓이라고 해서 거절했다. 그리고는 며칠 있다가 일본 시찰단으로 뽑히어 떠나가 버렸다.

동네 사람들은 어찌할 줄을 몰랐다. 더구나 금년 겨울에는 기어이 잔치를 하려고 하던 성두는 가끔 우는 얼굴을 하곤 했다. 그들은 할 수 없이 큰마음을 먹고 떼를 지어 읍내로 들어가 서 재당에게 사정을 말해 보았으나 물론 들어주질 않았다. 오히려 아들을 분가시킨 관계로 돈이 몰린다는 근심까지를 들었다.

"너희들 마음대로 그렇게 하려거든 명년부터는 논을 내놓아라."
하는 말에는 더 할 말이 없이, 갈 때보다도 더 기운 없이 돌아왔다. 그들은 돌아가는 길에 길서의 논 앞에 서서 「모범경작」이라고 쓴 말뚝을 부럽게 내려다보았다.

볏대가 훨씬 큰데 이삭이 한 길만치 늘어선 것이 여간 부럽지 않았다. 그러나 말도 잘하고 신망도 있다고 해서 대신 교섭을 해 달라고 부탁했음에도 불구하고 못 들은 척 들어주지 않은 길서가 미웠다.

"나도 내 땅이 있어 비료만 많이 하면 이삼 곱을 내겠다. 그까짓 거……."
기억이가 침을 탁 뱉으며 말했다. 며칠 뒤 그들이 다시 놀란 것은 값도 모르는 뽕나무 값이 엄청나게 비싸진 것과 십삼 등 하던 호세가 십일 등으로 올라간 것이다. 그것보다도 십 등이던 길서네만은 그대로 십 등에 있는 것이 너무도 이상했다. 길서네는 그래도 작년에 돈을 모아 빚을 주었으나, 다른

22_ **소작쟁의** : 소작권과 소작료 등의 이해관계를 둘러싸고 지주와 소작인 사이에 벌어지는 싸움

사람들은 흉년까지 만나 먹고 살 수도 없는데 호세만 올랐다는 것이 우스우면서도 기막힌 일이었다. 무엇을 보고 호세를 정하는지 알 수 없었다.

흉년, 그러면서도 도지를 그대로 바쳐야 하는데다가 호세까지 오른 그들의 세상은 캄캄했다.

'아마 북간도나 만주로 바가지를 차고 떠나야 하는가 보다.'

성두는 혼자 생각했다. 그들은 마을에 대한 애착심도 잊었고, 제 고장이라는 것도 생각하기 싫었다. 다만 못 살 놈의 땅만 같았다.

마을 사람들은 길서의 장난으로 호세까지 올랐다는 것을 다음에야 알고 누구 하나 그를 곱게 이야기하는 이가 없게 되었다. 길서 때문에 동네를 떠나야겠다는 오빠의 말을 들은 의숙이도 눈물을 흘리며 길서가 그렇지 않기를 속으로 바랐다.

길서는 일본서 돌아올 때 우선 자기 논두렁에서 가슴이 서늘함을 느꼈다. 논에 박은, 「김길서」라고 쓴 말패는 간 곳도 없고, 「모범 경작생」이라고 쓴 말뚝은 쪼개져서 흐트러져 있었다. 심술궂은 애들이 장난을 했는가 하고 생각하려 했으나, 그 한 짓으로 보아서 반드시 무슨 일이 일어난 것 같은 예감이 들었다.

동네에 들어섰을 때 동네에는 어른이라고 한 사람도 찾아 볼 수 없었다. 읍내 서 재당 집엘 가서 저녁때가 되도록 아직 돌아오지 않았다는 말을 듣자, 서울 갔다 돌아왔을 때보다도 더 의기양양해 온 길서의 마음은 쪼박쪼박[23] 깨어지고 말았다.

23_ **쪼박쪼박** : 조각조각

보지도 못했고, 이름조차 들어보지 못하던 바나나를 가지고 밤이 이슥했을 무렵 의숙이를 찾아갔건만 그를 본 의숙이도 얼굴을 돌리고 울기만 했다. 길서의 마음은 터지는 듯했다.

뒤에서 몽둥이를 들고 따라오던 사람의 숨소리를 듣는 듯 가슴이 떨리었다. 불길한 징조가 눈에 보이는 듯했다. 성두가 충혈된 얼굴로 아랫문으로 뛰어들었을 때 길서는 들고 왔던 바나나를 들고 뒷문으로 도망쳤다.

박영준의 「모범 경작생」을 다 읽으셨나요?

그러면 작품의 내용을 생각하면서 이 소설의 인물, 사건, 배경 등 여러 요소들에 대한
자신만의 마인드맵을 그려 보세요~!

모범 경작생

줄거리

주인공 길서는 마을에서 유일하게 보통학교를 졸업한 젊은이로, 성두의 여동생인 의숙과 사귀고 있다. 그는 군(郡)의 농사 강습회 요원으로 선발되어 서울로 떠났고, 마을 사람들은 이러한 길서를 부러워한다.

길서가 돌아온 날 밤 그는 마을 사람들에게 호경기가 곧 온다고 하니 부지런히 일하자고 말하며 시국에 관련된 이야기까지 덧붙인다. 다음날 저녁 그는 서울에서 산 비누를 의숙에게 쥐어 준다. 한편, 의숙의 오빠 성두와 어머니는 빚 걱정이 태산이다.

길서는 면사무소에 들른다. 뚱뚱보 면서기는 일본 시찰단에 뽑히도록 힘써 줄 테니 한턱내라고 하며, 길서는 그러겠노라 대답한다. 병충해로 수확이 반감될 것을 예상한 마을 사람들은 수심에 가득차서, 길서에게 지주를 찾아가 감세(減稅)를 교섭해 달라고 부탁하지만 그는 못들은 척한다. 마을 사람들은 길서의 논 앞에서 '모범 경작생'이라고 쓴 팻말을 원망스럽게 쳐다본다.

길서는 시찰단으로 뽑혀 일본으로 떠나고, 동네 사람들은 지주를 찾아가 감세를 사정하나 거절당한다. 뽕나무 묘목 값은 엄청나게 비싸지고 호세도 크게 오른다. 모두가 길서의 짓이었다는 걸 알게 된 마을 사람들은 누구 하나 그를 좋게 이야기하지 않는다.

일본에 다녀오는 길에 길서는 자기 논의 '모범 경작생' 팻말이 쪼개져 길에 흩어져 있는 것을 보고 놀란다. 길서는 의숙을 찾아가지만 그녀는 그를 못 본 체한다. 충혈된 얼굴로 뛰어든 성두를 피하여 길서는 뒷문으로 도망친다.

주제

일제 강점기 시대 농촌의 부조리와 가난한 농민들의 삶

• **등장인물**
  · **길서** : 자신의 이익만을 추구하는 기회주의자
  · **의숙** : 길서의 애인. 소극적인 여자
  · **성두** : 가난하고 착취당하는 농민
  · **마을 사람들** : 처음엔 소극적이나 후에 적극적으로 변화하는 인물들

• **배경** – 1930년대 어느 궁핍한 농촌
• **시점** – 3인칭 전지적 작가 시점
• **성격** – 사실적, 고발적
• **출전** – 『조선일보』(1934)

문제 풀기

모범답 → p. 271

1. 이 글에서 길서에 대한 마을 사람들의 심리 변화로 알맞은 것은? (　　)

   ① 부러움 → 배신감　　　② 배신감 → 부러움

   ③ 실망감 → 의존감　　　④ 이질감 → 동질감

   ⑤ 존경심 → 경외심

2. 이 글에 나타나는 표면적 갈등과 이면적 갈등은 각각 무엇일까요?

   ....

   ....

   ....

   ....

14

백치(白痴)
아다다

 계용묵 (桂鎔黙, 1904~1961)

계용묵 桂鎔默

1904~1961

일제 강점기에 활동한 소설가. 적극적인 현실감각과 역사의식이 부족하다는 지적을 받기도 하지만 인간의 삶에 대한 따뜻한 시선을 바탕으로 작품을 창작하였으며, 세련된 언어의 미적 감각으로 한국 단편소설의 영역을 넓히는 데 기여함.

연보

- 1904년 9월 8일 평안북도 선천의 대지주 집안의 1남 3녀 중 장남으로 출생
- 1921년 중동학교에 입학
- 1922년 휘문고등보통학교에 입학
- 1925년 5월 『조선문단』 제8호에 단편소설 「상환」 발표
- 1928년 일본에 건너가 토요대학 동양학과에 입학
- 1931년 집안의 파산으로 귀국, 조선일보사에서 근무
- 1935년 인간의 애욕과 물욕을 그린 단편소설 「백치 아다다」 발표 후 순수문학 지향
- 1945년 정비석과 함께 잡지 『대조』 발행
- 1948년 김억과 함께 출판사 '수선사' 창립
- 1961년 8월 9일 사망

❶ 계용묵은 활동 초기에 지주와 소작인의 갈등을 주로 그렸지만, 적극적인 투쟁의식을 배제하고 고통 받는 하층민의 삶의 애환을 따뜻한 시선으로 작품에 반영하였다.

❷ 계용묵은 「백치 아다다」(1935) 발표 후 초기의 미숙함에서 벗어난 세련된 문장의 기교를 보여주었으나, 선량한 주인공들이 세상의 편견과 억압, 자신의 무지 등으로 인하여 불행에 빠지는 패배자의 모습을 주로 그려냄으로써 현실인식의 소극성과 역사의식의 부족이라는 문제점을 드러냈다는 지적을 받기도 하였다.

최서방(1927)	인두지주(1928)
백치 아다다(1935)	장벽(1936)
청춘도(1938)	병풍에 그린 닭이(1939)
신기루(1940)	별을 헨다(1950)

준비

"읽기 전에 알아두자."

「백치 아다다」는 1935년 5월 『조선문단』에 발표된 소설로, 지은이의 고향과 가까운 신미도를 중심으로 평안도 선천 지방에 전해지는 벙어리 이야기를 모태로 하였다고 합니다. 지은이를 '인생파 작가'라고 하는데, 그것은 그의 문학이 물질이나 이념 때문에 상실해 버린 인간성 회복을 지향하고 있기 때문이지요. 이 소설은 백치 아다다를 통해서 그릇된 인간성을 풍자하고, 물욕의 세계와 순수 세계의 갈등을 통해 독자에게 참된 인생은 무엇인가라는 물음을 던져주고 있습니다.

집중

"이것만은 꼭 생각하며 읽자."

이 작품은 백치이자 벙어리인 '아다다'란 인물을 통해 물질사회의 불합리를 비판하고 있으며, 불구라는 육체 조건과 돈의 횡포로 인해 삶을 비극으로 마쳐야 했던 수난의 여성상을 형상화한 소설입니다. 돈이 된다면 무엇이든 가리지 않는 오늘날, 인간의 참다운 가치와 삶의 행복은 과연 무엇인지 생각하며 읽어 보세요.

백치(白痴) 아다다

-
-
-

질그릇이 땅에 부딪치는 소리가 났다고 들렸는데 마당엔 아무도 없다.
부엌에 쥐가 들었나? 샛문을 열어 보려니까,

　"아 아아 아이 아아 아야."

하는 소리가 뒤란 곁으로 들려온다. 샛문을 열려던 박 씨는 뒷문을 밀었다.
장독대 밑 비스듬한 켠 아래 아다다가 입을 헤 벌리고 납작하니 엎뎌져
두 다리만을 힘없이 버지럭거리고 있다. 그리고 머리 편으로 한 발쯤 나가선
깨어진 동이 조각이 질서 없이 너저분하게 된장 속에 묻혀 있다.

　"아이구메나! 무슨 소린가 했더니! 이년이 동애[1]를 또 잡았구나! 이년아,
너더러 된장 푸래든! 푸래?"

　어머니는 딸이 어딘가 다쳤는지 일어나지도 못하고 아파하는 데 가는
동정심보다 깨어진 동이만이 아깝게 눈에 보였던 것이다.

　"어 어마! 아다아다 아다 아다……."

　모닥불을 뒤집어쓰는 듯한 끔찍한 어머니의 음성을 또다시 듣게 되는
아다다는 겁에 질려 얼굴에 시퍼런 물이 들며 넘어진 연유를 말하여 용서를

1_**동애**: '동이'(몸이 둥글고 아가리가 넓으며 양옆에 손잡이가 있는 질그릇의 하나)의 평안도 사투리

빌려는 기색이나 말이 되지를 않아 안타까워한다.

아다다는 벙어리였던 것이다. 말을 하렬 때는 한다는 것이 아다다 소리만이 연거푸 나왔다. 어찌어찌하다가 말이 한마디씩 제법 되어 나오는 적도 있었으나 그것은 쉬운 말에 그치고 만다. 그래서, 이것을 조롱삼아 확실이라는 뚜렷한 이름이 있음에도 불구하고 누구나 그를 부르는 이름은 아다다였다. 그리하여 이것이 자연히 이름으로 굳어져 그 부모네까지도 그렇게 부르게 되었거니와, 그 자신조차도 '아다다'하고 부르면 마땅히 들을 이름인 듯이 대답을 했다.

"이년까타나[2] 끌[3]이 세구나! 시켠[4]엘 못 가갔으문 오늘은 어드메든지 나가서 뒈디고 말아라, 이년아! 이년아! 이년아!"

어머니는 눈알을 가로 세워 날카롭게도 흰자위만으로 흘기며 성큼 문턱을 넘어선다. 아다다는 어머니의 손길이 또 자기의 끌채[5]를 감아 쥘 것을 연상하고 몸을 겨우 뒤재비꼬아 일어서서 절룩절룩 굴뚝 모퉁이로 피해 가며 어쩔 줄을 모르고 일변 고개를 좌우로 돌려 살피며 아연하게도,

"아다 어 어마! 아다 어마! 아 아다다다다!"

하고 부르짖는다. 다시는 일을 아니 저지르겠다는 듯, 그리고 한번만 용서를 하여 달라는 듯싶게.

그러나 사정을 모르는 채 기어코 쫓아간 어머니는,

"이년! 어서 뒈데라. 뒈디기 싫건 시집으로 당장 가거라. 못 가간?"

2_ **이년까타나** : 이년 때문에
3_ **끌** : '머리'의 사투리
4_ **시켠** : '시집'의 사투리
5_ **끌채** : 머리채

그리고 주먹을 귀 뒤에 넌지시 얼메고[6] 마주선다. 순간, 주먹이 떨어지면? 하는 두려운 생각에 오싹하고 끼치는 소름이 튀해 놓은 닭같이 전신에 돌아나는 두드러기를 느끼는 찰나, '턱' 하고 마침내 떨어지는 주먹은 어느새 끌채를 감아쥐고 갈지자로 흔들어댄다.

"아다 어어 어마! 아 아고 어 어마!"

그러나 소용이 없다. 한번 손을 댄 어머니는 그저 죽어 싸다는 듯이 자꾸만 흔들어댄다. 하니, 그렇지 않아도 가꾸지 못한 텁수룩한 머리는 물결처럼 흔들리며 구름같이 피어나선 엉클어진다. 그래도 아다다는 그저 빌 뿐이요, 조금도 반항하려고는 않는다. 이런 일을 거의 날마다 지내보는 것이기 때문에 한대야 그것은 도리어 매까지 사는 것이 됨을 아는 것이다. 집의 일이 아무리 꼬여 돌아가더라도 나 모르는 채 손 싸매고 들어앉았으면 오히려 이런 봉변을 아니 당할 것이, 가만히 앉았지는 못했다.

선천적으로 타고난 천치에 가까운 그의 성격은 무엇엔지 힘에 부치는 노력이 있어야 만족을 얻는 듯했다. 시키건 안 시키건, 헐하나 힘차나 가리는 법이 없이 하여야 될 일로 눈에 띄기만 하면 몸을 아끼는 일이 없이 하는 것이 그였다. 그래서 집안의 모든 고된 일은 실은 아다다가 혼자서 치워놓게 된다. 그러나 어머니는 그것이 반갑지 않았다. 둔한 지혜로 차비 없이 뼈가 부러지도록 몸을 돌보지 않고, 일종 모험에 가까운 짓을 하게 되므로, 그 반면에 따르는 실수가 되레 일을 저질러 놓게 되어 그릇 같은 것을 깨쳐 먹는 일은 거의 날마다 있다 하여도 옳을 정도로 있었다.

그래도 아다다의 힘을 빌지 않고는 집안일을 못 치겠다면 모르지만 그는

---

6 **얼메고** : 위협적인 언동으로 위협해서 억누르고

참예를 하지 않아도 행랑에서 차근차근히 다 해줄 일을 쓸데없이 가로맡아선 일을 저질러 놓고 마는데 그 어머니는 속이 상했다.

본시 시집을 보내기 전에도 그 버릇은 지금이나 다름이 없이, 벙어리인데다 행동까지 그러하였으므로 내용 아는 인근에서는 그를 얻어 가려는 사람이 없었다. 그리하여 열아홉 고개를 넘기도록 처문어두고 속을 태우다 못해 깃으로 논 한 섬지기를 처넣어 똥 치듯 치워 버렸던 것이 그만 오 년이 멀다 다시 쫓겨 와 시집에는 아예 갈 생각도 아니 하고 하루 같은 심화를 올렸다. 그래서 어머니는 역겨운 미움에 아다다가 실수를 할 때마다 주릿대를 내리고 참예를 말건만 그는 참는다는 것이 그 당시뿐이요, 남이 일을 하는 것을 보면 속이 쏘는 듯이 슬그머니 나와서 곁을 슬슬 돌다가는 손을 대고 만다.

바로 사흘 전엔가도 무명뇝[7]을 할 때, 활짝 달은 솥뚜껑을 차비 없이 맨손으로 열다가 뜨거움을 참지 못해 되는 대로 집어 엎는 바람에, 자배기를 하나 깨쳐서 욕과 매를 한 모태 겪고 났지만 어제 저녁 행랑 색시더러 오늘은 묵은 된장을 옮겨 담아야 되겠다고 이르는 말을 어느 결에 들었던지 아다다는 아침밥이 끝나자 어느새 나가서 혼자 된장을 퍼 나르다가 그만 또 실수를 한 것이었다.

"못 가간? 시집이! 못 가간? 이년! 못 가갔음 죽어라!"

붙잡았던 머리를 힘차게 휙 두르며 밀치는 바람에 손을 감겼던 머리카락이 끊어지는지 빠지는지 무뚝 묻어나며 아다다는 비칠비칠 서너 걸음 물러난다. 순간, 아찔해진 아다다는 넘어지지 않으려고 애써 버지럭거리며 빼치는 다리에 겨우 진정을 얻어 세우자,

---

7_**무명뇝**: 피륙 따위를 잿물에 담갔다가 솥에서 삶는 일

"아다 어마! 아다 어마! 아다! 아다!"

하고, 다시 달려들 듯이 눈을 흘기고 섰는 어머니를 향하여 눈물 글썽한 눈을 끔벅 한 번 감아 보이고, 그리고 북쪽을 손가락질하여 어머니의 말대로 시집으로 가든지 그렇지 않으면 죽어라도 버리겠다는 뜻으로 고개를 주억이며 겁에 질려 어쩔 줄을 모르고 허청허청 대문 밖으로 몸을 이끌어냈다.

나오기는 나왔으나, 갈 곳이 없는 아다다는 마당귀를 돌아서선 발길을 더 내놓지 못하고 우뚝 섰다.

시집으로 간다하였으나 아무리 생각해도 남편의 매는 어머니의 그것보다 무섭다. 그러면 다시 집으로 돌아가나? 이번에는 외상 없는 매가 떨어질 것 같다. 어디로 가야 하나?

갈 곳 없는 갈 곳을 뒤쩌 보니 눈물이 주는 위로밖에 쓸데없는 오년 전 그 시집이 참을 수 없이 그립다.

— 추울세라, 더울세라, 힘이 들까, 고단할까, 알뜰살뜰히 어루만져 주던 시부모, 밤이면 품속에 꼭 껴안아 피로를 풀어 주던 남편, 아! 얼마나 시집에서는 자기를 위하여 정성을 다하던 것인고 —.

참으로 아다다가 처음 시집을 가서의 오년 동안은 온 집안의 사랑을 한 몸에 받아 왔던 것이 사실이다.

벙어리라는 조건이 귀에 들어맞는 것이 아니었으나, 돈으로 아내를 사지 아니하고는 얻어 볼 수 없는 처지에서 스물여덟 살에 아직 장가를 못 들고 있는 신세로 목구멍조차 치기 어려운 형세이었으므로 아내를 얻게 되기의 여유를 기다리기까지에는 너무도 막연한 앞날이었다. 벙어리나 일생을 먹여 줄 것까지 가지고 온다는 데 귀가 번쩍 띄어 그 자리를 앗길까 두렵게 혼사를 치렀던 것이니, 그로 의해서 먹고 살게 되는 시집에서는 아다다를 아니 위할 수가 없었던 것이다. 그러한 가운데 또한 아다다는 못하는 일이 없이 일 잘하고, 고분고분 말 잘 듣고, 조금도 말썽을 부리는 일이 없었다. 그래서 생활고가 주는 역겨움이 쓸데없이 서로 눈독을 짓게 하여 불쾌한 말만으로 큰 소리가 끊일 새 없이 오고가던 가족은 일시에 봄비를 맞은 동산 같이 화락의 웃음에 꽃이 피었다.

원래, 바른 사람이 못 되는 아다다에게는 실수가 없는 것이 아니었으나, 그로 의해서 밥을 먹게 된 시집에서는 조금도 역겹게 안 여겼고, 되레 위로를 하고 허물을 감추기에 서로 힘을 썼다.

여기에 아다다가 비로소 인생의 행복을 느끼며, 시집가기 전 지난날 어머니 아버지가 쓸데없는 자식이라는 구실 밑에, 아니, 되레 가문을 더럽히는 앙화 자식이라고 사람으로서의 푼수에도 넣어 주지 않고 박대하던 일을 생각하여 어머니 아버지를 원망하는 나머지 명절 목이나 제향 때이면 시집에서는 그렇게 가보라는 친정이었건만 이를 악물고 가지 않고, 행복 속에 묻혀 살던 지나간 그날이 아니 그리울 수가 없었다.

그러나 그날은 안타깝게도 다시 못 올 영원한 꿈속에 흘러가고 말았다.

해를 거듭하여 생활의 밑바닥에 깔아 놓았던 한 섬지기라는 거름이 차츰 그들을 여유한 생활로 이끌어, 몇 백 원 돈이 눈앞에 굴게 되니, 까닭 없이 남편 되는 사람은 벙어리로서의 아내가 미워졌다.

조그만 실수가 있어도 눈을 흘겼다. 그리고 매를 내렸다. 이 사실을 아는 아버지는 그것을 들어오는 복을 차 버리는 짓이라고 타이르나 듣지 않았다. 그리하여 부자간에 충돌이 때로는 일어났다. 이럴 때마다 아버지에게는 감히 하고 싶은 행동을 못 하는 아들은 그 분을 아내에게로 돌려 풀기가 일쑤였다.

"이년, 보기 싫다! 네 집으로 가거라."

그리고 다음에 따르는 것은 매였다. 그러나 아다다는 참아 가며 아내로서의, 며느리로서의 임무를 다했다.

이것이 시부모로 하여금 더욱 아다다를 귀엽게 만드는 것이어서 아버지에게서는 움직일 수 없는 며느리인 것을 깨닫게 된 아들은 가정적으로 불만을 느끼어 한 해의 농사를 지은 추수를 온통 팔아 가지고 집을 떠나 마음의 위안을 찾아 주색에 돈을 다 탕진하고 물거품 같이 밀려 돌아가 동무들과 짝지어 안동현(安東縣)[8]으로 건너갔다.

그리하여 이 투기적 도시에 물젖어 노동의 힘으로 본전을 얻어선 '양화'와 '은떼루'에 투기하여 황금을 꿈꾸어 오던 것이 기적적으로 맞아 나기 시작하여 이태 만에는 이만 원에 가까운 돈을 손에 쥐고 완전한 아내로서의 알뜰한 사랑에 주렸던 그는 돈에 따르는 무수한 여자 가운데에서 마음대로 골라 가지고 집으로 돌아왔다.

그리고는 새로운 살림을 꿈꾸는 일변 새로이 가옥을 건축함과 동시에 아다다를 학대함이 전에 비할 정도가 아니었다. 이에는, 그 아버지도 명민하고 인자한 남부끄럽지 않은 새 며느리에게 마음이 쏠리는 나머지, 이미 생활은 걱정이 없이 되었으니, 아다다의 깃으로서가 아니라도 유족한 앞날의 생활을 내다볼 때 아들로서의 아다다에게 대하는 태도는 소모도[9] 마음에 걸리는 것이 없었다. 그리하여 시부모의 눈에서까지 벗어나게 된 아다다는 호소할 곳조차 없는 사정에 눈감은 남편의 매를 견디다 못 해 집으로 쫓겨

8_ **안동현(安東縣)** : 신의주 건너편의 만주 도시
9_ **소모도** : 조금도

오게 되었던 것이니, 생각만 하여도 옛 맷자리가 아픈 그 시집은 죽으면 죽었지 다시는 찾아갈 생각은 없었던 것이다.

그래서 집에 있게 되니 그것보다는 좀 헐할망정 어머니의 매도 결코 견디기에 족한 것이 아니다. 그리고 그것은, 날마다 더 심해만 왔다. 오늘도 조금만 반항이 있었던들, 어김없이 매는 떨어지고 말았을 것이다.

그리고 어디로 가나? 아무리 생각을 해 보아야 그저 이 세상에서는 수롱이네 집밖에 또 찾아갈 곳이 없었다. 수롱은 부모 동생조차 없는 삼십이 넘은 총각으로 누구보다도 자기를 사랑하여 준다고 믿는 단 한 사람이었다. 그리하여 쫓기어 날 때마다 그를 찾아가선 마음의 위안을 얻어 오던 것이다.

아다다는 문득 발걸음을 떼어 아지랑이 얼른거리는 마을 끝 산턱 아래 떨어져 박힌 한 채의 오막살이를 향하여 마당귀를 꺾어 돌았다.

수롱은 벌써 일 년 전부터 아다다를 꾀어 왔다. 시집에서까지 쫓겨난 벙어리였으나, 김초시의 딸이라, 스스로도 낮추어 보이는 자신으로서는 자연히 염을 내지 못하고 뜻있는 마음을 속으로 꾸며 가며 눈치를 보아 오던 것이, 눈치에서보다는 베풀어진 동정이 마침내 아다다의 마음을 사게 된 것이었다.

아이들은 아다다를 보기만 하면 따라다니며 놀렸다. 아니, 어른까지라도 '아다다, 아다다' 하고 골을 올려서, 분하나 말을 못하고 이상한 시늉을 하며 투덜거리는 것을 봄으로 행복을 느끼는 듯이 손뼉을 치며 웃었다.

그래서 아다다는 사람을 싫어하였다. 집에 있으면 어머니의 욕과 매, 밖에 나오면 뭇 사람들의 놀림, 그러나 수롱이만은 자기를 사랑하는 것이었다. 아이들이 따라다닐 때에도 남 아니 말려 주는 것을 그는 말려 주고, 그리고 매에 터질 듯한 심정을 풀어 주는 것이었다. 그리하여 아다다는 마음이 불편할 때마다 수롱을 생각해 오던 것이 얼마 전부터는 찾아다니게까지 되어 동네의 눈치에도 어느덧 오른 지 오래였다.

그러나 아다다의 집에서도 그 아버지만이 지체를 가지기 위하여 깔맵게[10] 아다다의 행동을 경계하는 듯하고 그 어머니는 도리어 수롱이와 배가 맞아서 자기의 눈앞에 보이지 아니하고 어디로든지 달아났으면 하는 눈치를 알게 된 수롱이는 지금에 와서는 어느 정도까지 내어놓다시피 그를 사귀어 온다.

아다다는 제 집이나처럼 서슴지도 않고 달리어 오자마자 수롱이네 집 문을 벌컥 열었다.

"아, 아다다!"

수롱은 의외에 벌떡 일어섰다.

"너 또 울었구나."

울었다는 것이 창피하긴 하였으나, 숨길 차비가 아니다. 호소할 길 없는 가슴속에 꽉 찬 설움은 수롱이의 따뜻한 위무가 어떻게도 그리웠는지 모른다. 방안에 들어서기가 바쁘게 쫓기어 난 이유를 언제나 같이 낱낱이 고했다.

"그러기 이젠 아야 다시는 집으로 가지 말구 나하구 둘이서 살아, 응?"

그리고 수롱은 의미 있는 웃음을 벙긋벙긋 웃으며, 아다다의 등을 척척 두드려 달랬다. 오늘은 어떻게 해서든지 자기의 것으로 영원히 만들어 보고 싶은 욕망에 불탔던 것이다.

그러나 아다다는,

"아다 무 무서! 아다 무 무서! 아다 아다다!"

하고, 그렇게 한다면 큰일 난다는 듯이 눈을 둥그렇게 뜬다. 집에서 학대를

10_ **깔맵게** : 매우 까다롭게

받고 있느니보다는 수롱의 사랑 밑에서 살았으면 오죽이나 행복 되랴! 다시 집으로는 아니 들어가리라는 생각이 없었던 바도 아니었으나 정작 이런 말을 듣고 보니, 무엇엔지 차마 허하지 못할 것이 있는 것 같고, 그렇지 않은지라, 눈을 부릅뜨고 수롱이한테 다니지 말라는 아버지의 말이 연상될 때 어떻게도 그 말은 엄한 것이었다.

"우리 둘이 달아났음 그만이지, 무섭긴 뭐 무서워."

"……."

아다다는 대답이 없다.

딴은 그렇기도 한 것이다. 당장 쫓기어 난 몸이 갈 곳이 어딘고? 다시 생각을 더듬어 볼 때 어머니의 매는 아버지의 그 눈총보다도 몇 배나 더한 두려움으로 견딜 수 없이 아픈 것이다. 먼저 한 말이 금시 후회스러웠다.

"안 그래? 무서울 게 뭐야. 이젠 아예 가지 말구 나하구 있어, 응?"

"응, 아다 이 있어, 아다 아다."

하고, 아다다는 다시 있자는 말이 나오기나 기다렸다는 듯이 그리고 살길을 찾았다는 듯이 한숨과 같이 빙긋 웃으며 있겠다는 뜻을 명백히 보이기 위하여 고개를 주억거리며 삿바닥[11]을 손으로 툭툭 두드려 보인다.

"그렇지 그래, 정 있으야되, 응?"

"응, 이서 이서 아다 아다……."

"정말이냐?"

"으, 응 정 아다 아다다……."

단단히 강문을 받고 난 수롱이는 은근히 솟아나는 미소를 금할 길이 없

11_**삿바닥** : 삿자리를 깐 밑바닥

었다. 벙어리인 아다다가 흡족할 이치는 없었지만 돈으로 사지 아니하고는 아내라는 것을 얻어 볼 수 없는 처지였다. 그저 생기는 아내는 벙어리였어도 족했다. 그저 일이나 도와주고 아들딸이나 낳아 주었으면 자기는 게서 더 바랄 것이 없었다. 아내를 얻으려고 십여 년 동안을 불피풍우[12] 품을 팔아 궤 속에 꽁꽁 묶어 둔 일백오십 원이란 돈이 지금에 와서는 아내 하나를 얻기에 그리 부족할 것은 아니나, 장가를 들지 아니하고 아다다를 꾀어 온 이유도 아다다를 꾐으로 돈을 남겨서 그 돈으로 살림의 밑천을 만들어 가정의 마루를 얹자는 데서였던 것이다. 이제 계획이 은근히 성공에 가까워 옴에 자기도 남과 같이 가정을 이루어 보누나 하니 바라지도 못하였던 인생의 행복이 자기에게도 찾아오는 것 같았다.

"우리 아다다."

수롱이는 아다다의 등에 손을 얹으며 빙그레 웃었다.

"아다 다."

아다다도 만족한 듯이 히쭉 입이 벌어졌다.

그날 밤을 수롱의 품안에서 자고 난 아다다는 이미 수롱의 아내 되기에 수줍음조차 잊었다. 아니, 집에서 자리를 받들어 들인다 하더라도 수롱을 떨어져서는 살 수 없으리만큼 마음은 굳어졌다.

수롱이가 주는 사랑은 이 세상에서는 더 찾을 수 없는 행복이라 느끼었던 것이다. 그러나 영원한 행복을 위하여는 이 자리에 그대로 박혀서는 누릴 수 없을 것이 다음에 남은 근심이었다. 수롱이와 같이 삶에는 첫째 아버

12_**불피풍우** : 不避風雨. 비바람을 무릅쓰고

지가 허하지 않을 것이요, 동네 사람도 부끄럽지 않은 노릇이 아니다. 이것은 수롱이도 짐짓 근심이었다. 밤이 깊도록 의논을 하여 보았으나 동네를 피하여 낯모르는 곳으로 감쪽같이 달아나는 수밖에는 다른 묘책이 없었다.

예식 없는 가약을 그들은 맹세하고 그날 새벽으로 그 마을을 떠나 신미도라는 섬으로 건너가서 그곳에 안주를 정하였다. 그러나 생소한 곳이므로 직업을 찾을 길이 없었다. 고기를 잡아먹고 사는 섬이라 뱃놀음을 하는 것이 제 길이었으나, 이것은 아다다가 한사코 말렸다. 몇 해 전에 자기 동네에서도 농토를 잃은 몇몇 사람이 이 섬으로 들어와 첫 배를 타다가 그만 풍랑에 몰살을 당하고 만 일이 있었던 것을 잊지 못하는 때문이었다.

그렇지 않은지라, 수롱이조차도 배에는 마음이 없었다. 섬으로 왔다고는 하지만 땅을 파서 먹는 것이 조마구[13] 빨 때부터 길러 온 습관이요, 손익은 일이었기 때문에 그저 그 노릇만이 그리웠다.

그리하여 있는 돈으로 어떻게 밭날갈이나 사서 조 같은 것이나 심어 가지로 겨울의 불목이[14]와 양식을 대게 하고 짬짬이 조개나 굴, 낙지, 이런 것들을 캐어서 그날그날을 살아갔으면 그것이 더할 수 없는 행복일 것만 같았다.

그렇지 않아도 삼십 반생에 자기의 소유라고는 손바닥만한 것조차 없어, 어떻게도 몽매에 그리던 땅이었는지 모른다. 완전한 아내를 사지 아니하고 아다다를 꾀어 온 것도, 이 소유욕에서였다. 아내가 얻어진 이제, 비록 많지는 않은 땅이나마 가져 보고 싶은 마음도 간절하였거니와 또는 그만한 소유를 가지는 것이 자기에게 향한 아다다의 마음을 더욱 굳게 하는 데도, 보다

13_ **조마구**: '주먹'의 사투리
14_ **불목이**: '연료'의 사투리

더한 수단일 것 같았기 때문이다.

그런데다, 본시 뱃놀음판인 섬인데, 작년에 놀구지가 잘 되었다[15] 하여 금년에 와서 더욱 시세를 잃은 땅은 비록 때가 기경시[16]라 하더라도 용이히 살 수까지 있는 형편이었으므로, 그렇게 하리라 일단 마음을 정하니 자기도 땅을 마침내 가져 보누나 하는 생각에 더할 수 없는 행복을 느끼며 아다다 에게도 이 계획을 말하였다.

"우리 밭을 한 떼기 사자. 그래두 농사허야 사람 사는 것 같다. 내가 던답을 살라고 묶어 둔 돈이 있거던!"

하고 수롱이는 봐라는 듯이 실경[17] 위에 얹힌 석유통 궤 속에서 지전 뭉치를 뒤져내더니 손끝에다 침을 발라 가며 팔딱팔딱 뒤져 보인다.

그러나 이 돈을 본 아다다는 어쩐지 갑자기 화기가 줄어든다. 수롱이는 이상했다. 돈을 보면 기꺼워할 줄 알았던 아다다가 도리어 화기를 잃은 것이다. 돈이 있다니 많은 줄 알았다가 기대에 틀림으로써인가?

"이거 봐. 그래봬두 일천오백 냥[1백5십원]이야. 지금 시세에 이천 평은 한참 놀다가두 떡 먹두룩 살건테!"

그래도 아다다는 아무 대답이 없다. 무엇 때문엔지 수심의 빛까지 연연히 얼굴에 떠오른다.

"아니 밭이 이천 평이문 조를 심는다 하구 잘만 가꿔 봐! 조가 열 섬에 조 짚이 백여 목 날 터이야. 그래 이걸 개지구 겨울 한동안이야 못 살아?

15_ **놀구지가 잘 되었다** : '놀'은 '벼 뿌리를 갉아먹는 벌레'이므로 '놀구지가 잘 되다'는 '벼 뿌리를 갉아 먹는 벌레들이 너무 많이 번식하다'란 뜻

16_ **기경시** : 旣耕時. 밭을 가는 때

17_ **실경** : 예전에 장롱이 없을 때 이불이나 담요를 올려놓는 곳. 물건을 얹기 위해 두 개의 긴 나무를 건너질러 선반처럼 만든 것

그렇거구 둘이 맞붙어 몇 해만 벌어 봐. 그적엔 논이 또 나오는 거야. 이건 괜히 생……."

아다다는 말없이 머리를 흔든다.

"아니, 내레 이게 거즈뿌레기야? 아 열섬이 못 나?"

아다다는 그래도 머리를 흔든다.

"아니, 그럼 밭은 싫단 말인가?"

아다다는 돈이 있다 해도 실로 그렇게 많은 줄은 몰랐다. 그래서 그 많은 돈으로 밭을 산다는 소리에 지금까지 꿈꾸어 왔던 모든 행복이 여지없이도 일시에 깨어지는 것만 같았던 것이다. 돈으로 인해서 그렇게 행복할 수 있던 자기의 신세는 남편(전남편)의 마음을 약하게 만듦으로, 그리고 시부모의 눈까지 가리는 것이 되어, 필야엔 쫓겨나지 아니치 못하게 되던 일을 생각하면 돈 소리만 들어도 마음은 좋지 않던 것인데, 이제 한 푼 없는 알몸인 줄 알았던 수롱이에게도 그렇게 많은 돈이 있어, 그것으로 밭을 산다고 기꺼워 하는 것을 볼 때, 그 돈의 밑천은 장래 자기에게 행복을 가져다 주리람보다는 몽둥이를 벼리는 데 지나지 못하는 것 같았고, 밭에다 조를 심는다는 것은 불행의 씨를 심는 것만 같았기 때문이다.

아다다는 그저 섬으로 왔거니 조개나 굴 같은 것을 캐어서 그날그날을 살아가야 할 것만이 수롱의 사랑을 받는 데 더할 수 없는 살림인 줄만 안다. 그래서 이러한 살림이 얼마나 즐거우랴! 혼자 속으로 축복을 하며 수롱을 위하여 일층 벌기에 힘을 써야 할 것을 생각해 오던 것이다.

"고롬 논을 사재나? 밭이 싫으문."

수롱은 아다다의 의견이 알고 싶어 이렇게 또 물었다.

그러나 아다다는 그냥 고개를 주억여 버린다. 논을 산대도 그것은 똑같은 불행을 사는 데 있을 것이다. 돈이 있는 이상 어느 것이든지 사기는 반드시 사고야 말 남편의 심사이었음에 머리를 흔들어댔자 소용이 없을 것이었다. 그리하여 그 근본 불행인 돈을 어찌할 수 없는 이상엔 잠시라도 남편의 마음을 거슬림으로 불쾌하게 할 필요는 없다고 아는 때문이었다.

"흥! 논이 도흔 줄은 너두 아누나! 그러나 어려운 놈엔 밭이 논보다 나앗디 나아……"

하고, 수룡이는 기어이 밭을 사기로 그 달음에 거간을 내세웠다.

그날 밤, 아다다는 자리에 누웠으나 잠이 오지 않았다. 남편은 아무런 근심도 없는 듯이 세상모르고 씩씩 초저녁부터 자 내건만 아다다는 그저 돈 생각을 하면 장차 닥쳐올 불길한 예감에 잠을 이룰 수가 없었다. 이불을 붙안고 밤새도록 쥐어틀며 아무리 생각을 해야 그 돈을 그대로 두고는 수룡의 사랑 밑에서 영원한 행복을 누릴 수 있으리라고는 믿어지지 않았다.

짧은 봄밤은 어느덧 새어 새벽을 알리는 닭의 울음소리가 사방에서 처량히 들려온다. 밤이 벌써 새누나 하니 아다다의 마음은 더욱 조급하게 탔다. 이 밤으로 그 돈을 처리하지 못하면 내일은 기어이 거간이 흥정을 하여 가지고 올 것이다. 그러면 그 밭에서 나는 곡식은 해마다 돈을 불려 줄 것이다. 그때면 남편은 늘어가는 돈에 따라 차차 눈은 어둡게 되어 점점 정은 멀어만 가게 될 것이다. 그 다음에는? 그 다음에는 더 생각하기조차 무서웠다.

닭의 울음소리에 따라 날은 자꾸만 밝아 온다. 바라보니 어느덧 창은 희끄스름하게 비친다. 아다다는 더 누워 있을 수가 없었다. 옆에 누운 남편을 지그시 팔로 밀어 보았다. 그러나 움쩍하지도 않는다. 그래도 못 믿어지는 무엇이 있는 듯이 남편의 코에다 가까이 귀를 가져다 대고 숨소리를 엿들었다.

씨근씨근 아직도 잠은 분명히 깨지 않고 있다. 아다다는 슬그머니 이불 속을 새어 나왔다. 그리고 실경 위의 석유통을 휩쓸어 그 속에다 손을 넣었다. 그리하여 마침내 지전 뭉치를 더듬어서 손에 쥐고는 조심조심 발자국 소리를 죽여 가며 살그머니 문을 열고 부엌으로 내려갔다.

그리고는 일찍이 아침을 지어먹고 나무새기를 뽑으러 간다고 바구니를 끼고 바닷가로 나섰다. 아무도 보지 못하게 깊은 물속에다 그 돈을 던져 버리자는 것이다.

솟아오르는 아침 햇발을 받아 붉게 물들며 잔뜩 밀린 조수는 거품을 부걱부걱 토하며 바람결조차 철썩철썩 해안을 부딪친다.

아다다는 바구니를 내려놓고 허리춤 속에서 지전 뭉치를 쥐어 들었다. 그리고는 몇 겹이나 쌌는지 알 수 없는 헝겊 조각을 둘둘 풀었다. 헤집으니 일 원짜리, 오 원짜리, 십 원짜리, 무수한 관 쓴 영감들이 나를 박대해서는 아니 된다는 듯이 모두들 마주 바라본다. 그러나 아다다는 너 같은 것을 버리는 데는 아무런 미련도 없다는 듯이 넘노는 물결 위에다 휙 내어 뿌렸다. 세찬 바닷바람에 채인 지전은 바람결 좇아 공중으로 올라가 팔랑팔랑 허공에서 재주를 넘어가며 산산이 헤어져 멀리 그리고 가깝게 하나씩 하나씩 물위에 떨어져서는 넘노는 물결 좇아 잠겼다 떴다 숨바꼭질을 한다.

어서 물속으로 가라앉든지 그렇지 않으면 흘러 내려가든지 했으면 하고 아다다는 멀거니 서서 기다리나 너저분하게 물위를 덮은 지전 조각들은 차마 주인의 품을 떠나기가 싫은 듯이 잠겨버렸는가 하면 다시 기울거리며 솟아 올라서는 물위를 빙글빙글 돈다. 하더니, 썰물이 잡히자부터야 할 수 없는 듯이 슬금슬금 밑이 떨어져 흐르기 시작한다.

아다다는 상쾌하기 그지없었다. 밀려 내려가는 무수한 그 지전 조각은 자기의 온갖 불행을 모두 거두어 가지고 다시 돌아올 길이 없는 끝없는 한 바다로 내려갈 것을 생각할 때 아다다는 춤이라도 출 듯이 기꺼웠다.

그러나 그 돈이 완전히 눈앞에 보이지 않게 흘러 내려가기까지에는 아직도 몇 분 동안을 요하여야 할 것인데, 뒤에서 허덕거리는 발자국 소리가 들리기에 돌아다보니 뜻밖에도 수룡이가 헐떡이며 달려오는 것이 아닌가.

"야! 야! 아다다야! 너, 돈 돈 안 건새핸?¹⁸ 돈, 돈 말이야 돈……."

청천의 벽력같은 소리였다. 아다다는 어쩔 줄을 모르고 남편이 이까지 이르지 전에 어서어서 물결은 휩쓸려 돈을 모두 거둬 가지고 흘러 버렸으면 하나 물결은 안타깝게도 그닐그닐 한가히 돈을 이끌고 흐를 뿐, 아다다는 그 돈이 어서 자기의 눈앞에서 자취를 감추어 버리는 것을 보기 위하여 그닐거리고 있는 돈 위에다 쏘아 박은 눈을 떼지 못하고 쩔쩔매는 사이, 마침내 달려오게 된 수룡의 눈에도 필경 그 돈은 띄고야 말았다.

뜻밖에도 바다 가운데 무수하게 지전 조각이 널려서 앞서거니 뒤서거니 둥둥 떠내려가는 것을 본 수룡이는 아다다에게 그 연유를 물을 겨를도 없이 미친 듯이 옷을 훨훨 벗고 철버덩 물속으로 뛰어들었다.

그러나 헤엄을 칠 줄 모르는 수룡이는 돈이 엉키어 도는 한복판으로는 들어갈 수가 없었다. 겨우 가슴패기 잠기는 깊이에서 더 들어가지 못하고 흘러 내려가는 돈더미를 안타깝게도 바라보며 허우적 달려갔다. 차츰 물결은 휩쓸려 떠내려가는 속력이 빨라진다. 돈들은 수룡이더러 어디 달려와 보라는 듯이 획획 숨바꼭질을 하며 흐른다. 그러나 물결이 세질수록 더욱 걸음발은 자유로 놀릴 수가 없게 된다. 더퍽더퍽 물과 싸움이나 하듯 엎어졌다가

18_ **건새핸?** : 보관하였니?

는 일어서고, 일어섰다가는 다시 엎어지며 달려가나 따를 길이 없다. 그대로 덤비다가는 몸조차 물속으로 휩쓸려 들어갈 것 같아, 멀거니 서서 바라보니 벌써 지전 조각들은 가물가물하고 물거품인지도 분간할 수 없으리만치 먼 거리에서 흐르고 있다. 그러나 그것도 한순간이었다. 눈앞에선 아무것도 보이는 것이 없다. 획획 하고 밀려 내려가는 거품 진 물결뿐이다.

수룡이는 마지막으로 돈을 잃고 말았다고 아는 정도의 물결 위에 쏟아진 눈을 돌릴 길이 없이 정신 빠진 사람처럼 그냥그냥 바라보고 섰더니, 쏜살같이 언덕켠으로 달려오자 아무런 말도 없이 벌벌 떨고 섰는 아다다의 중동[19]을 사정없이 발길로 제겼다.

'흥앗!' 소리가 났다고 아는 순간, 철썩하고 감탕[20]이 사방으로 튀자 보니 벌써 아다다는 해안의 감탕판에 등을 지고 쓰러져 있었다.

"이! 이! 이······."

수룡이는 무슨 말인지를 하려고는 하나, 너무도 기에 차서 말이 되지 않는 듯 입만 너불거리다가 아다다가 움찔하는 것을 보더니, 아직도 살았느냐는 듯이 번개같이 쫓아 내려가 다시 한 번 발길로 제겼다.[21] 푹! 하는 소리와 함께 아다다는 가꿉선[22] 언덕을 떨어져 덜덜덜 굴러서 물속에 잠긴다.

한참 만에 보니 아다다는 복판도 한복판으로 밀려가서 솟구어 오르며 두 팔을 물 밖으로 허우적거린다. 그러나 그 깊은 파도 속을 어떻게 헤어나랴! 아다다는 그저 물위를 둘레둘레 굴며 요동을 칠 뿐, 그러나 그것도 한순간

19_ **중동**: 사물의 중간이 되는 곳
20_ **감탕**: 흙탕물
21_ **제겼다**: '제기다'(팔꿈치나 발굼치로 지르다)의 과거형
22_ **가꿉선**: 경사진

58

이었다. 어느덧 그 자체는 물속에 사라지고 만다.

주먹을 부르쥔 채 우상같이 서서 굼실거리는 물결만 그저 뚫어져라 쏘아 보고 섰는 수롱이는 그 물속에 영원히 잠들려는 아다다를 못 잊어 함인가? 그렇지 않으면 흘러 버린 그 돈이 차마 아까워서인가?

짝을 찾아 도는 갈매기 떼들은 눈물겨운 처참한 인생 비극이 여기에 일어난 줄도 모르고 끼약끼약 하며 흥겨운 춤에 훨훨 날아다니는 깃[羽]치는 소리와 같이 해안의 풍경만 도웁고 있다.

계용묵의 「백치 아다다」를 다 읽으셨나요?

그러면 작품의 내용을 생각하면서 이 소설의 인물, 사건, 배경 등 여러 요소들에 대한 자신만의 마인드맵을 그려 보세요~!

백치 아다다

줄거리

괜찮은 집안에서 태어난 아다다는 벙어리에다 백치였기에 시집을 가지 못하다가 가난한 노총각에게 논 한 섬지기를 딸려 시집을 간다.

가난한 집안에 먹고 살 것을 가져왔기 때문에 아다다는 시집 식구들의 따뜻한 사랑을 받는다. 그러나 차츰 시집에 경제적인 여유가 생기자 남편이 구박하기 시작하더니 끝내 남편은 딴 여자를 얻게 되고 아다다는 쫓겨난다.

친정으로 쫓겨 온 아다다는 친정어머니에게 구박을 당하다가 평소에 관심을 보여 온 노총각 수롱이를 찾아간다. 가난 때문에 여태 장가를 가지 못한 수롱이는 아다다를 데리고 사람들의 눈을 피해 신미도라는 섬으로 간다. 수롱이는 모아 둔 돈 150원을 자랑스럽게 내보이며 밭을 사자고 한다. 그러나 수롱이의 돈을 본 아다다는 과거의 경험을 통해 그 돈이 자신의 행복을 빼앗아 갈 것이라 굳게 믿고, 수롱이가 잠든 틈을 타서 새벽녘에 바다로 나가 돈을 던져 버린다. 뒤늦게 이것을 안 수롱이는 아다다를 발길로 차서 물에 빠져 죽게 한다.

주제

정신적 행복을 추구하다 죽는 한 여인의 비극적 삶

•**등장인물**
· **아다다** : 김 초시의 벙어리 딸. 비극적 주인공
· **수롱** : 아다다를 죽게 만드는 가난한 노총각
· **어머니** : 아다다를 구박하며 천대하는 부정적 인물
•**배경** – 1930년대 어느 마을과 신미도
•**시점** – 3인칭 전지적 작가 시점
•**성격** – 향토적, 비판적
•**출전** – 『조선문단』(1935)

문제 풀기

모범답 → p. 271

1. 이 글의 결말에 등장하는 '갈매기떼'의 기능으로 가장 알맞은 것은? (   )
   ① 결말이 행복하게 끝났음을 암시한다.
   ② 앞으로 더 큰 비극이 기다리고 있음을 예고해 준다.
   ③ 등장인물이 절망을 극복해낸 희망찬 삶을 상징한다.
   ④ 인간의 삶과 관계없는, 자연의 순수함을 부각시킨다.
   ⑤ 인물과 대조적인 분위기를 제시하여 작품의 비극성을 강화시킨다.

2. 이 글의 후반부에서 돈에 대한 아다다의 생각은 어떤 점에서 잘못 되었나요?

....

....

....

감상 쓰기　주인공이나 지은이에게 하고 싶은 말, 알게 된 점, 느낀 점 등

15

동백꽃

 김유정 (金裕貞, 1908~1937)

김유정 金裕貞

1908~1937

일제 강점기 시대의 소설가. 가난과 병마에 시달리면서 29세로 요절하기까지 불과 2년여 동안의 작가생활을 통해 30편에 가까운 명작들을 남겼으며, 토속적 유머를 바탕으로 생생한 농촌현실과 본질적 인간상을 예술성 높은 작품으로 형상화함.

연보

- 1908년 1월 11일 강원도 춘천부 중리(실레마을)에서 2남 6녀 중 일곱째이자 차남으로 출생
- 1913년 서울 종로구 운니동으로 이사, 3년 만에 부모와 사별
- 1916년 서당에 입학하여 3년간 '천자문', '계몽편' 등 수학
- 1920년 제동공립보통학교에 입학, 1923년 졸업
- 1923년 휘문고등보통학교에 입학, 1929년 졸업
- 1929년 연희전문학교 문과에 입학 후 중퇴
- 1931년 고향일 실레마을로 내려가 야학과 계몽운동 전개
- 1933년 1월 단편소설 「산골 나그네」 첫 발표
- 1935년 『조선일보』 신춘문예에 단편소설 「소낙비」, 『조선중앙일보』 신춘문예에 「노다지」가 각각 당선
- 1936년 만성적 늑막염, 폐결핵 등으로 정릉 암자에서 요양
- 1937년 3월 29일 경기도 광주군 매형 집에서 사망

❶ 김유정의 문단 생활은 불과 2년여밖에 되지 않지만 지독한 병마와 가난과 싸우면서도 30여 편의 주옥같은 단편소설을 남겼다. 세간에서 말하듯 '무지개와 같이 찬란하게 나타났다가 무지개처럼 순식간에 사라져 간' 그는 단편소설을 언어예술로 승화시킨 위대한 작가였다.

❷ 김유정은 작중인물들을 대개 어리석고 무지한 인물들로 설정했고, 한국 문학사상 처음으로 토착적 유머를 형상화시켰으며, 이상주의나 감상주의에 빠진 피상적인 농민문학이 아닌 당시 농촌의 현실과 서민의 생활 깊숙이 파고들어 본질적 인간상을 추구함으로써 우리의 현대문학을 한 차원 끌어올리는 문학적 성과를 이루어내었다.

소낙비(1933)	만무방(1934)
봄·봄(1935)	금 따는 콩밭(1935)
옥토끼(1936)	동백꽃(1936)
따라지(1937)	땡볕(1937)

준비

"읽기 전에 알아두자."

「동백꽃」은 1936년 5월 『조광』에 '농촌소설'이라는 표제로 발표되었는데, 농촌의 순박한 청춘 남녀가 사랑에 눈뜨는 과정을 해학적으로 표현하고 있습니다. 소작인의 아들과 마름의 딸이라는 두 인물의 계층 관계가 나타나지만 그로 인한 갈등이 사건의 핵심은 아니지요. 사랑을 얻기 위한 점순의 계획된 행동에 제대로 대응하지 못하는 '나'의 순박함이 이 소설의 독특한 재미를 이루고 있는데, 독자가 아는 사실을 화자인 '나'만 모르도록 해학적으로 사건을 전개시키는 방법이 돋보이는 소설입니다.

집중

"이것만은 꼭 생각하며 읽자."

이 작품에서 가장 핵심이 되는 사건은 닭싸움입니다. 닭싸움은 '나'와 점순이의 갈등의 표면화이면서 사랑과 미움의 교차되는 사건이지요. 남녀 사이의 순박한 사랑에서 애정과 미움은 어떤 모습으로 전개되는지, 두 인물의 행동과 요즘 젊은이들의 애정 표현 방식을 비교하면서 읽어 보세요.

동백꽃

-
-
-

오늘도 또 우리 수탉이 막 쫓기었다. 내가 점심을 먹고 나무를 하러 갈 양으로 나올 때이었다. 산으로 올라서려니까 등 뒤에서 푸드득 푸드득 하고 닭의 횃소리가 야단이다. 깜짝 놀라서 고개를 돌려 보니 아니나 다르랴 두 놈이 또 얼리었다.

점순네 수탉(대강이¹가 크고 똑 오소리같이 실팍하게 생긴 놈)이 덩저리 작은 우리 수탉을 함부로 해내는 것이다. 그것도 그냥 해내는 것이 아니라 푸드득하고 면두²를 쪼고 물러섰다가 좀 사이를 두고 푸드득하고 모가지를 쪼았다. 이렇게 멋을 부려 가며 여지없이 닦아 놓는다. 그러면 이 못생긴 것은 쪼일 적마다 주둥이로 땅을 받으며 그 비명이 킥, 킥, 할 뿐이다. 물론 미처 아물지도 않은 면두를 또 쪼이며 붉은 선혈은 뚝뚝 떨어진다. 이걸 가만히 내려다보자니 내 대강이가 터져서 피가 흐르는 것같이 두 눈에서 불이 번쩍 난다. 대뜸 지게막대기를 메고 달려들어 점순네 닭을 후려칠까 하다가 생각을 고쳐먹고 헛매질로 떼어만 놓았다.

1_**대강이**: '머리'의 속어
2_**면두**: '볏'의 사투리

이번에도 점순이가 쌈을 붙여 놨을 것이다. 바짝바짝 내 기를 올리느라고 그랬음에 틀림없을 것이다. 고놈의 계집애가 요새로 들어서 왜 나를 못 먹겠다고 고렇게 아르릉거리는지 모른다.

나흘 전 감자 쪼간³만 하더라도 나는 저에게 조금도 잘못한 것은 없다. 계집애가 나물을 캐러 가면 갔지 남 울타리 엮는데 쌩이질⁴을 하는 것은 다 뭐냐. 그것도 발소리를 죽여 가지고 등 뒤로 살며시 와서,

"얘! 너 혼자만 일하니?"

하고 긴치 않은 수작을 하는 것이다.

어제까지도 저와 나는 이야기도 잘 않고 서로 만나도 본체만체하고 이렇게 점잖게 지내던 터이련만 오늘로 갑작스레 대견해졌음은 웬일인가. 항차⁵ 망아지만 한 계집애가 남 일하는 놈 보구…….

"그럼 혼자 하지 떼루 하듸?"

내가 이렇게 내배앝는 소리를 하니까,

"너 일하기 좋니?"

또는,

"한여름이나 되거든 하지 벌써 울타리를 하니?"

잔소리를 두루 늘어놓다가 남이 들을까봐 손으로 입을 틀어막고는 그 속에서 깔깔댄다. 별로 우스울 것도 없는데 날씨가 풀리더니 이놈의 계집애가 미쳤나 하고 의심하였다. 게다가 조금 뒤에는 제 집께를 할금할금 돌아보더니 행주치마의 속으로 꼈던 바른손을 뽑아서 나의 턱밑으로 불쑥 내미는 것이다.

3_ **쪼간**: 이유나 근거, 또는 어떤 사건
4_ **쌩이질**: '씨양이질'의 준말. 한창 바쁠 때 쓸데없는 일로 남을 귀찮게 구는 것
5_ **항차**: 하물며

언제 구웠는지 더운 김이 홱 끼치는 굵은 감자 세 개가 손에 뿌듯이 쥐었다.

"느 집엔 이거 없지?"

하고 생색 있는 큰소리를 하고는 제가 준 것을 남이 알면 큰일 날 테니 여기서 얼른 먹어 버리란다. 그리고 또 하는 소리가,

"너 봄 감자가 맛있단다."

"난 감자 안 먹는다. 네나 먹어라."

나는 고개도 돌리지 않고 일하던 손으로 그 감자를 도로 어깨 너머로 쑥 밀어 버렸다. 그랬더니 그래도 가는 기색이 없고, 뿐만 아니라 쌔근쌔근하고 심상치 않게 숨소리가 점점 거칠어진다. 이건 또 뭐야 싶어서 그때에야 비로소 돌아다보니 나는 참으로 놀랐다. 우리가 이 동네에 들어온 것은 근 삼 년째 되어오지만 여태껏 가무잡잡한 점순이의 얼굴이 이렇게까지 홍당무처럼 새빨개진 법이 없었다. 게다 눈에 독을 올리고 한참 나를 요렇게 쏘아보더니 나중에는 눈물까지 어리는 것이 아니냐. 그리고 바구니를 다시 집어 들더니 이를 꼭 악물고는 엎어질 듯 자빠질 듯 논둑으로 횡하게 달아나는 것이다.

어쩌다 동리 어른이,

"너 얼른 시집을 가야지?"

하고 웃으면,

"염려 마서유. 갈 때 되면 어련히 갈라구!"

이렇게 천연덕스레 받는 점순이었다. 본시 부끄럼을 타는 계집애도 아니거니와 또한 분하다고 눈에 눈물을 보일 얼병이[6]도 아니다. 분하면 차라리 나의 등어리를 바구니로 한번 모질게 후려쌔리고 달아날지언정. 그런데 고약한

6_ **얼병이** : 말이나 행동이 얼뜨고 어리석은 사람

그 꼴을 하고 가더니 그 뒤로는 나를 보면 잡아먹으려 기를 복복 쓰는 것이다.

설혹 주는 감자를 안 받아먹는 것이 실례라 하면, 주면 그냥 주었지 '느 집엔 이거 없지.'는 다 뭐냐. 그렇잖아도 저희는 마름[7]이고 우리는 그 손에서 배재[8]를 얻어 땅을 부치므로 일상 굽실거린다. 우리가 이 마을에 처음 들어와 집이 없어서 곤란으로 지낼 제 집터를 빌리고 그 위에 집을 또 짓도록 마련해 준 것도 점순네의 호의였다. 그리고 우리 어머니 아버지도 농사 때 양식이 딸리면 점순이네한테 가서 부지런히 꾸어다 먹으면서 인품 그런 집은 다시 없으리라고 침이 마르도록 칭찬하곤 하는 것이다. 그러면서도 열일곱 씩이나 된 것들이 수군수군하고 붙어 다니면 동네의 소문이 사납다고 주의를 시켜준 것도 또 어머니였다. 왜냐하면 내가 점순이하고 일을 저질렀다가는 점순네가 노할 것이고, 그러면 우리는 땅도 떨어지고 집도 내쫓기고 하지 않으면 안 되는 까닭이었다.

그런데 이놈의 계집애가 까닭 없이 기를 복복 쓰며 나를 말려 죽이려고 드는 것이다.

눈물을 흘리고 간 담날 저녁나절이었다. 나무를 한 짐 잔뜩 지고 산을 내려오려니까 어디서 닭이 죽는 소리를 친다. 이거 뉘 집에서 닭을 잡나, 하고 점순네 울 뒤로 돌아오다가 나는 고만 두 눈이 똥그래졌다. 점순이가 저희 집 봉당[9]에 홀로 걸터앉았는데 이게 치마 앞에다 우리 씨암탉을 꼭 붙들어 놓고는,

"이놈의 닭! 죽어라, 죽어라."

7_**마름**: 지주(地主)를 대리하여 소작권을 관리하는 사람
8_**배재**: 마름과 소작인 사이에 교환한 소작권 위임 문서
9_**봉당**: 안방과 건넌방 사이에 마루를 놓을 자리에 흙바닥을 그대로 둔 곳

요렇게 암팡스레[10] 패 주는 것이 아닌가. 그것도 대가리나 치면 모른다마는 아주 알도 못 낳으라고 그 볼기짝께를 주먹으로 콕콕 쥐어박는 것이다.

　나는 눈에 쌍심지가 오르고 사지가 부르르 떨렸으나 사방을 한번 휘둘러보고야 그제서야 점순이 집에 아무도 없음을 알았다. 잡은 참지게막대기를 들어 울타리의 중턱을 후려치며,

　"이놈의 계집애! 남의 닭 알 못 낳으라구 그러니?

하고 소리를 빽 질렀다.

　그러나 점순이는 조금도 놀라는 기색이 없고 그대로 의젓이 앉아서 제 닭 가지고 하듯이 또 죽어라, 죽어라, 하고 패는 것이다. 이걸 보면 내가 산에서 내려올 때를 겨냥해 가지고 미리부터 닭을 잡아 가지고 있다가 너 보라는 듯이 내 앞에서 쥐지르고 있음이 확실하다.

　그러나 나는 그렇다고 남의 집에 뛰어 들어가 계집애하고 싸울 수도 없는 노릇이고 형편이 썩 불리함을 알았다. 그래 닭이 맞을 적마다 지게막대기로 울타리를 후려칠 수밖에 별 도리가 없다. 왜냐하면 울타리를 치면 칠수록 울섶이 물러앉으며 뼈대만 남기 때문이다. 허나 아무리 생각하여도 나만 밑지는 노릇이다.

　"아, 이년아! 남의 닭 아주 죽일 터이냐?"

　내가 도끼눈을 뜨고 다시 꽥 호령을 하니까 그제서야 울타리께로 쪼르르 오더니 울 밖에 섰는 나의 머리를 겨누고 닭을 내팽개친다.

　"예이 더럽다! 더럽다!"

　"더러운 걸 널더러 입때 끼고 있으랬니? 망할 계집애년 같으니!"

10_ **암팡스레** : '암팡스럽다'(몸은 작아도 아무지고 다부진 면이 있다)의 부사형

하고, 나도 더럽단 듯이 울타리께를 횡하게 돌아내리며 약이 오를 대로 다

올랐다, 라고 하는 것은 암탉이 풍기는 서슬에 나의 이마빼기에다 물지똥을

찍 갈겼는데 그걸 본다면 알집만 터졌을 뿐 아니라 골병은 단단히 든 듯싶다.

그리고 나의 등 뒤를 향하여 나에게만 들릴 듯 말 듯한 음성으로,

"이 바보 녀석아!"

"애! 너 배냇병신[11]이지?"

그만도 좋으련만,

"애! 너 느 아버지가 고자[12]라지?"

"뭐, 울 아버지가 그래 고자야?"

할 양으로 열벙거지[13]가 나서 고개를 홱 돌리어 바라봤더니 그때까지

울타리 위로 나와 있어야 할 점순이의 대가리가 어디 갔는지 보이지를 않는다.

그러다 돌아서서 오자면 아까에 한 욕을 울 밖으로 또 퍼붓는 것이다. 욕을

이토록 먹어 가면서도 대거리 한 마디 못하는 걸 생각하니 돌부리에 채이어

발톱 밑이 터지는 것도 모를 만큼 분하고 급기야는 두 눈에 눈물까지 불끈

내솟는다.

그러나 점순이의 침해는 이것뿐이 아니다.

사람들이 없으면 틈틈이 제 집 수탉을 몰고 와서 우리 수탉과 쌈을 붙여

놓는다. 제 집 수탉은 썩 험상궂게 생기고 쌈이라면 홰를 치는 고로 으레 이길

것을 알기 때문이다. 그래서 툭하면 우리 수탉이 면두며 눈깔이 피로 흐드르

하게 되도록 해 놓는다. 어떤 때에는 우리 수탉이 나오지를 않으니까 요놈의

11_ **배냇병신**: 태어날 때부터 몸이 온전하지 못한 사람

12_ **고자**: 생식기가 불완전한 남자

13_ **열벙거지**: '열화(熱火)'를 속되게 이르는 말

계집애가 모이를 쥐고 와서 꾀어내다가 쌈을 붙인다.

이렇게 되면 나도 다른 배차[14]를 차리지 않을 수 없었다. 하루는 우리 수탉을 붙들어 가지고 넌지시 장독께로 갔다. 쌈닭에게 고추장을 먹이면 병든 황소가 살모사를 먹고 용을 쓰는 것처럼 기운이 뻗친다 한다. 장독에서 고추장 한 접시를 떠서 닭 주둥아리께로 들여 밀고 먹여 보았다. 닭도 고추장에 맛을 들였는지 거스르지 않고 거진 반 접시 턱이나 곧잘 먹는다. 그리고 먹고 금시는 용을 못 쓸 터이므로 얼마쯤 기운이 돌도록 홰속에다 가두어두었다.

밭에 두엄을 두어 짐 져내고 나서 쉴 참에 그 닭을 안고 밖으로 나왔다. 마침 밖에는 아무도 없고 점순이만 저희 울안에서 헌옷을 뜯는지 혹은 솜을 터는지 웅크리고 앉아서 일을 할 뿐이다.

나는 점순네 수탉이 노는 밭으로 가서 닭을 내려놓고 가만히 맥을 보았다. 두 닭은 여전히 얼리어 쌈을 하는데 처음에는 아무 보람이 없었다. 멋지게 쪼는 바람에 우리 닭은 또 피를 흘리고 그러면서도 날갯죽지만 푸드득푸드득 하고 올라 뛰고 뛰고 할 뿐으로 제법 한번 쪼아 보지도 못한다.

그러나 한번엔 어쩐 일인지 용을 쓰고 펄쩍 뛰더니 발톱으로 눈을 하비고 내려오며 면두를 쪼았다. 큰 닭도 여기에는 놀랐는지 뒤로 멈씰하며 물러난다. 이 기회를 타서 작은 우리 수탉이 또 날쌔게 덤벼들어 다시 면두를 쪼니 그제서는 감때사나운[15] 그 대강이에서도 피가 흐르지 않을 수 없다.

옳다 알았다, 고추장만 먹이면 되는구나 하고 나는 속으로 아주 쟁그러워[16] 죽겠다. 그때에는 뜻밖에 내가 닭쌈을 붙여 놓는 데 놀라서 울 밖으로 내다

14_ **배차** : 차례를 정함. 또는 그 차례
15_ **감때사나운** : (모양이나 생각이) 매우 억세고 사나운
16_ **쟁그러워** : 아주 고소하여

보고 섰던 점순이도 입맛이 쓴지 눈쌀을 찌푸렸다.

나는 두 손으로 볼기짝을 두드리며 연방,

"잘한다! 잘한다!"

하고, 신이 머리끝까지 뻗치었다.

그러나 얼마 되지 않아서 나는 넋이 풀리어 기둥같이 묵묵히 서 있게 되었다. 왜냐하면 큰 닭이 한번 쪼인 앙갚음으로 호들갑스레 연거푸 쪼는 서슬에 우리 수탉은 찔끔 못하고 막 긇는다. 이걸 보고서 이번에는 점순이가 깔깔거리고 되도록 이쪽에서 많이 들으라고 웃는 것이다.

나는 보다 못하여 덤벼들어서 우리 수탉을 붙들어 가지고 도로 집으로 들어왔다. 고추장을 좀더 먹였더라면 좋았을 걸, 너무 급하게 쌈을 붙인 것이 퍽 후회가 난다. 장독께로 돌아와서 다시 턱밑에 고추장을 들이댔다. 흥분으로 말미암아 그런지 당최 먹질 않는다.

나는 하릴없이 닭을 반듯이 눕히고 그 입에다 궐련 물부리¹⁷를 물리었다. 그리고 고추장 물을 타서 그 구멍으로 조금씩 들여 부었다. 닭은 좀 괴로운지 킥킥하고 재채기를 하는 모양이나 그러나 당장의 괴로움은 매일 같이 피를 흘리는 데 댈 게 아니라 생각하였다.

그러나 한 두어 종지 가량 고추장 물 먹이고 나서는 나는 고만 풀이 죽었다. 싱싱하던 닭이 왜 그런지 고개를 살며시 뒤틀고는 손아귀에서 뻐드러지는 것이 아닌가. 아버지가 볼까 봐서 얼른 화에다 감추어 두었더니 오늘 아침에서야 겨우 정신이 든 모양 같다.

그랬던 걸 이렇게 오다 보니까 또 쌈을 붙여 놓으니 이 망할 계집애가

17_ **물부리** : 담배를 끼워서 빠는 물건

필연 우리 집에 아무도 없는 틈을 타서 제가 들어와 홰에서 꺼내 가지고 나간 것이 분명하다.

나는 다시 닭을 잡아다 가두고 염려는 스러우나 그렇다고 산으로 나무를 하러 가지 않을 수도 없는 형편이었다.

소나무 삭정이를 따며 가만히 생각해 보니 암만해도 고년의 목쟁이를 돌려놓고 싶다. 이번에 내려가면 망할 년 등줄기를 한번 되게 후려치겠다 하고 싱둥겅둥[18] 나무를 지고는 부리나케 내려왔다.

거지반 집에 다 내려와서 나는 호드기[19] 소리를 듣고 발이 딱 멈추었다. 산기슭에 널려 있는 굵은 바윗돌 틈에 노란 동백꽃이 소보록하니 깔리었다. 그 틈에 끼어 앉아서 점순이가 청승맞게시리 호드기를 불고 있는 것이다. 그보다도 더 놀란 것은 고 앞에서 또 푸드득, 푸드득, 하고 들리는 닭의 홰소리다. 필연코 요년이 나의 약을 올리느라고 또 닭을 집어내다가 내가 내려올 길목에다 쌈을 시켜 놓고 저는 그 앞에 앉아서 천연스레 호드기를 불고 있음에 틀림없으리라.

나는 약이 오를 대로 올라서 두 눈에서 불과 함께 눈물이 퍽 쏟아졌다. 나뭇지게도 벗어 놀 새 없이 그대로 내동댕이치고는 지게막대기를 뻗치고 허둥허둥 달려들었다.

가까이 와 보니 과연 나의 짐작대로 우리 수탉이 피를 흘리고 거의 빈사지경[20]에 이르렀다. 닭도 닭이려니와 그러함에도 불구하고 눈 하나 깜짝 없이 고대로 앉아서 호드기만 부는 그 꼴에 더욱 치가 떨린다. 동네에서도

18_ **싱둥겅둥** : 건성건성
19_ **호드기** : 버들가지 껍질 따위로 만든 피리의 일종
20_ **빈사지경** : 瀕死地境. 거의 죽게 된 처지나 형편

소문이 났거니와 나도 한때는 걱실걱실히[21] 일 잘하고 얼굴 예쁜 계집애인 줄 알았더니 시방 보니까 그 눈깔이 꼭 여우 새끼 같다.

나는 대뜸 달려들어서 나도 모르는 사이에 큰 수탉을 단매[22]로 때려 엎었다. 닭은 푹 엎어진 채 다리 하나 꼼짝 못하고 그대로 죽어 버렸다. 그리고 나는 멍하니 섰다가 점순이가 매섭게 눈을 흡뜨고 닥치는 바람에 뒤로 벌렁 나자빠졌다.

"이놈아! 너 왜 남의 닭을 때려죽이니?"

"그럼 어때?"

하고 일어나다가,

"뭐, 이 자식아! 누 집 닭인데?"

하고 복장을 떼미는 바람에 다시 벌렁 자빠졌다. 그리고 나서 가만히 생각을 하니 분하기도 하고 무안도 스럽고, 또 한편 일을 저질렀으니, 인젠 땅이 떨어지고 집도 내쫓기고 해야 될는지 모른다.

나는 비슬비슬 일어나며 소맷자락으로 눈을 가리고는, 얼김에 엉, 하고 울음을 놓았다. 그러나 점순이가 앞으로 다가와서,

"그럼, 너 이 담부터 안 그럴 테냐?"

하고 물을 때에야 비로소 살 길을 찾은 듯싶었다. 나는 눈물을 우선 씻고 뭘 안 그러는지 명색도 모르건만,

"그래!"

하고 무턱대고 대답하였다.

21_ **걱실걱실히** : 성질이 너그러워 말과 행동을 시원스럽게
22_ **단매** : 단 한 번의 매

"요담부터 또 그래 봐라, 내 자꾸 못살게 굴 테니."

"그래 그래, 이젠 안 그럴 테야!"

"닭 죽은 건 염려 마라. 내 안 이를 테니."

그리고 뭣에 떠다 밀렸는지 나의 어깨를 짚은 채 그대로 퍽 쓰러진다. 그 바람에 나의 몸뚱이도 겹쳐서 쓰러지며, 한창 피어 퍼드러진 노란 동백꽃 속으로 폭 파묻혀 버렸다. 알싸한, 그리고 향긋한 그 냄새에 나는 땅이 꺼지는 듯이 온 정신이 고만 아찔하였다.

"너 말 마라!"

"그래!"

조금 있더니 요 아래서,

"점순아! 점순아! 이년이 바느질을 하다 말구 어딜 갔어?"

하고 어딜 갔다 온 듯싶은 그 어머니가 역정이 대단히 났다.

점순이가 겁을 잔뜩 집어먹고 꽃 밑을 살금살금 기어서 산 아래로 내려간 다음 나는 바위를 끼고 엉금엉금 기어서 산 위로 치빼지 않을 수 없었다.

김유정의 「동백꽃」을 다 읽으셨나요?

그러면 작품의 내용을 생각하면서 이 소설의 인물, 사건, 배경 등 여러 요소들에 대한
자신만의 마인드맵을 그려 보세요~!

동백꽃

줄거리

　내가 점심을 먹고 나무를 하러 산으로 올라가려는데, 점순네 수탉이 아직 상처가 아물지도 않은 우리 닭을 다시 쪼아서 선혈이 낭자했다. 나는 작대기로 헛매질을 하여 떼어놓았다. 나흘 전에 점순이는 울타리 엮는 내 등 뒤로 와서 감자를 내밀었지만, 나는 그녀의 손을 밀어 버렸다. 그러자 쌔근쌔근 하고 독이 오른 그녀가 나를 쳐다보다가 나중에는 눈물까지 흘리는 것을 보고 나는 깜짝 놀랐다. 다음날 점순이는 자기 집 봉당에 홀로 걸터앉아 우리 집 씨암탉을 붙들어 놓고 때리고 있었다. 점순이는 사람들이 없으면 수탉을 몰고 와서 우리 집 수탉과 싸움을 붙였다.

　하루는 나도 우리 집 수탉에게 고추장을 먹이고 점순네 닭과 싸움을 붙였다. 우리 닭은 발톱으로 점순네 닭의 눈을 후볐으나, 점순네 닭이 한번 쪼인 앙갚음으로 우리 닭을 쪼았다. 점순이가 싸움을 붙일 것을 안 나는 우리 닭을 잡아다가 가두고 나무하러 갔다. 점순이가 바윗돌 틈에 앉아서 닭싸움을 보며 청승맞게 호드기를 불고 있는 걸 보고 약이 오른 나는 지게막대기로 점순네 큰 수탉을 때려 죽였다. 그러자 점순이가 눈을 흡뜨고 내게 달려들었고, 다음부터는 그러지 않겠느냐고 다짐하는 점순이에게 나는 그러마고 약속했다. 노란 동백꽃 속에 함께 파묻힌 나는 점순이의 향긋한 냄새에 정신이 아찔해진다. 이때 점순이는 어머니가 부르자 겁을 먹고 꽃 밑을 살금살금 기어서 내려가고 나는 산으로 내뺐다.

주제

산골 마을 젊은 남녀의 순수한 사랑

- **등장인물**
  - ·**나** : 소작인의 아들. 우직하고 순박한 청년으로 닭싸움을 계기로 점순의 구애를 받아들이는 소극적 인물
  - ·**점순** : 마름의 딸. 당돌하고 조숙한 처녀로 적극적인 행위로 자기의 목적을 달성하는 개성적·동적인 인물
- **배경** – 1930년대 봄, 강원도의 한 산골 마을
- **시점** – 1인칭 주인공 시점
- **성격** – 향토적, 해학적
- **출전** –『조광』(1936)

문제 풀기

모범답 → p. 271

1. 이 글에서 전개되는 중요한 사건을 순서대로 나열할 때 세 번째 사건은? (   )

   ① 점순이가 나의 씨암탉을 때렸다.

   ② 나는 점순이의 수탉을 때려 죽였다.

   ③ 점순이와 나는 동백꽃 속에 파묻혔다.

   ④ 나는 점순이가 건네주는 감자를 거절했다.

   ⑤ 나의 수탉에게 고추장을 먹여 닭싸움을 시켰다.

2. 이 글에서 '닭싸움'은 왜 일어나게 되었을까요?

   ....

   ....

   ....

감상 쓰기
주인공이나 지은이에게 하고 싶은 말, 알게 된 점, 느낀 점 등

감상 쓰기   주인공이나 지은이에게 하고 싶은 말, 알게 된 점, 느낀 점 등

16

메밀꽃 필 무렵

 이효석 (李孝石, 1907~1942)

이효석 李孝石

1907～1942

일제 강점기 시대의 소설가, 교육자. 1930년대 순수와 향수의 문학을 추구함과 동시에 고향에 대한 그리움과 이국에 대한 동경을 주로 작품화하였으며, 「메밀꽃 필 무렵」(1936)은 이효석의 순수문학을 대표하는 단편소설로 유명함.

연보

- 1907년 2월 23일 강원도 평창에서 출생
- 1920년 경성제일고보에 입학, 1년 선배인 유진오와 교류
- 1928년 『조선지광』에 「도시와 유령」 발표 후 본격적인 문학 활동 시작
- 1930년 경성제국대학 법문학부 영문학과 졸업
- 1931년 이경원과 혼인 후 총독부 경무국을 거쳐 경성농업학교 영어교사로 부임
- 1933년 '구인회'에 가입, 본격 순수문학 추구
- 1934년 평양의 숭실전문학교로 전임
- 1940년 부인과 사별하고 둘째 딸마저 잃은 뒤 극심한 실의에 빠져 만주 등지를 돌아다니다가 귀국
- 1942년 5월 25일 뇌막염으로 사망

❶ 이효석은 1928년 「도시와 유령」을 발표하면서부터 본격적 문학 활동을 전개하는데, 이 소설은 도시 하층민의 비참한 생활을 고발한 것으로 그 뒤 이러한 경향의 작품들을 창작함으로써 유진오와 함께 계급주의 계열의 작가를 의미하는 '동반자작가'로 불리었다.

❷ 이효석은 1932년경부터 초기의 계급주의 요소를 탈피하여 순수문학을 추구하는데, 「오리온과 능금」(1932), 「돈」(1933), 「수탉」(1933) 등과 같이 향토적·이국적·성적 요소 중심의 작품들을 많이 발표하였다.

❸ 이효석 소설의 특징은 「메밀꽃 필 무렵」으로 대표되는 '향수의 문학'이라고 요약할 수 있으며, 그는 고향에 대한 그리움과 이국에 대한 동경을 작품으로 형상화시킨 한국 순수문학의 선구자라고 할 수 있다.

노령근해(1930)	돈(1933)
산(1936)	메밀꽃 필 무렵(1936)
장미 병들다(1938)	해바라기(1938)
황제(1939)	벽공무한(1940)

준비

"읽기 전에 알아두자."

「메밀꽃 필 무렵」은 1936년 『조광』 10월호에 발표되었습니다. 작가의 고향 부근인 봉평, 대화 등 강원도 산간마을 장터를 배경으로 장돌뱅이와 처녀 사이에 맺어진 하룻밤의 애틋한 인연이 중심을 이루는 서정적인 소설이지요. 이 작품은 산문을 시적 정서로 승화시켰다는 평가를 받기도 했으며, '분위기 소설'이라고 불리기도 합니다. 특히, 회상의 형식을 사용하여 '산길-달빛-메밀꽃-개울'로 이어지는 배경 설정은 대표적인 한국 정서로 자리하고 있다고 할 수 있습니다.

집중

"이것만은 꼭 생각하며 읽자."

이 작품의 줄기는 남녀의 만남과 헤어짐, 그리고 친자 확인입니다. 인간(허생원)과 동물(나귀)의 관능적인 욕망을 함께 배치한 구성이 돋보이며, 시적인 분위기 속에서 낭만적 정서의 세계로 독자를 이끌어 갑니다. 지난날의 추억과 운명, 만남과 이별 등은 우리들의 삶에서 어떤 의미가 있는지 생각하며 읽어 보세요.

메밀꽃 필 무렵

-
-
-

여름 장이란 애시당초에 글러서, 해는 아직 중천에 있건만 장판은 벌써 쓸쓸하고 더운 햇발이 벌여놓은 전[1] 휘장 밑으로 등줄기를 훅훅 볶는다. 마을 사람들은 거지반 돌아간 뒤요, 팔리지 못한 나뭇군패가 길거리에 궁싯거리고들 있으나 석웃병이나 받고 고깃마리나 사면 족할 이 축들을 바라고 언제까지든지 버티고 있을 법은 없다. 츱츱스럽게[2] 날아드는 파리떼도 장난꾼 각다귀[3]들도 귀찮다. 얼금뱅이[4]요 왼손잡이인 드팀전[5]의 허 생원은 기어코 동업의 조선달에게 낚아보았다.

"그만 거둘까?"

"잘 생각했네. 봉평장에서 한번이나 흐뭇하게 사본 일 있을까. 내일 대화장에서나 한몫 벌어야겠네."

"오늘밤은 밤을 새서 걸어야 될걸?"

1_ **전** : 廛. 물건을 늘어놓고 파는 가게
2_ **츱츱스럽게** : 거스를 정도로 더럽고 염치가 없게
3_ **각다귀** : 모기와 비슷하나 몸이 훨씬 크고 다리가 긴 각다귀과의 곤충
4_ **얼금뱅이** : 얼굴이 얼금얼금 얽은 사람
5_ **드팀전** : 피륙(필로 된 베·무명·비단 등)을 파는 가게

"달이 뜨렷다."

절렁절렁 소리를 내며 조선달이 그날 산 돈을 따지는 것을 보고 허 생원은 말뚝에서 넓은 휘장을 걷고 벌여놓았던 물건을 거두기 시작하였다. 무명필과 주단바리가 두 고리짝에 꼭 찼다. 멍석 위에는 천조각이 어수선하게 남았다.

다른 축들도 벌써 거진 전들을 걷고 있었다. 약바르게 떠나는 패도 있었다. 어물장수도, 땜장이도, 엿장수도, 생강장수도 꼴들이 보이지 않았다. 내일은 진부와 대화에 장이 선다. 축들은 그 어느 쪽으로든지 밤을 새며 육칠십 리 밤길을 타박거리지 않으면 안 된다. 장판은 잔치 뒷마당같이 어수선하게 벌어지고, 술집에는 싸움이 터져 있었다. 주정꾼 욕지거리에 섞여 계집의 앙칼진 목소리가 찢어졌다. 장날 저녁은 정해놓고 계집의 고함소리로 시작되는 것이다.

"생원, 시침을 떼두 다 아네. …… 충줏집 말야."

계집 목소리로 문득 생각난 듯이 조선달은 비죽이 웃는다.

"화중지병[6]이지. 연소패들을 적수로 하구야 대거리[7]가 돼야 말이지."

"그렇지두 않을걸. 축들이 사족을 못쓰는 것두 사실은 사실이나, 아무리 그렇다군 해두 왜 그 동이 말일세, 감쪽같이 충줏집을 후린 눈치거든."

"무어, 그 애숭이가? 물건가지구 나꾸었나부지. 착실한 녀석인 줄 알았더니."

"그 길만은 알 수 있나……. 궁리 말구 가보세나그려. 내 한턱 씀세."

그다지 마음이 당기지 않는 것을 쫓아갔다. 허 생원은 계집과는 연분이 멀었다. 얽둑배기 상판을 쳐들고 대어 설 숫기도 없었으나 계집 편에서 정을

6_ **화중지병** : 畫中之餠. 그림의 떡
7_ **대거리** : 상대편에 맞서서 대듦

보낸 적도 없었고, 쓸쓸하고 뒤틀린 반생이었다. 충줏집을 생각만 하여도 철없이 얼굴이 붉어지고 발밑이 떨리고 그 자리에 소스라쳐버린다. 충줏집 문을 들어서서 술좌석에서 짜장[8] 동이를 만났을 때에는 어찌 된 서슬엔지 발끈 화가 나버렸다. 상 위에 붉은 얼굴을 쳐들고 제법 계집과 농탕치는 것을 보고서야 견딜 수 없었던 것이다. 녀석이 제법 난질꾼[9]인데 꼴사납다. 머리에 피도 안 마른 녀석이 낮부터 술 처먹고 계집과 농탕이야. 장돌뱅이 망신만 시키고 돌아다니누나. 그 꼴에 우리들과 한몫 보자는 셈이지. 동이 앞에 막아서 면서부터 책망이었다. 걱정두 팔자요 하는 듯이 빤히 쳐다보는 상기된 눈망울에 부딪칠 때, 결김에 따귀를 하나 갈겨주지 않고는 배길 수 없었다. 동이도 화를 쓰고 팩하고 일어서기는 하였으나, 허 생원은 조금도 동색하는 법 없이 마음먹은 대로는 다 지껄였다. ― 어디서 주워먹은 선머슴인지는 모르겠으나, 네게도 아비 어미 있겠지. 그 사나운 꼴 보면 맘 좋겠다. 장사란 탐탁하게 해야 돼지, 계집이 다 무어야. 나가거라, 냉큼 꼴 치워.

그러나 한마디도 대거리하지 않고 하염없이 나가는 꼴을 보려니, 도리어 측은히 여겨졌다. 아직두 서름서름한 사인데 너무 과하지 않았을까 하고 마음이 섬짓해졌다. 주제도 넘지, 같은 술손님이면서두 아무리 젊다구 자식 낳게 된 것을 붙들고 치고 닦아셀 것은 무어야 원. 충줏집은 입술을 쫑긋 하고 술 붓는 솜씨도 거칠었으나, 젊은애들한테는 그것이 약이 된다나 하고 그 자리는 조선달이 얼버무려 넘겼다. 너 녀석한테 반했지? 애숭이를 빨면 죄 된다. 한참 법석을 친 후이다. 담도 생긴데다가 웬일인지 흠뻑 취해보고

8_ **짜장**: 과연. 정말로
9_ **난질꾼**: 난봉꾼, 또는 오입쟁이란 의미로 쓰임.

싶은 생각도 있어서 허 생원은 주는 술잔이면 거의 다 들이켰다. 거나해짐을 따라 계집 생각보다도 동이의 뒷일이 한결같이 궁금해졌다. 내 꼴에 계집을 가로채서는 어떡헐 작정이었누 하고 어리석은 꼬락서니를 모질게 책망하는 마음도 한편에 있었다. 그렇기 때문에 얼마나 지난 뒤인지 동이가 헐레벌떡거리며 황급히 부르러 왔을 때에는, 마시던 잔을 그 자리에 던지고 정신없이 허덕이며 충줏집을 뛰어나간 것이다.

"생원 당나귀가 바¹⁰를 끊구 야단이에요."

"각다귀들 장난이지 필연코."

짐승도 짐승이려니와 동이의 마음씨가 가슴을 울렸다. 뒤를 따라 장판을 달음질하려니 거슴츠레한 눈이 뜨거워질 것 같다.

"부락스런 녀석들이라 어쩌는 수 있어야죠."

"나귀를 몹시 구는 녀석들은 그냥 두지는 않을걸."

반평생을 같이 지내온 짐승이었다. 같은 주막에서 잠자고, 같은 달빛에 젖으면서 장에서 장으로 걸어다니는 동안에 이십 년의 세월이 사람과 짐승을 함께 늙게 하였다. 가스러진 목뒤 털은 주인의 머리털과도 같이 바스러지고, 개진개진 젖은 눈은 주인의 눈과 같이 눈곱을 흘렸다. 몽당비처럼 짧게 쓸리운 꼬리는, 파리를 쫓으려고 기껏 휘저어보아야 벌써 다리까지는 닿지 않았다. 닳아 없어진 굽을 몇 번이나 도려내고 새 철을 신겼는지 모른다. 굽은 벌써 더 자라나기는 틀렸고 닳아버린 철 사이로는 피가 빼짓이 흘렀다. 냄새만 맡고도 주인을 분간하였다. 호소하는 목소리로 야단스럽게 울며 반겨한다.

어린아이를 달래듯이 목덜미를 어루만져주니 나귀는 코를 벌름거리고 입을

10_ **바** : 볏짚이나 삼으로 세 가닥을 지어 굵다랗게 드린 줄. '참바'의 준말

투르르거렸다. 콧물이 튀었다. 허 생원은 짐승 때문에 속도 무던히는 썩었다. 아이들의 장난이 심한 눈치여서 땀밴 몸뚱어리가 부들부들 떨리고 좀체 흥분이 식지 않는 모양이었다. 굴레가 벗어지고 안장도 떨어졌다. 요 몹쓸 자식들, 하고 허 생원은 호령을 하였으나 패들은 벌써 줄행랑을 논 뒤요 몇 남지 않은 아이들이 호령에 놀래 비슬비슬 멀어졌다.

"우리들 장난이 아니우. 암놈을 보고 저 혼자 발광이지."

코흘리개 한 녀석이 멀리서 소리를 쳤다.

"고녀석 말투가……."

"김 첨지 당나귀가 가버리니까 온통 흙을 차고 거품을 흘리면서 미친 소 같이 날뛰는 걸. 꼴이 우스워 우리는 보고만 있었다우. 배를 좀 보지."

아이는 앵돌아진[11] 투로 소리를 치며 깔깔 웃었다. 허 생원은 모르는 결에 낯이 뜨거워졌다. 뭇 시선을 막으려고 그는 짐승의 배 앞을 가리어 서지 않으면 안되었다.

"늙은 주제에 암샘을 내는 셈야. 저놈의 짐승이."

아이의 웃음소리에 허 생원은 주춤하면서 기어코 견딜 수 없어 채찍을 들더니 아이를 쫓았다.

"쫓으려거든 쫓아보지. 왼손잡이가 사람을 때려."

줄달음에 달아나는 각다귀에는 당하는 재주가 없었다. 왼손잡이는 아이 하나도 후릴 수 없다. 그만 채찍을 던졌다. 술기도 돌아 몸이 유난스럽게 화끈거렸다.

"그만 떠나세. 녀석들과 어울리다가는 한이 없어. 장판의 각다귀들이란

11_**앵돌아진** : 마음이 토라진

어른보다도 더 무서운 것들인 걸."

조선달과 동이는 각각 제 나귀에 안장을 얹고 짐을 싣기 시작하였다. 해가 꽤 많이 기울어진 모양이었다.

드팀전 장돌림을 시작한 지 이십 년이나 되어도 허 생원은 봉평장을 빼논 적은 드물었다. 충주 제천 등의 이웃 군에도 가고, 멀리 영남 지방도 헤매기는 하였으나 강릉쯤에 물건 하러 가는 외에는 처음부터 끝까지 군내를 돌아다녔다. 닷새만큼씩의 장날에는 달보다도 확실하게 면에서 면으로 건너간다. 고향이 청주라고 자랑삼아 말하였으나 고향에 돌보러 간 일도 있는 것 같지는 않았다. 장에서 장으로 가는 길의 아름다운 강산이 그대로 그에게는 그리운 고향이었다. 반날 동안이나 뚜벅뚜벅 걷고 장터 있는 마을에 거지반 가까왔을 때 거친 나귀가 한바탕 우렁차게 울면 — 더구나 그것이 저녁녘이어서 등불들이 어둠 속에 깜박거릴 무렵이면 늘 당하는 것이건만 허 생원은 변치 않고 언제든지 가슴이 뛰놀았다.

젊은 시절에는 알뜰하게 벌어 돈푼이나 모아본 적도 있기는 있었으나, 읍내에 백중[12]이 열린 해 호탕스럽게 놀고 투전을 하고 하여 사흘 동안에다 털어 버렸다. 나귀까지 팔게 된 판이었으나 애끓는 정분에 그것만은 이를 물고 단념하였다. 결국 도로아미타불로 장돌림을 다시 시작할 수밖에는 없었다. 짐승을 데리고 읍내를 도망해 나왔을 때에는 너를 팔지 않기 다행이었다고 길가에서 울면서 짐승의 등을 어루만졌던 것이었다. 빚을 지기 시작하니 재산을 모을 염은 당초에 틀리고 간신히 입에 풀칠을 하러 장에서 장으로 돌아다니게 되었다.

12_ **백중**: 음력 칠월 보름날 재를 올리고 과실, 음식 등을 먹으며 즐겁게 노는 세시풍속일

호탕스럽게 놀았다고는 하여도 계집 하나 후려보지는 못하였다. 계집이란 쌀쌀하고 매정한 것이었다. 평생 인연이 없는 것이라고 신세가 서글퍼졌다. 일신에 가까운 것이라고는 언제나 변함없는 한 필의 당나귀였다.

그렇다고는 하여도 꼭 한 번의 첫 일을 잊을 수는 없었다. 뒤에도 처음에도 없는 단 한 번의 괴이한 인연! 봉평에 다니기 시작한 젊은 시절의 일이었으나 그것을 생각할 적만은 그도 산 보람을 느꼈다.

"달밤이었으나 어떻게 해서 그렇게 됐는지 지금 생각해도 도무지 알 수 없어."

허 생원은 오늘밤도 또 그 이야기를 끄집어내려는 것이다. 조선달은 친구가 된 이래 귀에 못이 박히도록 들어왔다. 그렇다고 싫증을 낼 수도 없었으나 허 생원은 시치미를 떼고 되풀이할 대로는 되풀이하고야 말았다.

"달밤에는 그런 이야기가 격에 맞거든,"

조선달 편을 바라는 보았으나 물론 미안해서가 아니라 달빛에 감동하여서였다. 이지러는 졌으나 보름을 갓 지난달은 부드러운 빛을 흐뭇이 흘리고 있다. 대화까지는 팔십 리의 밤길, 고개를 둘이나 넘고 개울을 하나 건너고 벌판과 산길을 걸어야 된다. 길은 지금 긴 산허리에 걸려 있다. 밤중을 지난 무렵인지 죽은 듯이 고요한 속에서 짐승같은 달의 숨소리가 손에 잡힐 듯이 들리며, 콩포기와 옥수수 잎새가 한층 달에 푸르게 젖었다. 산허리는 온통 메밀밭이어서 피기 시작한 꽃이 소금을 뿌린 듯이 흐뭇한 달빛에 숨이 막힐 지경이다. 붉은 대궁이 향기같이 애잔하고 나귀들의 걸음도 시원하다. 길이 좁은 까닭에 세 사람은 나귀를 타고 외줄로 늘어섰다. 방울소리가 시원스럽게 딸랑딸랑 메밀밭게로 흘러간다. 앞장선 허 생원의 이야기 소리는 꽁무니에 선 동이에게는 확적히는 안 들렸으나, 그는 그대로 개운한 제멋에 적적하지는 않았다.

"장 선 꼭 이런 날 밤이었네. 객줏집 토방이란 무더워서 잠이 들어야지. 밤중은 돼서 혼자 일어나 개울가에 목욕하러 나갔지. 봉평은 지금이나 그제나 마찬가지지. 보이는 곳마다 메밀밭이어서 개울가가 어디 없이 하얀 꽃이야. 돌밭에 벗어도 좋을 것을, 달이 너무나 밝은 까닭에 옷을 벗으러 물방앗간으로 들어가지 않았나. 이상한 일도 많지. 거기서 난데없는 성 서방네 처녀와 마주쳤단 말이네. 봉평서야 제일 가는 일색이었지."

"팔자에 있었나부지."

아무렴 하고 응답하면서 말머리를 아끼는 듯이 한참이나 담배를 빨 뿐이었다. 구수한 자줏빛 연기가 밤 기운 속에 흘러서는 녹았다.

"날 기다린 것은 아니었으나 그렇다고 달리 기다리는 놈팽이가 있는 것두 아니었네. 처녀는 울고 있단 말야. 짐작은 대고 있으나 성 서방네는 한창 어려워서 들고날 판인 때였지. 한집안 일이니 딸에겐들 걱정이 없을 리 있겠나? 좋은 데만 있으면 시집도 보내련만 시집은 죽어도 싫다지……. 그러나 처녀란 울 때같이 정을 끄는 때가 있을까. 처음에는 놀라기도 한 눈치였으나 걱정 있을 때는 누그러지기도 쉬운 듯해서 이럭저럭 이야기가 되었네……. 생각하면 무섭고도 기막힌 밤이었어."

"제천인지로 줄행랑을 놓은 건 그 다음날이렸다."

"다음 장도막[13]에는 벌써 온 집안이 사라진 뒤였네. 장판은 소문에 발끈 뒤집혀 고작해야 술집에 팔려가기가 상수라고 처녀의 뒷공론이 자자들 하단 말이야. 제천 장판을 몇 번이나 뒤졌겠나. 하나 처녀의 꼴은 꿩 궈 먹은 자리야.[14]

13_**장도막**: 장날과 장날 사이의 동안
14_**꿩 궈 먹은 자리**: '아무런 흔적도 찾을 수 없다'는 뜻

첫날밤이 마지막 밤이었지. 그때부터 봉평이 마음에 든 것이 반평생을 두고 다니게 되었네. 반평생인들 잊을 수 있겠나."

"수 좋았지. 그렇게 신통한 일이란 쉽지 않아. 항용 못난 것 얻어 새끼 낳고, 걱정 늘고 생각만 해두 진저리가 나지. ……그러나 늙으막바지까지 장돌뱅이로 지내기도 힘드는 노릇 아닌가? 난 가을까지만 하구 이 생계와두 하직하려네. 대화쯤에 조그만 전방이나 하나 벌이구 식구들을 부르겠어. 사시장천 뚜벅 뚜벅 걷기란 여간이래야지."

"옛 처녀나 만나면 같이나 살까……. 난 거꾸러질 때까지 이 길 걷고 저 달 볼 테야."

산길을 벗어나니 큰길로 틔어졌다. 꽁무니의 동이도 앞으로 나서 나귀들은 가로 늘어섰다.

"총각두 젊겠다, 지금이 한창 시절이렸다. 충줏집에서는 그만 실수를 해서 그 꼴이 되었으나 섧게 생각 말게."

"처, 천만에요. 되려 부끄러워요. 계집이란 지금 웬 제격인가요. 자나깨나 어머니 생각뿐인데요."

허 생원의 이야기로 실심해 한 끝이라 동이의 어조는 한풀 수그러진 것이었다.

"아비 어미란 말에 가슴이 터지는 것도 같았으나 제겐 아버지가 없어요. 피붙이라고는 어머니 하나뿐인걸요."

"돌아가셨나?"

"당초부터 없어요."

"그런 법이 세상에……."

생원과 선달이 야단스럽게 껄껄들 웃으니 동이는 정색하고 우길 수밖에는 없었다.

"부끄러워서 말하지 않으려 했으나 정말예요. 제천 촌에서 달도 차지 않은 아이를 낳고 어머니는 집을 쫓겨났죠. 우스운 이야기나, 그러기 때문에 지금까지 아버지 얼굴도 본 적 없고 있는 고장도 모르고 지내와요."

고개가 앞에 놓인 까닭에 세 사람은 나귀를 내렸다. 둔덕은 험하고 입을 벌리기도 대근하여[15] 이야기는 한동안 끊겼다. 나귀는 건듯하면 미끄러졌다. 허 생원은 숨이 차 몇 번이고 다리를 쉬지 않으면 안되었다. 고개를 넘을 때마다 나이가 알렸다. 동이 같은 젊은 축이 그지없이 부러웠다. 땀이 등을 한바탕 쪽 씻어 내렸다.

고개 너머는 바로 개울이었다. 장마에 흘러버린 널다리가 아직도 걸리지 않은 채로 있는 까닭에 벗고 건너야 되었다. 고의를 벗어 띠로 등에 얽어매고 반 벌거숭이의 우스꽝스런 꼴로 물 속에 뛰어들었다. 금방 땀을 흘린 뒤였으나 밤 물은 뼈를 찔렀다.

"그래, 대체 기르긴 누가 기르구?"

"어머니는 하는 수 없이 의부를 얻어가서 술장사를 시작했죠. 술이 고주래서 의부라고 전 망나니예요. 철들어서부터 맞기 시작한 것이 하룬들 편한 날 있었을까. 어머니는 말리다가 채이고 맞고 칼부림을 당하고 하니 집 꼴이 무어겠소. 열여덟 살 때 집을 뛰쳐나서부터 이 짓이죠."

"총각 낫세론 동이 무던하다고 생각했더니 듣고 보니 딱한 신세로군."

물은 깊어 허리까지 찼다. 속 물살도 어지간히 센데다가 발에 채이는 돌멩이도 미끄러워 금시에 훌칠[16] 듯하였다. 나귀와 조선달은 재빨리 거의

15_**대근하여**: 견디기가 힘들고 만만하지 아니하여
16_**훌칠**: 기본형 '훌치다'(촛불·등잔불이 바람에 쏠리다)

건넜으나 동이는 허 생원을 붙드느라고 두 사람은 훨씬 떨어졌다.

"모친의 친정은 원래부터 제천이었던가?"

"웬걸요. 시원스리 말은 안 해주나 봉평이라는 것만은 들었죠."

"봉평? 그래, 그 아비 성은 무엇이구?"

"알 수 있나요. 도무지 듣지를 못했으니까."

"그, 그렇겠지."

하고 중얼거리며 흐려지는 눈을 까물까물하다가 허 생원은 경망하게도 발을 빗디디었다. 앞으로 고꾸라지기가 바쁘게 몸째 풍덩 빠져버렸다. 허위적거릴수록 몸을 걷잡을 수 없어 동이가 소리를 치며 가까이 왔을 때에는 벌써 퍽으나 흘렀다. 옷째 쫄딱 젖으니 물에 젖은 개보다도 참혹한 꼴이었다. 동이는 물속에서 어른을 해깝게[17] 업을 수 있었다. 젖었다고는 하여도 여윈 몸이라 장정 등에는 오히려 가벼웠다.

"이렇게까지 해서 안됐네. 내 오늘은 정신이 빠진 모양이야."

"염려하실 것 없어요."

"그래, 모친은 아비를 찾지는 않는 눈치지?"

"늘 한번 만나고 싶다고는 하는데요."

"지금 어디 계신가?"

"의부와도 갈라져 제천에 있죠. 가을에는 봉평에 모셔오려고 생각 중인데요. 아를 물고 벌면 이럭저럭 살아갈 수 있겠죠."

"아무렴, 기특한 생각이야. 가을이랬다?"

17_ **해깝게** : 가볍게
18_ **탐탁한** : 마음에 들어 만족한

동이의 탐탁한[18] 등어리가 뼈에 사무쳐 따뜻하다. 물을 다 건넜을 때에는 도리어 서글픈 생각에 좀 더 업혔으면도 하였다.

"진종일 실수만 하니 웬일이요? 생원."

조선달이 바라보며 기어코 웃음이 터졌다.

"나귀야. 나귀 생각하다 실족을 했어. 말 안 했던가. 저 꼴에 제법 새끼를 얻었단 말이지. 읍내 강릉집 피마[19]에게 말일세. 귀를 좋긋 세우고 달랑달랑 뛰는 것이 나귀새끼 같이 귀여운 것이 있을까. 그것 보러 나는 일부러 읍내를 도는 때가 있다네."

"사람을 물에 빠뜨릴 젠 딴은 대단한 나귀 새끼군."

허 생원은 젖은 옷을 웬만큼 짜서 입었다. 이가 덜덜 갈리고 가슴이 떨리며 몹시도 추웠으나 마음은 알 수 없이 둥실둥실 가벼웠다.

"주막까지 부지런히들 가세나. 뜰에 불을 피우고 훗훗이 쉬어. 나귀에겐 더운 물을 끓여주고, 내일 대화장 보고는 제천이다."

"생원도 제천으로……?"

"오래간만에 가보고 싶어. 동행하려나, 동이?"

나귀가 걷기 시작하였을 때, 동이의 채찍은 왼손에 있었다. 오랫동안 아둑시니[20]같이 눈이 어둡던 허 생원도 요번만은 동이의 왼손잡이가 눈에 띄지 않을 수 없었다.

걸음도 해깝고 방울소리가 밤 벌판에 한층 청청하게 울렸다.

달이 어지간히 기울어졌다.

19_ **피마**: 다 자란 성숙한 암말
20_ **아둑시니**: 밤눈이 어두운 사람

이효석의 「메밀꽃 필 무렵」을 다 읽으셨나요?
그러면 작품의 내용을 생각하면서 이 소설의 인물, 사건, 배경 등 여러 요소들에 대한
자신만의 마인드맵을 그려 보세요~!

메밀꽃
필 무렵

줄거리

봉평장이 파장할 무렵, 왼손잡이인 드팀전의 허 생원은 장사가 시원치 않아서 속이 상한다. 조선달에 이끌려 충주집을 찾은 그는 나이가 어린 장돌뱅이 동이를 만난다. 허 생원은 대낮부터 충주집과 짓거리를 벌이는 동이가 몹시 미워 따귀를 올린다. 동이는 별 반항 없이 그 자리를 뜨지만, 허 생원은 마음이 좀 개운치 않다. 조 선달과 술을 마시는데 동이가 황급히 달려와 나귀가 밧줄을 끊고 야단이라 알려준다. 허 생원은 자기를 외면할 줄로 알았던 동이가 그런 기별까지 하자 여간 기특하지가 않다. 나귀에 짐을 싣고 달밤에 다음 장터로 떠나는데, 그들이 가는 길가에는 달빛에 메밀꽃이 흐드러지게 피어 있다.

달빛 아래 메밀꽃 정경에 감정이 동한 허 생원은 옛 이야기를 다시 꺼낸다. 경기가 좋을 때 잡은 한밑천을 노름판에서 다 잃어버린 그는 평생 여자와는 인연이 없었다. 그런데 메밀꽃 핀 여름 밤, 물방앗간에서 우연히 성 서방네 처녀를 만나 허 생원은 처녀와 관계를 맺는다. 다음날 처녀는 빚쟁이를 피해서 가족과 함께 봉평을 떠나고 말았다.

그 이야기 끝에 허 생원은 동이가 편모와 살고 있음을 알게 된다. 발을 빗디딘 허 생원은 나귀 등에서 떨어져 물에 빠지고 동이가 부축해서 업어 준다. 허 생원은 마음에 짐작되는 데가 있어 동이에게 물어 보니 그 어머니의 고향은 바로 봉평이었다. 동이와 제천으로 가려고 하는 허 생원은 어둠 속에서도 동이가 자기처럼 왼손잡이임을 안다.

주제

장돌뱅이 삶의 애환과 인간 본연의 애정

- **등장인물**
  · **허 생원** : 과거의 추억을 안고 살아가는 정 많고 고독한 장돌뱅이
  · **동이** : 혈기 왕성하며 순수함을 간직한 젊은이
  · **조 선달** : 허 생원의 친구. 남의 허물을 덮어줄 줄 아는 이해심 많은 성격의 소유자
- **배경** – 봉평 장터와 대화장으로 가는 산길(오후부터 밤중까지)
- **시점** – 3인칭 전지적 작가 시점
- **성격** – 사실적, 회상적, 낭만적
- **출전** – 『조광』(1936)

문제 풀기

모범답 → p. 271

1. 이 글의 주인공인 '허 생원'의 심리 변화로 가장 알맞은 것은? (　)

① 상대방에 대한 적대감이 갈수록 깊어지고 있다.

② 상대방에 대한 연민의 정이 점차 확대되고 있다.

③ 막연한 기대감이 심정적인 확신으로 바뀌고 있다.

④ 정신적인 갈등에서 완전히 벗어나 평온을 찾고 있다.

⑤ 자신의 과거가 드러나게 되어 불안감이 고조되고 있다.

2. 이 글의 주인공인 허 생원과 당나귀의 공통점 두 가지는 무엇일까요?

....

....

....

감상 쓰기 주인공이나 지은이에게 하고 싶은 말, 알게 된 점, 느낀 점 등

17

밤길

 이태준 (李泰俊, 1904~?)

이태준 李泰俊

1904~?

일제 강점기 시대부터 해방 직후까지 활동한 소설가. 인간적인 서정성과 순수한 휴머니즘의 시각으로 대상과 사건을 묘사한 다수의 작품들을 창작함으로써 한국 단편소설의 예술성을 높였으며, 한국전쟁 이후 북한에서 숙청당했다고 전해짐.

연보

- 1904년 11월 4일 강원도 철원군 묘장면 산명리에서 출생
- 1921년 휘문고보에 입학, 1924년 동맹휴교 주동으로 퇴학
- 1925년 『조선문단』에 「오몽녀」 발표 후 작품 활동 시작
- 1927년 도쿄 조치대학 예과에 입학, 1928년 중퇴
- 1933년 '구인회' 동인으로 활동
- 1939년 문학잡지 『문장』 주관
- 1941년 제2회 조선예술상 수상
- 1946년 '조선문학가동맹' 부위원장으로 활동
- 1946년 7~8월경 월북
- 1956년 북한에서 숙청당했으며, 사망 연도는 미상

❶ 이태준은 1933년 '구인회' 동인으로 활동하면서 1934년 첫 단편집 『달밤』 발간을 시작으로 『가마귀』(1937), 『이태준 단편선』(1939) 등 서정성이 농후한 작품들을 창작하였다.

❷ 이태준의 해방 이전 작품들은 대체로 현실에 초연하여 예술정신을 추구하려는 색채를 강하게 나타내었으며, 섬세한 묘사와 휴머니즘의 시선으로 대상을 바라보는 태도를 추구함으로써 단편소설의 예술적 완성도를 높였다.

❸ 이태준은 강제로 월북되었다는 이야기가 전해지며, 한국전쟁 이후 숙청을 당한 것은 그가 철저한 사회주의적 작가가 아니었으며, 그의 문학이 인간적 서정성과 순수성에 기초하고 있음을 반증한다고 볼 수 있다.

달밤(1934)	가마귀(1937)
구원의 여상(1937)	화관(1938)
청춘무성(1940)	사상의 월야(1946)
해방전후(1947)	소련기행(1947)

「밤길」은 1940년 5월 『문장』에 발표된 단편소설로서 간결한 언어와 서술적 구조가 돋보이는 작품입니다. 공사판 막노동으로 하루하루 살아가는 주인공이 병든 어린 딸을 안고 비바람이 몰아치는 밤길을 헤매다 결국 제 손으로 땅속에 묻게 된다는 내용인데, 생생한 묘사가 뛰어나다는 평가를 받고 있지요. 지은이는 이야기의 내용보다는 그 방법에 더 비중을 두고 문학의 예술성을 추구한 작가라고 할 수 있습니다.

이 작품의 '밤'과 '그치지 않는 비'는 상징적 배경입니다. 1930년대 암흑기의 절망적 상황과 도시 빈민의 궁핍한 삶, 어린아이의 죽음 앞에서 무기력할 수밖에 없는 아버지의 마음을 잘 나타내고 있지요. 일제 식민지 치하에서 사는 빈민의 궁핍한 삶의 모습을 통해 과거 우리 민족의 고난을 짐작하며 읽어 보세요.

밤길

-
-
-

월미도(月尾島) 끝에 물에다 지어 놓은, 용궁각인가 수궁각인가는 오늘도 운무에 잠겨 보이지 않는다. 벌써 열나흘째 줄곧 그치지 않는 비다. 삼십 간이 넘는 큰 집 역사에 암키와만이라도 덮은 것이 다행이나 목수들은 토역[1]이 끝나기를 기다리고, 미장이[2]들은 겨우 초벽[3]만 쳐놓고 날 들기만 기다린다.

기둥에, 중방, 인방에 시퍼렇게 곰팡이가 돋았다. 기대거나 스치거나 하면 무슨 버러지 터진 것처럼 더럽다. 집주인은 으레 하루 한 번씩 와서 둘러보고, 기둥 하나에 십 원이 더 치었느니, 토역도 끝나기 전에 만여 원이 들었느니 하고, 황 서방과 권 서방더러만 조심성이 없어 곰팡이를 문대기고 다녀 집을 더럽한다고, 쭝얼거리다가는 으레 월미도 쪽을 눈살을 찌푸려 내어다 보고는, 이놈의 하늘이 영영 물커져 버리려나, 어쩌려나 하고는 입맛을 다시다 가버린다. 그러면 황 서방과 권 서방은 입을 삐죽하며 집주인의 뒷모양을

1_ **토역**: 土役. 흙일
2_ **미장이**: 건축 공사에서 흙 따위를 바르는 일을 업으로 하는 사람
3_ **초벽**: 종이나 흙으로 애벌 바른 벽, 또는 그 일

비웃고, 이젠 이 집이 우리 차지라는 듯이, 아직 새벽질도 안 한 안방으로 들어가 파리를 날리고 가마니 쪽 위에 눕는다.

날이 들지 않는 것을 탓할 푼수로는 집주인보다, 목수들보다, 미장이들보다, 모군꾼인 황 서방과 권 서방이 훨씬 윗길이라야 한다.

권 서방은 집도, 권속도 없이 떠돌아다니는 홀아비지만, 황 서방은 서울서 내려왔다. 수표다리께 뉘 집 행랑살이나마 아내도 자식도 있다. 계집애는 큰 게 둘이지만, 아들로는 첫아이를 올에 얻었다. 황 서방은 돈을 뫄야겠다는 생각이 딸애들 때와 달리 부쩍 났다. 어떻게 돈 십 원이나 마련되면 가을부터는 군밤 장사라도 해볼 예산으로, 주인나리한테 사정사정해서 처자식만 맡겨 놓고 인천으로 내려온 것이다.

와서 이틀 만에 이 역사터를 만났다. 한 보름 동안은 재미나게 벌었다. 처음 사나흘 동안은 품삯을 받는 대로 먹어 없앴다. 처자식 생각이 났으나 눈에 보이지 않으니 우선 내 입에서부터 널름널름 집어넣을 수가 있다. 서울서는 벼르기만 하던, 얼음 넣은 냉면도 밤참으로 사먹어 보고, 콩국, 순댓국, 호떡, 아─스꾸리[4]까지 사먹어 봤다. 지카다비[5]를 겨우 한 켤레 샀을 때는 벌써 인천 온 지 열흘이 지났다. 아차, 이렇게 버는 족족 집어 써선 만날 가야 목돈이 잡힐 것 같지 않다. 정신을 바짝 차려 대엿새째 오륙십 전씩이라도 남겨 나가니 장마가 시작이다. 그 대엿새의 오륙십 전은, 낮잠만 자며 다 까먹은 지가 벌써 오래다. 집주인한테 구걸하듯 해서, 그것도, 꾀를 피우지 않고 힘껏 일을 해왔기 때문에 주인 눈에 들었던 덕으로, 이제 날이 들면 일할 셈치고

4_**아─스꾸리** : 아이스크림
5_**지카다비** : 끈이 없고 엄지발가락이 따로 들어가게 되어 있는, 일본 노동자들이 신는 작업화

선고가로 하루 사십 전씩을 얻어 연명을 하는 판이다.

새벽에 잠만 깨면 귀부터 든다. 부슬부슬, 빗소리는 어제나 다름없다.

"이거 자빠져두 코가 깨진단 말이 날 두구 헌 말이여!"

"거, 황 서방은 그래 화투 하나 칠 줄 모르담!"

권 서방은 또 일어나 앉더니 오관⁶인가 사관인가를 뗀다.

"우리 에펜네허구 같군."

"누가?"

"권 서방 말유."

"내가 댁 마누라허구 같긴 뭬 같어?"

"우리 에펜네가 저걸 곧잘 해……. 가끔 날보구 핀잔이지, 헐 줄 모른다구."

"화툴 다 허구. 해깔라생⁷인 게로구랴?"

"허긴 남 행랑 구석에나 처 넣어두긴 아깝대니까."

"벨 빌어먹을 소리 다 듣겠군! 어떤 녀석은 제 에펜네 남 행랑살이 시키기 좋아 시킨답디까?"

"허기야……."

"이눔의 솔학 껍질 하내 어디 가 백였나……."

"젠—장! 돈두 못 벌구 생홀애비 노릇만 허니 이게 무슨 청승이어!"

"황 서방두 마누라 궁뎅인 꽤 받치는 게로군."

"궁금—헌데……. 내가 편질 부친 게 우리 그저께 밤이지?"

"그렇지 아마."

6_**오관**: 골패나 화투로 혼자 하는 놀음
7_**해깔라생**: 하이칼라쟁이(서양식 유행을 따르는 멋쟁이)

"어젠 그럼 내 편질 봤겠군! 젠―장 돈이나 몇 원 부쳐 줬어야 헐 건데……."

"색시가 젊우?"

"지금 한창이지."

"그럼, 황 서방보담 아랜 게로구랴?"

"열네 해나."

"저런! 그럼 삼십 안짝이게?"

"안짝이지."

"거, 황 서방 땡이로구려!"

하는데 밖에서 비 맞는 지우산 소리가 난다.

"누구야, 저게?"

황 서방도 일어났다. 지우산이 접히자 파나마⁸에 금테 안경을 쓴, 시뿌옇게 살진 양복쟁이다. 황 서방의 퀭―한 눈이 뚱그래서 뛰어나간다. 뭐라는지 허리를 굽신하고 인사를 하는 눈치인데 저쪽에선 인사를 받기는커녕 우산을 놓기가 바쁘게 절컥 황 서방의 뺨을 붙인다. 까닭 모를 뺨을 맞는 황 서방보다 양복쟁이는 더 분한 일이 있는 듯 입을 벌룽거리기만 하면서 이번에는 덥석 황 서방의 멱살을 잡는다.

"아니, 나리님? 무슨 영문인지나……."

"무…… 뭐시이?"

하더니 또 철썩 귀쌈을 올려붙인다. 권 서방이 화닥닥 뛰어내려왔다. 양복쟁이에게 덤비지는 못하고 황 서방더러 버럭 소리를 지른다.

"이 자식이 손은 뒀다 뭣에 쓰자는 거냐? 죽을 죄 졌기루서니 말두 듣기

8_ **파나마**: 파나마 모자(파나마 풀의 잎을 잘게 쪼개어 만든 여름 모자)

전에 매부터 맞어?"

　그제야 양복쟁이는 황 서방의 멱살을 놓고 가래를 돋워 뱉더니 마룻널 포개 놓은 데로 가 앉는다. 담배부터 내어 피워 물더니,

　"인두겁[9]을 썼음 너두 사람 녀석이지……. 네 계집두 사람년이구……."

　양복쟁이는 황 서방네 주인나리였다. 다른 게 아니라, 황 서방의 처가 달아난 것이다. 아홉 살짜리, 여섯 살짜리, 두 계집애와 백일 겨우 지난 아들애까지 내버려두고 주인집 은수저 네 벌과 풀 먹이라고 내어준 빨래 한 보퉁이까지 가지고 나가선 무소식이란 것이다. 두 큰 계집애가 밤마다 우는 것은 고사하고 질색인 건 젖먹이 때문이었다. 그런데 애비마저 돈 벌러 나간단 녀석이 장마 속에도 돌아오지 않는다.

　밥만 주면 처먹는 것만도 아니요, 암죽을 쑤어 먹이든지, 우유를 사다 먹이든지 해야 되고, 똥오줌을 받아내야 하고, 게다가 에미 젖을 못 먹게 되자 설사를 시작한다. 한 열흘 하더니 그 가는 팔다리가 비비 틀린다. 볼 수가 없다. 이게 무슨 팔자에 없는 치다꺼리인가? 아씨는 조석으로 화를 내었고 나리님은 집안에 들어서면 편안할 수가 없다. 잘못하다가는 어린애 송장까지 쳐야 될 모양이다. 경찰서에까지 가서 상의해 보았으나 아이들은 그 애비 되는 자가 돌아올 때까지 주인이 보호해 주는 도리밖에 없다는 퉁명스런 부탁만 받고 돌아왔다. 이런 무도한 연놈이 있나? 개돼지만도 못한 것이지 제 새끼를 셋이나, 것두 겨우 백일 지난 걸 놔두구 달아나는 년이야 워낙 개만도 못한 년이지만, 애비 되는 녀석까지, 아무리 제 여편네가 달아난 줄은 모른다 쳐도, 밤낮 아이만 끼구 앉아 이마때기에 분칠만 하는 년이

9_ **인두겁** : 사람의 형상이나 탈

안일을 뭘 그리 칠칠히 해내며 또 시킬 일은 무에 그리 있다고 염치 좋게 네 식구씩이나 그냥 먹여 줍쇼 하고 나가선 달포가 되도록 소식이 없는 건가? 이놈이 들어서건 다리옹두릴 꺾어 놔 내쫓아야, 이놈이 사람놈일 수가 있나! 욕밖에 나가는 것이 없다가 황 서방의 편지가 온 것이다.

"이놈이 인천 가 자빠졌구나!"

당장에 나리님은 큰 계집애한테 젖먹이를 업히고, 작은 계집애한테는 보퉁이를 들리고, 비 오는 건 아무것도 아니다, 그 길로 인천으로 끌고 내려온 것이다.

"그래 애들은 어딨세유?"

"정거장에들 앉혀 뒀으니 가 인전 맡어. 맨들어만 놈 에미애빈가! 개 같은 것들……."

나리님은 시계를 꺼내 보더니 일어선다. 일어서더니 엥이! 하고 침을 뱉더니 우산을 펴든다.

황 서방은 무슨 꿈인지 모르겠다. 아무튼 나리님 뒤를 따라 정거장으로 나오는 수밖에 없다. 옷 젖기 좋을 만치 내리는 비를 그냥 맞으며.

정거장에는 두 딸년이 오르르 떨고 바깥을 내다보다가 애비를 보자 으아 소리를 내고 울었다. 젖먹이는 울음소리도 없다. 옆에서 다른 사람들이 무심히 들여다보았다가는 엥이! 하고 안 볼 것을 보았다는 듯이 얼굴을 돌린다. 황 서방은 가슴이 섬뜩 하는 것을 참고 받아 안았다. 빈 포대기처럼 무게가 없다. 비린내만 훅 끼친다. 나리님은 어느새 차표를 샀는지, 마지막 선심을 쓴다기보다 들고 가기가 귀찮다는 듯이, 옜다 이년아, 하고 젖은 지우산을 큰 계집애한테 던져 주고는 시원스럽게 차 타러 들어가 버리고 만다.

황 서방은 아이들을 끌고, 안고, 저 있던 데로 돌아올 수밖에 없다.

"거, 살긴 틀렸나 부!"

한참이나 앓는 아이를 들여다보던 권 서방의 말이다.

"임자보구 곤쳐 내래게 걱정이여?"

"그렇단 말이지."

"글쎄, 웬 걱정이여?"

황 서방은 참고 참던, 누구한테 대들어야 할지 모르던 분통이 터진 것이다.

"그럼 잘못 됐구려…… 제에길……."

"……"

황 서방은 그만 안았던 아이를 털썩 내려놓고 뿌우연 눈을 슴벅거린다.

"무…… 무돈년…… 제년이 먼저 급살을 맞지 살 줄 알구……."

"그래두 거 의원을 좀 봬야지 않어?"

"쥐뿔이나 있어?"

권 서방도 침만 찍 뱉고 돌아앉았다. 아이는 입을 딱딱 벌리더니 젖을 찾는 듯 주름 잡힌 턱을 옴직거린다. 아무것도 와 닿는 것이 없어 그러는지, 그 옴직거림조차 힘이 들어 그러는지, 이내 다시 잠잠해진다. 죽었나 해서 코에 손을 대어 본다. 아비 손에서 담뱃내를 느낀 듯 킥, 킥 재채기를 한다. 그러더니 그 서슬에 모기 소리만큼 애앵애앵 보채 본다. 그리고는 다시 까부라진다.

"병원에 가두 틀렸어, 이건."

남의 말에는 성을 내던 아비의 말이다.

"뭐구 집쥔이 옴?"

"……"

월미도 쪽이 더 새까매지더니 바람까지 치며 빗발이 굵어진다. 황 서방은 다리를 치켜 걸었다. 앓는 애를 바짝 품안에 붙이고 나리님이 주고 간 지우

산을 받고 나섰다. 허턱 병원을 찾았다. 의사가 왕진 갔다고 받지 않고, 소
아과가 아니라고 받지 않고 하여 네 번째 찾아간 병원에서 겨우 진찰을 받
았다. 의사는 애 아비를 보더니 말은 간호부에게만 무어라 지껄이고는 안으
로 들어가 버린다.

"안 되겠습죠?"

"아는구려."

하고 간호부는 그냥 안고 나가라고 한다.

"한이나 없게 약을 좀 줍쇼."

"왜 진작 안 데리구 오냐 말요? 이런 애 죽는 건 에미애비가 생아일 쥑이
는 거요. 오늘 밤 못 넹규."

황 서방은 다시는 울 줄도 모르는 아이를 안고 어청어청 다시 돌아오는
수밖에 없었다.

밤이 되었다. 권 서방에게 있는 돈을 털어다 호떡을 사왔다. 황 서방은
호떡을 질근질근 씹어 침을 모아 앓는 아이 입에 넣어 본다. 처음엔 몇 입
받아 삼키는 모양이나 이내 꼴깍꼴깍 게워 버린다. 황 서방은 아이 입에는
고만두고 자기가 먹어 버린다. 종일 굶었다가 호떡이라도 좀 입에 들어가니
우선 정신이 난다. 딸년들에게 아내에게 대한 몇 가지를 물어 보았으나 달
아났다는 사실을 더욱 똑똑하게 알아차릴 것뿐이다.

"병원에서 헌 말이 맞을랴는 게로군!"

"뭐랬게?"

"밤을 못 넹기리라더니……."

캄캄해졌다. 초를 사올 돈도 없다. 아이의 얼굴이 희끄무레할 뿐 눈도 똑
똑히 보이지 않는다. 빗소리에 실낱같은 숨소리는 있는지 없는지 분별할 도

116

리가 없다.

"이 사람?"

모기를 때리느라고 연성 종아리를 철썩거리던 권 서방이 얼리지 않는 점잖은 목소리를 내인다.

"생각허니 말일세…… 집쥔이 여태 알진 못해두……."

"집쥔?"

"그랴…… 아무래두 살릴 순 없잖나?"

"애 말이지?"

"글쎄."

"어쩌란 말야?"

"남 새 집…… 들기두 전에 안됐지 뭐야?"

"흥! 별년의 소리 다 듣겠네! 자녠 오지랖¹⁰두 정치겐 넓네."

"넓잖음 어쩌나?"

"그럼, 죽는 앨 끌구 이 우중에 어디루 나가야 옳아?"

"글쎄 황 서방은 노염부터 날 줄두 알어. 그렇지만 사필귀정으로 남의 일두 생각해 줘야 허느니……."

"자녠 이눔으 집서 뭐 행랑살이나 얻어 헐까구 그리나?"

"예에끼 사람! 자네믄 그래 방두 꾸미기 전에 길 닦아 노니까 뭐부터 지나 가더라구 남의 자식부터 죽어 나감 좋겠나? 말은 바른 대루……."

"자넴 또 자네 자식임 그래 이 우중에 끌구 나가겠나?"

하고 황 서방은 버럭 소리를 질렀다.

10_**오지랖**: 웃옷이나 윗도리에 있는 겉옷의 앞자락. '오지랖이 넓다': 주제넘어서 아무 일에나 참견하다.

"난 나가네."

"갈은 없는 눔끼리 너무허네."

"없는 눔이라구 이면경계[11]야 몰라?"

"난 이면두 경계두 모르는 눔일세, 웬 걱정이여?"

빗소리뿐, 한참이나 잠잠하다가 황 서방이 코를 훌쩍거리는 것이 우는 꼴이다. 권 서방은 머리만 벅적거리었다. 한참 만에 황 서방은 성냥을 긋는다. 어린애를 들여다보다가는 성냥개비가 다 붙기도 전에 던져 버린다. 권 서방은 그만 누워 버리고 말았다.

어느 때나 되었는지 깜박 잠이 들었는데 황 서방이 깨운다.

"왜 그려?"

권 서방은 벌떡 일어나며 인젠 어린애가 죽었나 보다 하였다.

"자네 말이 옳으이……."

"뭐?"

"아무래두 죽을 자식인데 남헌테 궂은 짓 할 것 뭐 있나!"

하고 한숨을 쉰다. 아직 죽지는 않은 모양이다. 권 서방은 후닥닥 일어났다. 비는 한결같이 내렸다. 권 서방은 먼저 다리를 무릎 위까지 올려 걷었다. 그리고 삽을 찾아 든다.

"그럼, 안구 나서게."

"어디루?"

"어딘? 아무 데루나 가다가 죽건 묻세그려."

"……"

<hr>

11_**이면경계** : 裏面境界. 일의 내용의 옳고 그름

"아무래두 이 밤 못 넹길 거 날 밝으문 괜히 앙징스런 꼴 자꾸 보게만 되지 무슨 소용 있어? 안게, 어서."

황 서방은 또 키룩키룩 느끼면서 나뭇잎처럼 거뿐한 아이를 싸 품에 안고 일어선다.

"이런 땐 맘 모질게 먹는 게 수여. 밤이길 잘했지……."

"……"

황 서방은 딸년들 자는 것을 들여다보고는 성큼 퇴 아래로 내려섰다. 지우산을 펴자 쫘르르 소리가 난다. 쫘르르 소리에 큰딸년이 깨어 일어난다. 황 서방은 큰딸년을 미리, 꼼짝 말고 있으라고 윽박지른다.

황 서방은 아이를 안고 한 손으로 지우산을 받고 나서고, 그 뒤로 권 서방이 헛간을 가리었던 가마니를 떼어 두르고 삽을 메고 나섰다.

허턱 주안(朱安) 쪽을 향해 걷는다. 얼마 안 걸어 시가지는 끝나고 길은 차츰 어두워진다. 길만 어두워지는 것이 아니라 바람이 세차진다. 획 비를 몰아붙이며 우산을 떠받는다. 황 서방은 우산을 뒤집히지 않으려 바람을 따라 빙그르 돌아본다. 그러면 비는 아이 얼굴에 흠빡 쏟아진다. 그래도 아이는 별로 소리가 없다. 권 서방더러 성냥을 그어 대라고 한다. 그어 대면 얼굴은 죽은 것이나 마찬가지나 빗물 흐르는 비비 틀린 목줄에서는 아직도 발랑거리는 것이 보인다. 바람이 또 친다. 또 빙그르 돌아본다. 바람은 갑자기 반대편에서도 친다. 우산은 그예 뒤집히고 만다. 뒤집힌 지우산은 두 번 세 번 만에는 갈기갈기 찢어지고 말았다. 또 성냥을 켜보려 한다. 그러나 성냥이 눅어 불이 일지 않는다. 하늘은 그저 먹장이다. 한참 숨을 죽이고 들여다보아야 희끄무레하게 아이 얼굴이 떠오른다.

"이거, 왜 얼른 뒈지지 않어?"

"아마 한 십 리 왔나 보이."

다시 한 오 리 걸었을 때다. 황 서방은 살만 남은 지우산을 집어 내던지며 우뚝 섰다.

"왜?"

인젠 죽었느냐 말은 차마 나오지 않는다.

"인전 묻어 버려두 되나 볼세."

"그래?"

권 서방은 질—질 끌던 삽을 들어 쩔겅 소리가 나게 자갈길을 한번 내려쳐 삽을 짚고 좌우를 둘러본다. 한편에 소 등허리처럼 거무스름한 산이 나타난다. 권 서방은 그리로 향해 큰길을 내려선다. 도랑물이 털버덩한다. 삽도 짚지 못한 황 서방은 겨우 아이만 물에 잠그지 않았다. 오이밭인지 호박밭인지 서슬 센 덩굴이 종아리를 에인다.

"옘—병을 헐……."

밭은 넓기도 했다. 밭두덩에 올라서자 돌각담이다. 미끄런 고무신 한 짝이 뱀장어처럼 뻐들겅하더니 벗어져 달아난다. 권 서방까지 다시 와 암만 찾아도 보이지 않는다.

"이거디 더 걷겠나?"

"여기 팝시다."

"여기 돌 아니여?"

"파문 흙 나오겠지."

황 서방은 돌각담에 아이 시체를 안고 앉았고, 권 서방은 삽으로 구덩이를 판다. 떡떡 돌이 두드러지고, 돌을 뽑으면 우물처럼 물이 철철 고인다.

"이런 빌어먹을 늠의 비……."

"물구뎅이지 별수 있어······."

황 서방은 권 서방이 벗어 놓은 가마니 쪽에 아이 시체를 누이고 자기도 구덩이로 왔다. 이내 서너 자 깊이로 들어갔다. 깊어지는 대로 물은 고인다. 다행히 비탈이라 낮은 데로 물꼬를 따놓았다. 물은 철철철 소리를 내며 이내 빠진다. 황 서방은,

"으흐흐······."

하고 한자리 통곡을 한다. 애비 손으로 제 새끼를 이런 물구덩이에 넣을 것이 측은해, 권 서방이 아이 시체를 안으러 갔다.

"뭐?"

죽은 줄만 알고 안아 올렸던 권 서방은 머리칼이 곤두섰다. 분명히 아이의 입에서 무슨 소리가 난다. 꼴깍꼴깍 아이의 입은 무엇을 토하는 것이다. 비리치근한 냄새가 홱 끼친다.

"여보 어디?"

황 서방도 분명히 꼴깍 소리를 들었다. 아이는 아직 목숨이 붙었다. 빗물이 입으로 흘러들어간 것을 게운 것이다.

"제에길, 파리새끼만두 못한 게 찔기긴!"

아비가 받았던 아이를 구덩이 둔덕에 털썩 놓아 버린다.

비는 한결같다. 산골짜기에는 물소리뿐 아니라, 개구리, 맹꽁이 그리고도 무슨 날짐승 소리 같은 것도 난다.

아이는 세 번째 들여다볼 적에는 틀림없이 죽은 것 같았다. 다시 구덩이 바닥에 물을 쳐내었다. 가마니를 한끝을 깔고 아이를 놓고 남은 한끝으로 덮고 흙을 덮었다.

황 서방은 아이를 묻고, 고무신 한 짝을 잃어버리고 쩔름거리며 권 서방의

뒤를 따라 한길로 내려왔다.

아직 하늘은 트이려 하지 않는다.

"섰음 뭘 허나?"

황 서방은 아이 무덤 쪽을 쳐다보고 멍청히 섰다.

"돌아서세, 어서."

"예가 어디쯤이지."

"그까짓 건…… 고무신 한 짝이 아깝네만……."

"……"

"가세, 어서."

황 서방은 아이 무덤 쪽에서 돌아서기는 했으나 권 서방과는 반대 방향
으로 걸어가는 것이다. 권 서방이 쫓아와 붙든다.

"내 이년을 그예 찾아 한 구뎅에 처박구 말 테여……."

"허! 이럼 뭘 허나?"

"으흐흐…… 이리구 삶 뭘 허는 게여? 목석만두 못헌 애비지 뭐여? 저것
원술 누가 갚어…… 이년을 내 젖퉁일 썩뚝 짤러다 묻어 줄 테다."

"황 서방 진정해요."

"노래두……."

"아, 딸년들은 또 어떻게 되라구?"

"……"

황 서방은 그만 길 가운데 철벅 주저앉아 버린다. 하늘은 그저 먹장이요,
빗소리 속에 개구리와 맹꽁이 소리뿐이다.

이태준의 「밤길」을 다 읽으셨나요?

그러면 작품의 내용을 생각하면서 이 소설의 인물, 사건, 배경 등 여러 요소들에 대한
자신만의 마인드맵을 그려 보세요~!

줄거리

황 서방은 서울에서 행랑살이를 하다가 돈을 벌려고 아내와 아이를 주인집에 맡겨 놓고 인천 월미도로 내려와 신축 공사장에서 일한다. 한동안 돈도 벌고 먹고 싶은 것도 사 먹었으나, 계속되는 장마로 공사는 중단되고 돈만 까먹으며 비가 그치기만을 기다린다. 황 서방보다 훨씬 젊은 그의 아내는 바람이 나서 가출하고 남은 아이들은 굶주림과 병에 시달리게 된다. 이를 보다 못한 주인 영감이 아이들을 월미도 공사장에 끌고 내려와 황 서방에게 넘기고 가 버린다.

황 서방은 젖먹이를 안고 허둥지둥 병원을 찾았으나 병세가 매우 위독하여 오늘밤을 못 넘기겠다고 한다. 공사장으로 돌아온 황 서방은 새 집에 주인이 들어오기도 전에 시체를 내갈 수 없다는 권 서방의 생각에 동의하며 비 내리는 밤길에 죽어가는 아이를 안고 나온다. 권 서방과 함께 아이가 빨리 죽기를 기다리지만 아이는 쉬 숨이 끊어지지 않는다. 둘은 주안 쪽을 향해 걷다가 아이의 숨이 끊어졌다고 판단하여 산비탈에 구덩이를 파고 아이를 묻으려 한다. 순간 아이의 목숨이 아직도 붙어 있음을 알고 권 서방은 놀란다. 한참을 기다린 끝에 아이가 죽자 구덩이에 아이를 묻고, 황 서방은 아내를 원망하며 통곡한다. 어둠과 빗줄기 속에 황 서방은 주저앉아 버리고, 개구리와 맹꽁이 소리만 들려온다.

주제

일제 강점기 시대 하층민의 비극적 삶

- **등장인물**
  - **황서방** : 가난하나 성실하고 선량한 노동자
  - **권서방** : 황서방과 함께 공사장에서 일하는 인부
  - **주인집 어른** : 황서방네가 행랑살이하는 집의 주인
- **배경** – 일제 강점기 시대 인천 월미도와 주안
- **시점** – 3인칭 전지적 작가 시점
- **성격** – 사실적, 절망적, 고발적
- **출전** – 『문장』(1940)

문제 풀기

모범답 → p. 271

1. 이 글의 내용으로 미루어 '황 서방의 처'가 아이들을 두고 달아나기 전에 취했을 행동으로 가장 알맞은 것은? ( )

   ① 남편의 무능함을 탓하며 원망했을 것이다.
   ② 자식들을 사랑하며 즐겁게 살았을 것이다.
   ③ 가난을 이겨내며 희망을 잃지 않았을 것이다.
   ④ 자식들을 데리고 일을 하며 돈을 벌었을 것이다.
   ⑤ 남편이 돌아올 날을 기다리며 매일 기도했을 것이다.

2. 이 글의 결말 부분에 나오는 개구리와 맹꽁이의 울음소리는 작품의 분위기와 관련하여 어떤 구실을 할까요?

   ....

감상 쓰기　주인공이나 지은이에게 하고 싶은 말, 알게 된 점, 느낀 점 등

18

독 짓는 늙은이

 황순원 (黃順元, 1915~2000)

황순원 黃順元

1915~2000

일제 강점기에 태어나 시인으로 작품 활동을 시작한 소설가. 해방 이후 현대에 이르기까지 단편과 장편에 걸쳐 서정성과 향토성, 개인과 역사의 문제를 높은 예술성으로 승화시켰으며, 20세기 한국문학을 대표하는 작가정신의 전범으로 평가받고 있음.

연보

- 1915년 3월 26일 평안남도 대동군 재동면에서 출생
- 1929년 정주 오산학교에 입학 후 한 학기 뒤 평양 숭실중학교로 전학
- 1931년 시 「나의 꿈」을 『동광』에 발표한 후 『방가』(1934), 『골동품』(1936) 등의 시집 출간
- 1934년 3월에 숭실중학교 졸업, 동경에서 이해랑, 김동원 등과 극예술단체 '동경 학생예술좌' 창립
- 1939년 3월 일본 와세다대학 영문과 졸업
- 1940년 『황순원 단편집』(후에 『늪』으로 고침) 출간
- 1955년 장편소설 『카인의 후예』로 아시아 자유문학상 수상
- 1957년 경희대 문리대 교수, 예술원 회원
- 1983년 장편 『신들의 주사위』로 대한민국문학상 본상 수상
- 2000년 9월 14일 서울 동작구 자택에서 사망

❶ 황순원의 작품들은 문체가 간결하고 세련되었으며, 소설 문학의 예술성을 추구하는 다양한 기법, 휴머니즘의 정신의 추구, 한국인의 전통적인 삶에 대한 애정 등을 보여주는 한국문학의 정수라 할 수 있다.

❷ 황순원의 장편소설들은 서정적인 아름다움이 잘 표현되는 가운데에서도 일제 강점기 시대로부터 근대화가 이루어지는 시기에까지 우리 민족의 정신문화에 대한 역사적 조명에 초점을 맞추어 창작되어 높은 평가를 받고 있다.

❸ 황순원은 문예사조의 관점에서 볼 때 낭만주의 경향이 강한 소설들을 주로 창작했으며, 작품이 발표된 이후에도 끊임없이 수정 작업을 거듭함으로써 완전한 작품을 지향했던 장인정신의 소유자라 할 수 있다.

목넘이 마을의 개(1948)	소나기(1953)
카인의 후예(1954)	인간접목(1957)
나무들 비탈에 서다(1960)	일월(1964)
움직이는 성(1973)	신들의 주사위(1982)

준비

「독 짓는 늙은이」는 1950년 4월 『문예』 제9호에 발표되었는데 실제로 창작된 것은 1944년이라고 합니다. 한 쇠락한 노인의 삶을 보여주고 있는 이 작품에서 젊음도 상실하고 모든 것을 빼앗긴 송 영감의 처지는 일제 말기 우리 민족의 비극을 연상시키지요. 그러나 그러한 절망 속에서도 마지막 생명의 불꽃까지 태우려는 독 짓는 영감의 모습은 예술가로서의 삶의 의지를 상징합니다. 이것은 암울한 시대를 살아온 작가 의식의 반영이며, 이 소설의 예술적 가치라고 할 수 있습니다.

집중

"이것만은 꼭 생각하며 읽자."

1945년 8·15해방 이후 우리나라는 급격한 서구 문물의 유입으로 인하여 전통적인 가치관이 무너지는 과정을 겪습니다. 이 작품은 이러한 급격한 변화의 세태에 저항하는 한 장인의 집념과 좌절을 보여주고 있지요. 장인 정신을 불태우는 주인공의 집념을 통해 지은이가 독자들에게 말하고자 하는 것은 무엇인지, 또한 진정한 예술정신은 어떤 것인지 생각하며 읽어 보세요.

독 짓는 늙은이

-
-
-

이년! 이 백 번 죽에두 쌀 년! 앓는 남편두 남편이디만, 어린 자식을
놔두구 그래 도망을 가? 것두 아들놈 같은 조수놈하구서……. 그래 지금 한창
나이란 말이디? 그렇다구 이년, 내가 아무리 늙구 병들었기루서니 거랑질[1]이야
할 줄 아니? 이녀언! 하는데, 옆에 누웠던 어린 아들이, 아바지, 아바지이!
하였으나 송 영감은 꿈속에서 자기 품에 안은 아들이 아바지, 아바지이! 하고
부르는 것으로 알며, 오냐 데건 네 에미가 아니다! 하고 꼭 품에 껴안는 것을,
옆에 누운 어린 아들이 그냥 울먹울먹한 목소리로 아버지를 불러, 잠꼬대에서
송 영감을 깨워 놓았다.

　송 영감은 잠들기 전보다 더 머리가 무겁고 언짢았다. 애가 종내 훌쩍 훌쩍
울기 시작했다. 오, 오, 하며 송 영감은 잠꼬대 속에서처럼 애를 끌어안았다. 자
기의 더운 몸에 별나게 애의 몸이 찼다. 벌써부터 이렇게 얼리어서 될 말이
냐고, 송 영감은 더 바싹 애를 껴안았다. 그리고 훌쩍이는 이제 일곱 살 난
애를 그렇게 안고 있는 동안 송 영감은 다시 이 어린것 을 두고 도망간 아내

1_**거랑질** : 남에게 구걸하는 짓

가 새롭게 괘씸했다. 아내와 함께 여드름 많던 조수가 떠올랐다. 그러자 그 아들 같은 조수에게 동년배의 사내와 사내가 느끼는 어떤 적수감이 불길처럼 송 영감의 괴로운 몸을 휩쌌다. 송 영감 자신이 집증² 잡히지 않는 병으로 앓아 누웠기 때문에 이 가을 마지막 가마에 넣으려고 거의 혼자서 지어 놓다시피 한 중옹³ 통옹 반옹 머쎄기 같은 크고 작은 독들이 구월 보름 가까운 달빛에 하나하나 도망간 조수의 그림자같이 느껴졌을 때, 송 영감은 벌떡 부채방망이⁴를 들어 모조리 깨부수고 싶은 충동을 받았으나. 다음부터라도 자기가 독을 지어 한 가마 채워 가지고 구워 내야 당장 자기네 부자가 살아갈 것이라는 생각이 미치면서는, 정말 그러는 수밖에 다른 도리가 없다고 지그시 무거운 눈을 감아 버렸다.

날이 밝자 송 영감은 열에 뜬 머리를 수건으로 동이고 일어나 앉아 애더러는 흙 이길⁵ 왱손이를 부르러 보내 놓고, 왱손이 올 새가 바빠서 자기 손으로 흙을 이겨 틀 위에 올려놓았다. 송 영감의 손은 자꾸 떨리었다. 그러나 반쯤 독을 지어 올려, 안은 조마구⁶ 밖은 부채마치로 맞두드리며 일변 발로는 틀을 돌리는 익은 솜씨만은 앓아 눕기 전과 다를 바 없는 듯했다. 왱손이가 흙을 이겨 주는 대로 중옹 몇 개를 지어냈다.

그러나 차차 송 영감의 솜씨에는 틈이 생기기 시작했다. 더구나 조마구와 부채마치로 두드려 올릴 때, 퍼뜩 눈앞에 아내와 조수의 환영이 떠오르면

2_ **집증** : 병의 증세를 살피어 알아냄.
3_ **중옹** : 중간 크기의 옹기
4_ **부채방망이** : 도자기의 몸을 늘일 때 쓰는 방망이
5_ **이길** : 반죽할
6_ **조마구** : 작은 주먹. '조막'의 방언
7_ **전** : 독이나 화로 따위의 위쪽 가장자리가 약간 넓게 된 부분

짓던 독을 때리는지 아내와 조수를 때리는지 분간 못하는 새 그만 얇게 못나게 지어지곤 했다. 그리고 전[7]을 잡는 손이 떨 제일 힘든 마무리의 전이 잘 잡혀지지를 않았다. 열 때문도 있었다. 영감은 쓰러지듯이 짓던 독 옆에 눕고 말았다.

송 영감이 정신이 들었을 때는 저녁때가 기울어서였다. 왱손이도 흙 몇 덩이를 이겨 놓고 가고 없었다. 언제부터인가 바깥 저녁그늘 속에 애가 남쪽 장길을 향해 쪼그리고 앉아 있었다. 어머니를 기다리는 거라. 언제나처럼 장보러 간 어머니가 언제나처럼 저녁때면 조수에게 장감을 지워 가지고 돌아올 줄로만 아직 아는가 보다.

밖을 내다보던 송 영감은 제 힘만이 아닌 어떤 힘으로 벌떡 일어나 다시 독짓기를 시작하는 것이었으나, 이번에는 겨우 한 개를 짓고는 다시 쓰러지듯이 눕고 말았다.

다음에 송 영감이 정신이 든 것은 아주 어두운 속에서 애가 흔들어 깨워서였다. 울먹이던 애가 깨나는 아버지를 보고 그제야 안심된 듯이 저쪽에서 밥그릇을 가져다 아버지 앞에 놓았다. 웬 거냐고 하니까 애가, 앵두나뭇집 할머니가 주더라고 한다. 송 영감은 확 분노가 치밀어, 누가 거랑질해 오라더냐고 밥그릇을 밀쳐 놓자 애가 훌쩍훌쩍 울기 시작했다. 송 영감은 아침에 어제의 저녁밥 남은 것을 조금 뜨는 것처럼 하고는 하루 종일 아무 것도 입에 대지 않은 것을 생각하고는, 애도 아직 저녁을 못 먹었을지 모른다고 밥그릇을 도로 끌어다 한 술 입에 떠 넣으며 이번에는 애 보고, 맛있으니 너도 먹으라는 것이었으나, 자신은 입맛을 잃은 탓만도 아닌 무엇이 밥 넘기려는 목에서 치밀어 올라오곤 해, 좀처럼 밥을 넘길 수가 없었다.

다음날 아침에는 송 영감이 죽인지 밥인지 모를 것을 끓였다. 여전히 입맛은 없었으나 어제 저녁처럼 목이 메어 오르는 것은 없었다. 오늘도 또 지어 올리는 독을 말리느라고 처음에는 독 밖에 피워 놓았다가 독이 한 반쯤 지어지면 독 안에 매달아 놓은 숯불의 숯내까지가 머리를 더 무겁게 했다. 사십 년래 없이 숯내를 다 먹는 듯했다.

송 영감은 어제보다 더 쓰러져 넘어지는 도수가 많았다. 흙 이기던 왱손이가 이래서는 도무지 한 가마 채우지 못하리라고 송 영감에게 내년에 마저 지어 첫 가마에 넣도록 하는 게 어떠냐고 몇 번이고 권해 보았으나 송 영감은 일어났다가는 쓰러지고, 일어났다가는 쓰러지고 하면서도 독 짓기를 그만두려고 하지는 않았다.

송 영감이 한 번 쓰러져 있는데 방물장수[8] 앵두나뭇집 할머니가 와서, 앓는 몸을 돌봐야 하지 않느냐고 하며, 조미음[9] 사발을 송 영감 입 가까이 내려놓았다. 송 영감은 어제 어린 아들에게 거랑질해 왔다고 고함을 쳤던 일을 생각하며, 이 아무에게나 친절한 앵두나뭇집 할머니에게 미안한 생각이 들어, 어제만 해도 애한테 밥이랑 그렇게 많이 줘 보내서 잘 먹었는데 또 이렇게 미음까지 쑤어 오면 어떡하느냐고 했다. 앵두나뭇집 할머니는 그저, 어서 식기 전에 한 모금 마셔 보라고만 했다. 그리고 송 영감이 미음을 몇 모금 못 마시고 사발에서 힘없이 입을 떼는 것을 보고 앵두나뭇집 할머니는, 정말 이 영감이 이번 병으로 죽으려는가 보다는 생각이라도 든 듯, 당손이를 어디 좋은 자리가 있으면 주어 버리는 게 어떠냐고 했다. 송 영감은 쓰러

8_ **방물장수**: 방물(화장품·바느질 기구·패물 따위의 물건)을 팔러 다니는 여자
9_ **조미음**: 좁쌀로 만든 미음

져 있던 사람 같지 않게 눈을 흡떠 앵두나뭇집 할머니를 쏘아보았다. 그리고 어느새 송 영감의 손은 앞에 놓인 미음사발을 앵두나뭇집 할머니에게로 떼밀치고 있었다. 그런 말하러 이런 것을 가져 왔느냐고, 썩썩 눈앞에서 없어지라고, 송 영감은 또 쓰러져 있던 사람 같지 않게 고함쳤다. 앵두나뭇집 할머니는 송 영감의 고집을 아는 터라 더 무슨 말을 하지 않았다.

앵두나뭇집 할머니가 가자, 송 영감은 지금 밖에서 자기의 어린 아들이 어디로 업혀가기나 하는 듯이 밖을 향해 목청껏, 당손아! 하고 애를 불러대기 시작했다. 그러다가 애가 뜸막 문에 나타나는 것을 이번에는 애의 얼굴을 잊지나 않으려는 듯이 한참 쳐다보다가 그만 기운이 지쳐 감아 버리고 말았다. 애는 또 전에 없이 자기를 쳐다보는 아버지가 무서워 아버지에게 더 가까이 가지 못하고 섰다가, 아버지가 눈을 감자 더 겁이나 훌쩍이기 시작했다.

날이 갈수록 송 영감은 독짓기보다 자리에 쓰러져 있는 때가 많았다. 백 개가 못 차니 아직 이십여 개를 더 지어야 한 가마 충수[10]가 되는 것이다. 한 가마를 채우게 짓자 하고 마음만은 급해지는 것이었으나, 몸을 일으키다가 도로 쓰러지며 흰 털 섞인 노랑수염의 입을 벌리고 어깨숨을 쉬곤 했다.

그러한 어느 날, 물감이며 바늘을 가지고 한 돌림 돌고 온 앵두나뭇집 할머니가 찾아와서는 마침 좋은 자리가 있으니 당손이를 주어 버리고 말자는 말로, 말이 난 자리는 재물도 넉넉하지만 무엇보다도 사람들 마음씨가 무던하다는 말이며, 그 집에 전에 어떤 젊은 내외가 살림을 엎어 치우고 내버린 애를 하나 얻어다 길렀는데 얼마 전에 그 친아버지 되는 사람이 여남은 살이나 된 그 애를 찾아갔다는 말이며, 그때 한 재물 주어 보내고서는 영

10_ **충수** : 수효를 채움.

감 내외가 마주앉아 얼마 동안을 친자식 잃은 듯이 울었는지 모른다는 말이며, 그래 이번에는 아버지 없는 애를 하나 얻어다 기르겠다더라는 말을 하면서, 꼭 그 자리에 당손이를 주어 버리고 말자고 했다. 송 영감은 앵두나뭇집 할머니와 일전의 일이 있은 뒤에도 앵두나뭇집 할머니가 애를 통해서 먹을 것 같은 것을 보내는 것이, 흔히 이런 노파에게 있기 쉬운 이런 주선이라도 해 주면 나중에 자기에게 돌아오는 것이 있어 그걸 탐내서 그러는 건 아니라고, 그저 인정 많은 늙은이라 이 편을 위해 주는 마음에서 그런다는 것만은 아는 터이지만, 송 영감은 오늘도 저도 모를 힘으로, 그런 소리를 하려거든 아예 다시는 오지도 말라고, 자기 눈에 흙 들기 전에는 내놓지 못한다고 했다. 앵두나뭇집 할머니는 그렇게 고집만 부리지 말고 영감이 살아서 좋은 자리로 가는 걸 보아야 마음이 놓이지 않겠느냐는 말로, 사실 말이지 성한 사람도 언제 무슨 변을 당할는지 모르는데 앓는 사람의 일을 내일 어떻게 될는지 누가 아느냐고 하며, 더구나 겨울도 닥쳐오고 하니 잘 생각해 보라고 했다. 송 영감은 그저 자기가 거랑질을 해서라도 애를 굶기지는 않을 테니 염려 말라고 했다.

앵두나뭇집 할머니가 돌아간 뒤 송 영감은 지금 자기가 거랑질을 해서라도 애를 굶기지는 않겠다고 했지만, 그리고 사실 아내가 무엇보다도 자기와 같이 살다가는 거랑질을 할 게 무서워 도망갔음에 틀림없지만, 자기가 병만 나아 일어나는 날이면 아직 일등 호주라는 칭호 아래 얼마든지 독을 지을 수 있다는 생각과 함께, 이제 한 가마 독만 채워 전처럼 잘만 구워 내면 거기서 겨울 양식과 내년에 할 밑천까지도 나올 수 있다는 희망으로 어서 한 가마를 채우자고 다시 마음이 조급해지는 것이었다.

하루는 송 영감이 날씨를 가려 종시 한 가마가 차지 못하는 독을 왱손이의 도움을 받아 밖으로 내고야 말았다. 지어진 독만으로라도 한 가마 구워 내리라는 생각이었다.

독 말리기. 말리기라기보다도 바람쐬기다. 햇볕도 있어야 하지만 바람이 있어야 한다. 안개 같은 것이 낀 날은 좋지 못하다. 안개가 걷히며 바람 한 점 없이 해가 갑자기 쨍쨍 내리쬐면 그야말로 걷잡을 새 없이 독들이 세로 가로 터져 나간다. 그런데 오늘은 바람이 좀 치는 게 독 말리기에 아주 좋은 날씨였다.

독들을 마당에 내이자 독 가마 속에서 거지들이, 무슨 독을 지금 굽느냐고 중얼거리며 제가끔의 넝마 살림들을 안고 나왔다. 이 거지들은 가을철이 되면 이렇게 독 가마를 찾아들어 초가을에는 가마 초입에서 살다, 겨울이 되면서 차차 가마가 식어 감에 따라 온기를 찾아 가마 속 깊이로 들어가며 한겨울을 나는 것이다. 송 영감은 거지들에게, 지금 뜸막[11]이 비었으니 독 구워 내는 동안 거기에들 가 있으라고 하려다가 그만두었다. 전에 없이 거지들을 자기 집에 들인다는 것이 마치 자기가 거지나 되는 것처럼 느껴졌던 것이다.

가마에서 나온 거지들은 혹 더러는 인가를 찾아 동냥을 가고, 혹 한 패는 양지바른 데를 골라 드러누웠고, 몇이는 아무 데고 앉아서 이 사냥 같은 것을 하기 시작했다. 송 영감도 양지에 앉아서 독이 하얗게 마르는 정도를 지키고 있었다.

독들을 가마에 넣을 때가 되었다. 송 영감 자신이 가마 속까지 들어가 전에는 되도록 독이 여러 개 들어가도록만 힘쓰던 것을 이번에는 도망간 조수

11_ **뜸막** : 띠 같은 풀로 거적처럼 엮어서 만든 움막

와 자기의 크기 같은 독이 되도록 아궁이에서 같은 거리에 나란히 놓이게만 힘썼다. 마치 누구의 독이 잘 지어졌나 내기라도 해 보려는 듯이.

늦저녁때쯤 해서 불질이 시작됐다. 불질. 결국은 이 불질이 독을 못 쓰게도 만드는 것이다. 지은 독에 따라서 세게 때야 할 때 약하게 때도, 약하게 때야 할 때 지나치게 세게 때도, 또는 불을 더 때도 덜 때도 안 된다. 처음에 슬슬 때다가 점점 세게 때기 시작하여 서너 시간 지나면 하얗던 독들이 흑색으로 변한다. 거기서 또 너더댓 시간만 때면 독들은 다시 처음의 하얗던 대로 되고, 다음에 적색으로 탔다가 이번에는 아주 샛맑갛게 되는데, 그것은 마치 쇠가 녹는 듯, 하늘의 햇빛을 쳐다보는 듯이 된다. 정말 다음날 하늘에는 맑은 햇빛이 빛나고 있었다.

곁불 놓기[12]를 시작했다. 독 가마 양옆으로 뚫은 곁창 구멍으로 나무를 넣는 것이다. 이제는 소나무를 단으로 넣기 시작했다. 아궁이와 곁 창의 불길이 길을 잃고 확확 내쏟다. 이 불길이 그대로 어제 늦저녁부터 아궁이에서 좀 떨어진 한곳에 일어나 앉았다 누웠다 하며 한결같이 불질하는 것을 지키고 있는 송 영감의 두 눈 속에서도 타고 있었다.

이렇게 이날 해도 다 저물었다. 그러는데 한편 곁창에서 불질하던 왱손이가 곁창 속을 들여다보는 듯하더니, 분주히 이리로 달려오는 것이었다. 송 영감은 벌써 왱손이가 불질하던 곁창의 위치로써 그것이 자기의 독이 들어 있는 자리라는 것을 알고 왱손이가 뭐라기 전에 먼저, 무너앉았느냐고 했다. 왱손이는 그렇다고 하면서, 이젠 독이 좀 덜 익더라도 곁불질을 그만두고 아궁이를 막아 버리자고 했다. 그러나 송 영감은 그저, 그만두라고 할 때까지

12_**곁불 놓기** : 가마의 양 옆에서 불을 지피는 것

그냥 불질을 하라고 했다.

거지들이 날이 저물었다고 독 가마 부근으로 모여들었다. 송 영감이, 이제 조금만 더, 하고 속을 죄고 있을 때였다. 가마 속에서 갑자기 뚜왕! 뚜왕! 하고 독 튀는 소리가 울려나왔다. 송 영감은 처음에 벌떡 반쯤 일어나다가 도로 주저앉으며 이상스레 빛나는 눈을 한 곳에 머물린 채 귀를 기울였다. 송 영감은 가마에 넣은 독의 위치로, 지금 것은 자기가 지은 독, 지금 것도 자기가 지은 독, 하고 있었다. 이렇게 튀는 것은 거의 송 영감의 것뿐이었다. 그리고 송 영감은 또 그 튀는 소리로 해서 그것이 자기가 앓다가 일어나 처음에 지은 몇 개의 독만이 튀지 않고 남은 것을 알며, 왱손이의 거치적거린다고 거지들을 꾸짖는 소리를 멀리 들으면서 어둠 속에 그만 쓰러지고 말았다.

다음날 송 영감이 정신이 들었을 때에는 자기네 뜸막 안에 뉘어 있었다. 옆에서 작은 몸을 오그리고 훌쩍거리던 애가 아버지가 정신 든 것을 보고 더 크게 훌쩍거리기 시작했다. 송 영감이 저도 모르게 애보고 안 죽는다, 안 죽는다, 했다. 그러나 송 영감은 또 속으로는, 지금 자기는 죽어가고 있다고 부르짖고 있었다.

이튿날, 송 영감은 애를 시켜 앵두나뭇집 할머니를 오게 했다. 앵두나뭇집 할머니가 오자 송 영감은 애더러 놀러 나가라고 하며 유심히 애의 얼굴을 쳐다보는 것이었다. 마치 애의 얼굴을 잊지 않으려는 듯이.

앵두나뭇집 할머니와 단둘이 되자 송 영감은 눈을 감으며, 요전에 말하던 자리에 아직 애를 보낼 수 있겠느냐고 물었다. 앵두나뭇집 할머니 된다고 했다. 얼마나 먼 곳이냐고 했다. 여기서 한 이삼십 리 잘 된다는 대답이었다. 그러면 지금이라도 보낼 수 있느냐고 했다. 당장이라도 데려가기만 하면 된다고 하면서 앵두나뭇집 할머니는 치마 속에서 지전 몇 장을 꺼내어 그냥 눈을 감고 있는 송 영감의 손에 쥐어 주며, 아무 때나 애를 데려오게 되면 주라고 해서 맡아 두었던 것이라고 했다.

송 영감이 갑자기 눈을 뜨면서 앵두나뭇집 할머니에게 돈을 도로 내밀었다. 자기에게는 아무 소용없으니 애 업고 가는 사람에게나 주어 달라는 것이었다. 그리고는 다시 눈을 감았다. 앵두나뭇집 할머니는 애 업고 가는 사람 줄 것은 따로 있다고 했다. 송 영감은 그래도 그 사람을 주어 애를 잘 업어다 주게 해 달라고 하면서, 어서 애나 불러다 자기가 죽었다고 하라고 했다. 앵두나뭇집 할머니가 무슨 말을 하려는 듯하다가 저고릿고름으로 눈을 닦으며 밖으로 나갔다. 송 영감은 눈을 감은 채 가쁜 숨을 죽이고 있었다. 그리고 무슨 일이 있더라도 눈물일랑 흘리지 않으리라 했다.

그러나 앵두나뭇집 할머니가 애를 데리고 와 저렇게 너의 아버지가 죽었다고 했을 때, 감은 송 영감의 눈에서는 절로 눈물이 흘러내림을 어찌할 수 없었다. 앵두나뭇집 할머니는 억해 오는 목소리를 겨우 참고, 저것 보라고 벌써 눈에서 썩은 물이 나온다고 하고는, 그러지 않아도 앵두나뭇 집 할머니의 손을 잡은 채 더 아버지에게 가까이 갈 생각을 않는 애의 손을 끌고 그곳을 나왔다.

그냥 감은 송 영감의 눈에서 다시 썩은 물 같은, 그러나 뜨거운 새 눈 물줄기가 흘러 내렸다. 그러는데 어디선가 애의 훌쩍훌쩍 우는 소리가 들리는 듯했다. 눈을 떴다. 아무도 있을 리 없었다. 지어 놓은 독이라도 한 개 있었으면 싶었다. 순간 뜸막 속 전체만한 공허가 송 영감의 파리한 가슴을 억눌렀다. 온몸이 오므라들고 차 옴을 송 영감은 느꼈다.

그러는 송 영감의 눈앞에 독 가마가 떠올랐다. 그러자 송 영감은 그리로 가리라는 생각이 불현듯 일었다. 거기에만 가면 몸이 녹여지리라. 송 영감은 기는 걸음으로 뜸막을 나섰다. 거지들이 초입에 누워 있다가 지금 기어 들어오는 게 누구라는 것도 알려 하지 않고, 구무럭거려 자리를 내주었다. 송 영감은 한옆에 몸을 쓰러뜨렸다. 우선 몸이 녹는 듯해 좋았다.

그러나 송 영감은 다시 일어나 가마 안쪽으로 기기 시작했다. 무언가 지금의 온기로써는 부족이라도 한 듯이. 곧 예사 사람으로는 더 견딜 수 없는 뜨거운 데까지 이르렀다. 그런데도 송 영감은 기기를 멈추지 않았다. 그렇다고 그냥 덮어놓고 기는 것은 아니었다. 지금 마지막으로 남은 생명이 발산하는 듯 어둑한 속에서도 이상스레 빛나는 송 영감의 눈은 무엇을 찾고 있는 것이었다. 그러다가 열어제친 곁창으로 새어 들어오는 늦가을 맑은 햇빛 속에서 송 영감은 기던 걸음을 멈추었다. 자기가 찾던 것이 예 있다는 듯이. 거기에는 터져 나간 송 영감 자신의 독 조각들이 흩어져 있었다.

송 영감은 조용히 몸을 일으켜 단정히, 무릎을 끓고 앉았다. 이렇게 해서 그 자신이 터져 나간 자기의 독 대신이라도 하려는 것처럼.

황순원의「독 짓는 늙은이」를 다 읽으셨나요?
그러면 작품의 내용을 생각하면서 이 소설의 인물, 사건, 배경 등 여러 요소들에 대한
자신만의 마인드맵을 그려 보세요~!

줄거리

 평생 독 짓는 일을 하며 살아온 송 영감은 늙은 몸에 병까지 깊었다. 아내는 젊은 조수와 눈이 맞아 일곱 살 어린 아들 당손이를 남겨 둔 채 도망쳤고, 송 영감은 조수가 지어 놓은 독을 보자, 끓어오르는 심사에 당장 때려 부수고 싶었다. 하지만 그걸 팔아야 아들과 살아갈 수 있기에 참으며, 한 가마를 채워 구우려고 일어나 독을 짓기 시작한다. 그러나 손놀림은 예전처럼 잘 되지 않고, 신열 때문에 짓다가 쓰러지기를 반복한다. 그러는 동안 배고픈 어린 아들은 옆에서 칭얼댄다. 어느 날, 이들 부자를 따뜻하게 돌보아 주던 앵두나뭇집 방물장수 할머니가 찾아와서는 마땅한 집이 나섰으니 당손이를 그 집에 보내자고 권유한다. 송 영감은 버럭 화를 내면서 가마에 독을 넣어 불질을 한다. 며칠 불길을 지켜보던 중 마지막 단계에서 독이 튀는 소리가 났다. 자신이 만든 독이 깨어지고 있음을 안 송 영감은 그 자리에서 그만 쓰러진다. 그 다음 날, 당손이를 방물장수 할머니에게 딸려 보내는 송 영감의 눈에는 눈물이 흐른다. 그리고는 송 영감은 가마 속으로 기어 들어간다. 마치 그 자신이 터져 나간 자기의 독을 대신이라도 하려는 것처럼.

주제
현실의 고통을 극복하는 투철한 예술 정신

- **등장인물**
  - **송 영감** : 주인공. 어린 아들을 위해 독 짓는 일에 집념을 보이는 장인
  - **당손이** : 송 영감의 아들
  - **앵두나뭇집 할머니** : 인정 많은 방물장수
- **배경** – 가을의 어느 시골
- **시점** – 3인칭 전지적 작가 시점
- **성격** – 사실적, 토속적
- **출전** – 『문예』(1950)

모범답 → p. 271

1. 이 글의 결말에서 보여주는 송 영감의 마지막 행동이 의미하는 것은? (   )

① 독과 함께 인생을 끝마치려고 함.

② 죽기 전에 독을 꺼내다 팔아 버리려고 함.

③ 다시는 거지들이 들어오지 못하게 지키려고 함.

④ 겨울이 갈 때까지 독 가마 안에서 생활하려고 함.

⑤ 떠나간 자식이 자라서 돌아올 때까지 기다리려고 함.

2. 이 글의 후반부에서 '터져 나간 독'은 어떤 의미가 있을까요?

....

....

....

144

19

불신 시대
(不信時代)

 박경리 (朴景利, 1926~2008)

박경리 朴景利

1926~2008

20세기 후반을 장식한 대표적 소설가. 사회와 현실에 대한 비판의식이 강한 비중 있는 문제작들을 발표하였고, 특히 전 생애에 걸쳐 대하소설 「토지」를 완성함으로써 한국인의 운명과 역사의 상관성을 가장 깊이 있게 표출시킨 한국문학의 거목임.

연보

- 1926년 10월 28일 경상남도 통영 명정리에서 장녀로 출생
- 1945년 진주여자고등학교 졸업
- 1946년 1월 30일 김행도 씨와 결혼, 1950년 12월에 사별
- 1950년 황해도 연안여자중학교 교사로 재직
- 1955년 김동리의 추천으로 『현대문학』 8월호에 단편소설 「계산」 발표, 등단
- 1965년 한국여류문학상 수상
- 1972년 「토지」로 월탄문학상 수상
- 1969년 6월부터 집필을 시작하여 1994년 대하소설 「토지」 5부 완성
- 1994년 유네스코 '올해의 인물'로 선정
- 1996년 제6회 호암예술상 수상
- 2008년 5월 5일 폐암으로 사망, 금관문화훈장 추서

① 박경리는 1957년부터 본격적으로 창작 활동을 시작하여 여러 단편소설을 발표하였고, 1962년 장편소설 「김약국의 딸들」을 비롯하여 사회와 현실에 대한 비판의식이 강한 비중 있는 문제작들로 문단의 주목을 받았다.

② 박경리는 특히 1969년 6월부터 집필을 시작하여 1994년에 5부로 완성된 대하소설 「토지」를 통하여 한국 근·현대사의 전 과정에 걸친 다양한 계층의 한국인의 운명과 역사의 상관성을 깊이 있게 다룸으로써 한국 문학사에 큰 업적을 남겼다.

주요 작품들

불신시대(1957)	표류도(1959)
김약국의 딸들(1959)	시장과 전장(1966)
죄인들의 숙제(1969)	밀고자(1970)
토지(1994)	나비와 엉겅퀴(2004)

준비 "읽기 전에 알아두자."

「불신 시대」는 1957년 『현대문학』 8월호에 발표되었는데, 지은이는 전쟁 이후 사회 지도층의 부도덕과 비인간성 등 세상의 부조리와 타락에 대한 저항 정신을 이 작품을 통해 드러내고자 하였습니다. 이 소설은 전쟁의 상처를 이기고 생명의 소중함과 희망을 깨닫도록 함으로써 불신의 세상에 항거하는 인간상을 제시하고 있지요. 그것은 자식의 죽음을 통한 한 여인의 현실 자각과 저항 의식의 성숙 과정을 그려냄으로써 구체적으로 제시되고 있는데, 이것이 이 소설의 주제의식이라고 볼 수 있습니다.

 집중 "이것만은 꼭 생각하며 읽자."

이 작품은 1950년 6·25전쟁 당시 9·28수복 전야에 유엔군인 남편을 잃고 '불신 시대'를 살아가는 한 여성이 아들의 위패를 불태우는 행위를 통해 현실의 폭력성에 대결하는 모습을 보여주고 있습니다. 연약하고 비극적인 여성이 어떻게 현실의 폭력성과 대결하며 상황을 극복해 나가고 있는지, 오늘날 우리 사회의 모습은 어떤지 비판적인 관점에서 돌아보며 읽어 보세요.

불신 시대(不信時代)

-
-
-

9·28수복 전야에 진영(塵縷)의 남편은 폭사했다. 남편은 죽기 전에 경인 도로(京仁 道路)에서 본 괴뢰군[1]의 임종(臨終) 이야기를 했다. 아직 나이 어린 소년이었다는 것이다. 그 소년병은 가로수 밑에 쓰러져 있었는데 폭풍으로 터져 나온 내장에 피비린내를 맡은 파리 떼들이 아귀처럼 덤벼들고 있더라는 것이다. 소년병은 물 한 모금 달라고 애걸을 하면서도 꿈결처럼 어머니를 부르더라는 것이다. 그것을 본 행인(行人) 한 사람이 노상에 굴러 있는 수박 한 덩이를 돌로 짜개서 그 소년에게 주었더니 채 그것을 먹지도 못하고 숨이 지더라는 것이다.

남편은 마치 자신의 죽음의 예고처럼 그런 이야기를 한 수 시간 후에 폭사하고 만 것이다.

남편을 잃은 진영은 1·4후퇴 때 세 살 먹이 아이를 업고 친정어머니와 같이 제일 마지막에 서울에서 떠났다. 그러나 안양(安養)에 이르기도 전에 중공군이 그들을 앞질렀고, 유엔군의 폭격 밑에 놓였다. 수없는 피난민이

1_**괴뢰군** : 꼭두각시처럼 조종하는 대로 움직이는 군대. 특히 북한 인민군을 소련의 꼭두각시로 비난하여 이르던 말

얼음판에 거꾸러졌다. 피난 짐을 끌던 소는 굴레를 찬 채 둑 밑으로 굴렀다. 피가 철철 흐르는 시체 옆에 아이가 울고 있었다. 진영은 눈을 가리고 달아났던 것이다.

악몽과 같은 전쟁이 끝났다.

진영은 아들 문수(文秀)의 손을 잡고 황폐한 서울로 돌아왔다. 집터는 쑥대밭이 되어 축대조차 찾아볼 수 없었다. 진영은 잡풀 속에 박힌 기왓장 밑에서 물씬 물씬 무너지는 책 한 권을 집어 들었다. 『프랑스 문학(文學)의 전망(展望)』이라는 일본 책이었다. 이 책이 책장에 꽂혔을 때 — 순간 진영의 머릿속에 그러한 회상이 환각(幻覺)처럼 지난다. 진영은 무심한 아이의 눈동자를 멍하니 언제 까지나 바라보고 있었다.

문수가 자라서 아홉 살이 된 초여름 진영은 내장이 터져서 파리가 엉겨 붙은 소년병을 꿈에 보았다. 마치 죽음의 예고처럼 다음날 문수는 죽어 버린 것이다. 비가 내리는 밤이었다.

일찍부터 홀로 되어 외동딸인 진영에게 붙어서 살아온 어머니는 내가 죽을 것을, 하며 문지방에 머리를 부딪치는 것이었으나 진영은 허공만 바라보고 있었다.

아이는 앓다가 죽은 것이 아니었다. 길에서 넘어지고 병원에서 죽은 것이다. 그러나 그것뿐이라면 차라리 진영으로서는 전쟁이 빚어낸 하나의 악몽처럼 차차 잊어버릴 수 있는 일이었는지도 모른다. 그러나 그것이 아니었다. 의사의 무관심이 아이를 거의 생죽음을 시킨 것이다. 의사는 중대한 뇌수술(腦手術)을 엑스레이도 찍어보지 않고, 심지어는 약 준비조차 없이

2_**도수장(屠獸場)** : 고기를 얻기 위해 소, 돼지 따위의 가축을 잡아 죽이는 곳. 도살장

시작했던 것이다. 마취도 안 한 아이는 도수장(屠獸場)² 속의 망아지처럼 죽어 갔다. 그렇게 해서 아이를 갖다버린 진영이었다.

바깥 거리에는 쏴아! 하며 밤비가 내리고 있었다.

누워서 멀거니 천정을 바라보고 있는 진영의 눈동자가 이따금 불빛에 번득 인다. 창백한 볼이 불그스름해진다. 폐결핵(肺結核)에서 오는 발열(發熱)이다.

바깥의 빗소리가 줄기차 온다.

아이가 죽은 지 겨우 한 달, 그러나 천 년이나 된 듯한 긴 날이었다. 진영 은 가만히 눈을 감는다. 진영의 귀에 조수(潮水)처럼 밀려오는 것은 수술실 속의 아이의 울음소리였다. 진영은 벌떡 자리에서 일어나 술병을 들이켠다. 잠이 오지 않을 때 마셔 보라고 동무가 보내준 포도주였다. 이불 위에 엎드린 진영은 여울처럼 멀어지는 수술실 속의 아이의 울음소리를 듣는 것이었다.

어떻게 해서 잠이 든다. 진영은 꿈속에서 희미한 길을 마구 쏘다니며 아 이를 찾아 헤매다가 붕대를 칭칭 감은 눈도, 코도, 입도, 보이지 않는 아이 모습에 소스라쳐 깬다. 흠씬 땀에 젖은 몸이 가늘게 떨고 있었다.

별안간 무서움이 쭉 끼친다. 비가 멎은 새벽이 창가로부터 서서히 방안으로 스며들고 있었다. 허공을 보고 있는 진영은 왜 무서움을 느끼는지 알 수가 없었다. 아이가 이미 유명(幽冥)³의 혼령이기 때문인지도 모른다. 그렇다면 이렇게 서글픈 인간관계가 어디 있겠는가. 진영은 구역이 나올 정도로 자기 자신이 싫었다.

성당의 종소리가 멀리서 들려온다. 요다음 주일날에는 꼭 나를 성당에

3_유명(幽冥) : 저승

데려가 달라고 갈월동(葛月洞) 아주머니에게 부탁을 한 일이 생각난다. 바로 오늘이 그 주일날이다.

갈월동의 아주머니는 약속한 대로 여덟 시가 못 되어서 왔다. 아주머니는 옛날에 죽은 진영의 칠촌 아저씨의 마누라였다. 자식도 없는 그는 아주 독실한 천주교(天主敎)의 신자였으나 근래에 와서 계로 인해서 상당히 말썽을 빚었다. 진영이만 해도 그 짤짤 끓는 돈으로 겨우 다 넣어 온 이십만 환짜리 계를 소롯이 포기하고 말았던 것이다. 그만큼 계주를 한 아주머니의 사정이 핍박했던 것이다.

매미 날개같이 손질을 한 모시옷을 입은 아주머니는 울고불고 하는 어머니를 위로하는데, 아주머니가 말할 적에는 금으로 씌운 송곳니가 알른알른 보였다. 어머니는 아는 사람을 보기만 하면 언제나 손을 잡고 손자를 잃은 하소연을 했다. 진영은 그러는 어머니가 싫었지만, 그러나 딸 하나를 믿고 산 어머니가 여러 가지 면으로 서러운 위치에 놓인 것은 사실이다.

"우시지 마세요, 형님. 산 사람 생각도 하셔야지. 진영의 마음이 오죽하겠어요? 이러지 마세요. 그리고 살아 갈 길이나 생각합시다."

진영이 실직을 하고 있는 형편이라 살길도 막연하긴 했다. 아주머니는 갖가지 말로 어머니를 달래다가 풀어진 고름을 여미며,(아주머니는 적삼에도 반드시 고름을 달았다.)

"우리 어디 사는 대러 살아 봅시다……. 그리고 나도 생각하고 있었어요, 형님 돈만큼은 돌려 드리려고. 원금만이라도요……."

어머니의 얼굴이 좀 밝아진다. 진영은 잠자코 양말을 신고 있었다.

세 사람은 거리에 나왔다. 아침이라 가로수가 서늘했다. 본시 불교도인 어머니는 성당으로 가는 것이 마음에 꺼렸으나, 그러나 아무래도 좋았다.

의사는 항상 딸에게 있는 것이었으니까……

아주머니는 진영의 양산 밑으로 바싹 다가오면서 소곤거리기 시작한다.

"천주님이 계신 이상 우리는 불행하지 않다. 천주님이 너를 사랑하기 때문에 이런 기회를 주어 너를 부르신 거야. 모든 것이 다 허망한 인간 세상에 다만 천주님만이 빛이 된다."

신자이면 누구나 할 수 있는 똑같은 말을 아주머니는 말했다. 진영은 땅을 내려다본 채,

"지가 구원을 받자고 가는 건 아니에요. 천당이 있어서 그곳에 문수가 놀고 있거니, 그렇게 생각하고 싶어서."

"그래, 천당 갔다. 그렇게 착한 아이가…… 아암 행복하게 꽃동산에서 놀고 있고말고."

연장자(年長者)답게 위로하는 것이었으나 말투가 너무 어수룩했다.

"아무리 꽃동산이래도 그 애는 외로울 게요. 엄마 생각이 날 거예요."

진영은 혼자 중얼거리며 하늘을 보았다. 너울처럼 엷은 구름이 가고 있었다.

"그런 소리 말고 영세나 받도록 해. 상배(相培)도 영세를 벌써 받았어."

아주머니의 목소리는 먼 지평선(地平線)에서 울려오는 것 같았다. 진영은 기계적으로,

"그 무신론자가…… 영세를……?"

"그 애도 요즘 심경이 많이 변했어."

분 냄새가 엷게 풍겨 온다. 진영은 금니가 알른알른 보이는 아주머니의 입매를 물끄러미 쳐다본다. 상배는 아주머니 댁에 하숙한 대학생이다. 지나간 봄에만 해도 그는,

"아주머니요, 예수가 물위로 걸었다캤능기요. 하핫핫! 아마 예수는 왼발

이 빠지기 전에 오른발을 올렸고, 오른발이 빠지기 전에 왼발을 올렸던가 배요. 하하핫……."

그런 부산 사투리의 조롱이 자기 딴에는 아주 신통했던지 상배는 콧마루를 벌름거리며 웃었던 것이다. 진영이 그것을 생각하는 동안 아주머니는 손수건으로 땀을 닦으며,

"그 애도 우리 집에서 쉬이 옮기게 될 거야. 아버지가 사업 때문에 서울로 오신다니까……. 그래서 나도 그 애가 나가기 전에 영세 받도록 하려고……."

부드러운 목소리였다.

그들이 성당 앞까지 왔을 때 은행나무에 자잘한 햇빛이 부서지고 있었다. 뜰에는 연분홍빛 글라디올러스가 피어 있었는데 진영은 불교의 상징인 연화(蓮花)를 왜 그런지 연상했다. 그리고 엉뚱스럽게 그 꽃들이 자아내는 서양과 동양의 거리를 생각해 보는 것이었다. 막연한 생각이다. 그러나 다음 순간 진영은 얼떨떨하게 자기의 마음을 더듬었다. 문수를 위하여 신을 뵈러온 마당에서 아무런 경건함도 없이 이렇게 냉정히 사물을 헤아리고 있었다는 것을, 그것을 다만 시각(視覺)에서 온 하나의 자연발상(自然發想)이라고만 할 수 있을 것인가. 그렇지 않다면 내 슬픔 속에 그만큼 여유가 있었다는 말인가. 진영은 문수에게 부끄러웠다. 미안했다.

진영은 땀에 젖은 분 냄새가 풍겨오는 아주머니의 젖가슴을 무심히 바라보았다.

나무 그늘 아래 아이들이 모여 있었다. 그 옆에는 중년 남자 한 사람이 십자가, 성경책 같은 것을 노점처럼 벌여놓고 팔고 있었다. 진영은 어느 유역의

4_ **이방인(異邦人)** : 다른 나라 사람

이방인(異邦人)⁴인 양 그런 광경을 건너다보았다. 분위기에 싸이지 않는 마음속에는 쌀쌀한 바람이 일고 있었다.

진영은 성당 안으로 들어갔다. 아주머니는 신발을 책보에 싸면서,

"주로 아이들을 위한 미사시간이 돼서 시끄러워. 다음엔 일찍 와요."

진영은 아주머니의 말보다 거추장스럽게 신발을 싸들고 가는 신자들의 모습에 눈이 따라가는 것이었다. 진영은 문득, 예수 사랑하려고 예배당에 갔더니 눈 감으라 해 놓고 신 도둑질하더라, 그런 야유에 찬 노래를 생각했다. 그러나 진영은 곧 형용할 수 없는 두려움을 느꼈다. 신전(神殿)에서 신을 모독하다니 — 그런 죄악 의식에 쫓기며 진영은 아주머니의 뒤를 따랐다.

얼마 후에 미사는 시작되었다.

"가엾은 나의 아들 문수를 위하여 기도를 올리나이다. 진심으로…… 진실로 비나이다. 그 고통으로부터 놓이게 하시고, 어린 영혼에게 평화가 있기를……"

진영은 눈은 감고 그런 말을 중얼거렸다. 그러나 마음 한구석에 있는 헤살꾼⁵의 속삭임이 더 집요했다. 헤살꾼은 속삭인다. 문수는 죽어 버린 것이다. 아주 영영 없어진 것이다. 진영은 눈앞이 캄캄해 오는 것을 느낀다. 헤살꾼은 속삭이다. 칼끝으로 골을 짜개서 죽여 버린 것이다. 무참하게 죽여 버린 것이다.

진영은 눈앞에 시뻘건 불덩어리가 굴러가는 것을 본다. 헤살꾼은 자꾸만 속삭인다. 어둡고 침침한 명부(冥府)에서 압축한 듯한 목쉰 아이의 울음소리. 진영은 땀을 흘리며 눈을 떴다. 코앞에 닿은 어머니의 머리에서 땀내가 뭉클 풍겨온다. 현기증을 느낀다. 신자들이 머리에 쓴 하얀 미사포가 시계

5_ **헤살꾼** : 남의 일에 짓궂게 훼방을 놓는 사람

(視界)와 의식을 하나로 표백(漂白)시켜 버리는 것이었다.

얼마 동안이 지났는지 진영은 고개를 돌렸다. 구제품이 정렬한 듯한 성가대(聖歌隊)의 아이들이 눈앞에 나타났다. 아이들의 각색의 음계가 합한 성가는 바람을 못 마신 오르간의 잡음처럼 진영의 귓가에 울렸다. 이 속에서 무릎을 꿇고 앉았을 을씨년스런 자기 자신의 모습, 진영은 그것이 얼마나 어설픈 위치인가를 깨닫는다.

진영은 다시 눈을 감았다. 그러나 자기 자신이 미웠다. 결코 자기라는 의식을 버리지 못하는 것이 미웠던 것이다. 진영은 어떻게 해서라도 객관적인 자기의식으로부터 벗어나고 싶었다. 진영은 잃어진 낭만(浪漫)을 찾아보듯이 신과 문수의 죽음이 동렬(同列)의 신비(神秘)라는 것, 그리고 아무도 신과 죽음을 비판할 수 없다는 것, 그것은 사실이라 생각했다.

진영이 처음 성당에 나가려고 결심했을 때 그것이 가공에 설정된 하나의 가장일지라도 다만 문수를 위한다는 명목만으로 자신이야 피에로도 오똑이도 될 수 있으리라 생각했던 것이다. 그러나 의식적인 맹목(盲目)은 끝내 맹목일 수 없었다.

미사가 거의 끝날 무렵이었다. 진영은 긴 작대기에다 연금(捐金)⁶ 주머니를 여민 잠자리채 같은 것이 가슴 앞으로 오는 것을 보았다. 아주머니가 성급하게 돈을 몇 닢 던졌을 때, 잠자리채 같은 연금 주머니는 슬그머니 뒷줄로 옮겨가는 것이었다. 진영은 구경꾼 앞으로 돌아가는 풍각쟁이의 낡은 모자를 생각했다. 그런 생각을 계기로 하여 진영은 밖으로 나와 버렸다.

진영은 나무 밑에 주저앉아서 성당에서 나오는 어머니의 빨간 눈을 보았다.

6_ **연금(捐金)** : 의연금(義捐金). 사회적 공익이나 자선을 위하여 내는 돈

문수 또래의 아이들이 신발을 신으며 나오는 것도 보았다.

　여름 햇빛 아래 서 있는 성당이 가늘게 요동(搖動)하고 있는 것같이 진영에게는 느껴졌다.

　아침부터 진영은 마루 끝에 멍하니 앉아 있었다. 갑갑하게 그러지 말고 밖에라도 좀 나갔다 오라는 어머니의 말이 도리어 비위에 거슬려 진영은 이맛살을 찌푸리며 머리를 부여안는다.

　갑갑한 때문만이 아니다. 진영은 일자리를 찾아 밖에 나가야 하는 것이다. 진영은 머리를 부여안은 채 도대체 어디를 가야하며 누구에게 매달려 밥자리를 하나 달라고 하겠는가, 더군다나 폐까지 앓고 있는 내가 ― 진영은 문수를 생각했다. 살겠다고 버둥대는 어머니와 자기의 모습이 한없이 비루하게 느껴지는 것이었다.

　마당에는 대낮 햇빛이 쨍쨍 쏟아지고 있었다. 그늘이 짧아진 쌍나무의 둘레로 잉잉거리고 다니던 파리 떼들이 진영의 얼굴 위에 몰린다. 어머니는 장독대 옆에서 빨래에 풀을 먹이고 있었다. 넓적한 해바라기 잎사귀 사이의 그 찌든 옆얼굴을 바라보는 진영은 바다에 떼밀려 다니는 해파리를 생각했다. 그렇게 둔하면서도 산다는 본능만은 가진 것, 그저 산다는 것, 진영은 어머니에 대한 잔인한 그런 주시를 더 이상 계속할 수가 없었다. 진영은 성가시게 구는 파리를 쫓으며 마룻바닥에 드러눕는다.

　하늘이 파랬다. 구름이 둥둥 떠내려가는 것이었다. 그러나 하늘이 갑자기 바다같이 느껴졌다. 구름은 바다 위로 둥둥 떠내려가는 해파리만 같았다. 진영이 자신이 누워서 하늘을 보는 것이 아니라 어쩌면 엎드려서 바다를 내려다보는 지도 모른다는 그러한 착각이 든다.

해가 서쪽으로 좀 기울었다. 쌍나무의 그늘이 두서너 치나 늘어난 것 같다. 진영은 몸을 왼쪽으로 돌려서 마루 밑의 땅을 내려다보고 있었다.

문이 삐걱 하더니 열린다. 땅을 보고 있던 진영의 눈에 우선 사람의 그림자가 먼저 들어왔다. 그림자를 따라 천천히 눈을 치떴을 때 그곳에 바랑을 짊어진 신중[7]이 서 있었다. 초현실파의 그림같이 그림자를 밟고 선 신중의 소리 없는 기다란 모습. 드디어 합장을 하고 있던 신중이 입을 열었다.

"아씨!"

완전히 조화를 깨뜨린 소녀와도 같이 카랑카랑하게 맑은 목소리다. 바랑에 휘인 어깨는 아무래도 사십 고개일 터인데 — 신중은 부스스 일어나서 가만히 쳐다보고만 있는 진영의 형용할 수 없는 어두운 눈빛에 지친다. 마침 앞치마에 손을 닦으며 나오는 어머니를 본 신중은 잠시 숨을 돌이킨 듯이,

"마나님!"

의연히 맑은 목소리다. 어머니는 마루 끝에 주저앉으며 긴 한숨을 쉰다.

"이날까지 부처님을 섬기고 잘 살 적에는 절마다 불을 켰건만 무슨 소용이 있습디까. 공든 탑이 무너지지 않는다는 말도 헛말이더군⋯."

바야흐로 아이가 없어진 하소연이 시작되는 것이다. 판에 박은 듯한 푸념이 언제 그칠지 모르겠다. 눈을 끔벅거리며 말할 기회만 노리던 중이 드디어 어머니의 말허리를 꺾어 버린다.

"⋯아이 딱하기도 해라. 그러게 말이유⋯그렇지만 시주하십사고 온 게 아니라⋯행여 쌀을 살려나 해서⋯아, 아주 무거워서요⋯⋯."

그런 구슬픈 이야기보다 빨리 거래부터 하고 싶다는 표정이다. 진영은 값싼

7_ **신중** : 세속에서 '여승'(女僧)을 이르는 말

동정까지도 인색해진 세상이 되었다는 생각을 했다. 동정을 바라는 어머니가 밉기보다 딱한 생각이 들었다. 아직도 말이 미진한 어머니는 좀 어리둥절한 얼굴이다.

"무거워서 어디 가져갈 수가 있어야지요. 좀 짐을 덜고 가려구요."

신중은 마루 끝에 바랑을 내리며 의사를 거듭 표시한다. 그제야 중의 수작을 알아차린 어머니는 여태까지의 감정은 일단 수습하고 치마 밑을 추키며 재빨리 응수다.

"우리도 되쌀⁸을 팔아먹으니 기왕이면 사지요. 되나 후히 주세요."

중은 바랑을 끌러 놓고 쌀을 되기 시작한다. 어머니는 몹시 쌀되가 야위다고 보채고 중은 됫박 위에다 쌀을 집어 얹는 어머니의 팔을 떼밀며 그러지 말라고 한다. 그러면서도 그럭저럭 거래는 끝난 모양이다.

셈을 마친 어머니는 인사로,

"시님이 계신 절은 어디지요?"

"네? 아아 네. 바로 학교 뒤에 있는 절이지요."

학교 뒤라면 쌀을 팔고 갈 정도로 먼 곳은 아니다. 중이 가고 난 뒤 어머니는 무슨 생각에 잠긴 듯이 우두커니 서 있었다.

"이애, 진영아."

나직이 부른다. 진영은 대답 대신 어머니의 눈을 본다.

"문수를 그냥 둘라니 이리 가슴이 메인다. 이렇게 흔적 없이 두다니……. 절에 올려 주자."

어머니를 쳐다보고 있는 진영의 시선은 그대로 고정되어 있었다.

8_**되쌀**: 되로 헤아릴 만한 양의 쌀. 또는 한 되 가량의 쌀

"절도 가깝고 신당이니 만만하고……. 세상에 너무 가엾어. 아무래도 혼백이 울면서 떠돌아다니는 것 같아 잠이 와야지."

진영은 고개를 돌려 장독대의 해바라기를 바라본다. 한참만에,

"그런데 왜 그리 중을 장사꾼 대접을 했어요? 아이를 부탁할 생각을 했으면서……."

진영의 시선은 여전히 해바라기에 있었다. 자기가 하는 말에도 별반 흥미를 느끼고 있는 것 같지 않았다.

"아따, 별소릴 다 하네. 공은 공이고 신은 신이지. 하기야 뭐 시주 받은 쌀 팔고 가는 그게 진짜 중인가?"

진영은 그러는 어머니가 미웠다.

"그럼 왜 그런 중이 있는 절에 갈려구 해요?"

"누가 중 보고 절에 가나? 부처님 보고 가지."

진영은 잠자코 옳은 말이라 생각했다. 그와 동시에 며칠 전에 아주머니가 우선 쓰라고 돈 이만 환을 주면서 성당에 나가지 않는 진영을 나무라던 일이 생각났다. 이렇게 절에 갈 것을 동의하고 보니, 왜 그런지 아주머니에 대하여 변절(變節)을 한 듯 미안하다. 그리고 돈만 하더라고 당연히 받을 돈을 받았건만 다른 사람들에게 베풀지 않았던 호의가 빚이 되는 듯싶다. 훨씬 표현적(表現的)이다. 적어도 돈만 낸다면 절에서는 문수를 위한 단독적인 행사(行事)도 해 주기 마련이다.

진영은 자리에서 후딱 일어섰다.

해가 서산에 아주 기울었다. 거리로 나왔다. 진영은 약국에서 스트렙토마이신 한 개를 사 들었다. 내내 다니던 Y병원에는 아무래도 가고 싶지 않

앉기 때문에 약을 산 것이다. 갈월동의 아주머니는 Y병원의 의사가 같은 신자니 믿고 다니라고 했다. 그러나 여태까지 주사 분량인 한 병에서 겨우 삼분지 일만 놓아주고 있었던 것을 알게 되었다. 그것을 안 이상 그 병원에 다시 갈 수는 없었다.

약병을 만지며 길 위에 한 동안 서 있던 진영은 집 근처에 있는 S병원으로 들어갔다. 이웃이기 때문에 의사와 안면쯤은 있었다. 그러나 S병원은 엉터리 병원이었다.

진영은 모든 것이 서툴러 보이는 갓 데려다 놓은 듯한 간호원을 불안스럽게 쳐다보며 약병을 내밀었다. 진찰도 하지 않고 주사만 맞으러 오는 손님을 의사는 언제나 냉대한다. 그래서 진영은 애당초 의사를 보지도 않았다. 그러나 환자를 진찰하고 있던 의사가 뒤로 고개를 돌렸을 때 진영은 놀라지 않을 수가 없었다. 의사가 아니었다. 그 나마도 근처에 사는 건달이었던 것이다. 진짜 의사는 그때야 서류 같은 것을 들고 안에서 분주히 나오더니 바쁘게 밖으로 나가 버리는 것이었다. 청진기를 든 건달은 진영의 눈살에 켕겼는지 우물쭈물 해치우더니 간호원에게,

"페니시링 이 그람!"

하고 밖으로 슬그머니 사라진다.

페니실린이라면 병명을 몰라도 만병통치약으로 건달은 알고 있었던 모양이다. 진영이 멍청히 섰는데, 간호원은 소독도 안 한 손으로 아주 서툴게 마이신을 주사기에다 뽑고 있었다. 진영이 정신을 차렸을 때 주사기에 들어가고 있는 액체가 뿌옇게 보였다. 약이 채 녹기도 전에 주사기에다 뽑은 것이다. 진영은 더 참지 못했다.

"안돼요, 녹기도 전에. 큰일날려구!"

앙칼지게 소리치며 진영은 약병을 뺏어서 흔들었다. 페니실린을 맞으려고 기다리고 앉았던 낯빛이 노란 할머니가 주사기를 들고 엉거주춤하니 서 있는 간호원을 불안스럽게 보고 있다.

병원 문을 나섰다. 이미 밤이었다.

아까, '큰일날려구.' 하면서, 약병을 빼앗던 자신의 모습이 어둠 속에 둥그렇게 그려진다. 참 목숨이란 끔찍이도 주체스럽고 귀중한 것이고. ― 몇 번이나 죽기를 원했던 자기 자신이 아니었던가.

진영은 배꼽이 터지도록 밤하늘을 보고 웃고 싶었다. 그러나 웃음이 터지고 마는 순간부터 진영은 미치고 말리라는 공포 때문에 머리를 꼭 감쌌다. 사실상 내가 미쳤는지도 모른다. 모든 일은 미친 내 눈앞의 환각(幻覺)인지도 모른다. 지금은 밤이 아니고 대낮인지도 모른다. 진영은 머리를 꼭 감싼 채 집을 향하여 달음박질을 쳤다. 밀짚모자를 쓴 냉차(冷茶) 장수가 뛰어가는 진영의 뒷모습을 얼없이 바라본다. 달무리진 달이 불그스름했다. 비라도 쏟아질 듯이 뭉뭉한 더운 바람이 불어왔다.

진영의 어머니는 쌀을 팔러 온 중이 가고 난 뒤 백중날을 기다렸다. 백중날은 죽은 사람의 시식(施食)[9]을 하기 때문이다.

백중 전날에 어머니는 문수의 사진과 돈 이천 환을 가지고 절에 가서 미리 연락을 해 두었다. 그래서 다음날 아침에는 날이 훤해지자 진영이도 과실 바구니를 들고 어머니를 따라 집을 나섰던 것이다.

9_ **시식(施食)**: 죽은 영혼을 천도(薦度)하기 위하여 법식(法食)을 주면서 법문(法門)을 말해 주고 경전을 독송하며 염불하는 따위의 의식을 행함. 또는 그 법식

B국민학교를 돌아 약간 비탈진 길을 올라서니 이내 절 안마당이 보였다. 백중맞이를 하느라고 한창 바쁜 절에는 동네 아낙네들이 와서 일을 거들고 있었다.

"아이구, 정성도 지극해라. 이렇게 일찍부터……."

어머니는 눈에 손수건부터 가져간다.

"스님, 우리 아이 천도 좀 잘 시켜 주세요. 부탁입니다. 너무 가엾어……."

콧물을 짠다. 어젯저녁에 실컷 어머니의 설움을 들었을 주지 중은 새삼스럽게 그 말이 탐탁해질 리가 없다. 주지 중은 극히 사무적으로,

"그런데 첫째로 하갔다던 서장 부인이 아직두 안 오시니 어떡허나."

잠시 생각에 잠긴다. 무슨 서장인지 알 수는 없으나 이 절에 있어서 대단히 소중한 손님인 모양이다. 어머니는 비굴한 웃음을 띠면서 주지 중을 쳐다본다.

"시님, 그만 우리 아일 먼저 해 주세요."

주지는 한동안 어머니를 보고 있더니,

"……그럼 댁부터 해 드릴까……."

주지는 그렇게 작정하고 마침 지나가는 중을 부른다.

"아우님!"

아우님이라고 불린 신중은 돌아본다. 얼굴이 쪼글쪼글 쪼그라진 그 신중은 아직도 팽팽한 주지에 비하여 훨씬 더 늙어 보인다. 게다가 표정마저 앙상하다.

"어젯저녁에 이천 환 낸 분인데 아직 서장 댁이 안 오시니 우선 하나라도 먼저 끝내지요."

주지의 말투는 상대방의 의견을 존중하는 것이었다. 늙은 중은 대답 대신 진영의 모녀를 훑어보더니 돈의 액수가 심에 차지 않아서 무뚝뚝하게 그냥

가 버린다. 진영과 어머니는 법당 옆에 서로 등을 보이고 우두커니 서 있었다.

바라다 보이는 산마루에 막 해가 솟고 있었다. 그 영롱한 아침을 진영은 벽화(壁畵)처럼 감동 없이 대한다. 진영은 최저의 돈을 내고 첫째로 하겠다고 새벽부터 온 것이 얼마나 얌통머리 없는 짓이었던가를 생각한다.

공양을 들고 젊은 중이 온다.

"여보세요, 그 키 큰 스님은 안 계시나요?"

어머니는 쌀을 팔러 온 중을 두고 묻는 말이다.

"그이는 절에 잘 붙어 있지 않아요."

젊은 중은 간단히 대답하고 법당으로 들어간다.

곧 시식 불공이 시작되었다. 진영은 늙은 중이 목탁을 두드리며 조는 듯한 염불을 시작하자 적잖게 실망했다. 몸집도 크고 목소리도 우렁찬 주지 중이 아니었던 것이 섭섭했던 것이다. 기왕이면 굿 잘하는 무당으로 — 하는 따위의 기분이었다.

중은 염불을 하면서 열심히 절을 하고 있는 어머니 옆에 멍청히 섰는 진영을 흘겨본다. 보라빛깔의 원피스를 입은 진영의 허리는 말할 수 없이 가느다랗다. 핏기 없는 얼굴에는 눈만 검다.

중은 여전히 마땅치 않게 진영을 흘겨본다. 진영은 중의 눈길을 느낄 적마다 재촉을 당한 듯이 어색하게 엎드려 절을 했다. 진영은 중의 마음이 염불에 있지 않고 잿밥에 있다는 속담같이 지금 저 중의 마음도 염불에 있지 않고 절에 와서 예배를 하지 않는 내 태도에 있다는 것을 생각한다. 진영은 중과 무슨 대결이라도 한 듯이 점점 몸이 피로해지는 것이었다.

얼마 동안이 지난 것 같았다. 주지 중이 씨근벌떡거리며 법당으로 쫓아 왔다.

"아우님 빨리 하시오. 지금 막 서장 댁이 오셨구려. 대강대강 하시오"

주지는 법당 구석에 걸어둔 먹물들인 모시 장삼(長衫)을 입으며 서두르는 것이었다. 늙은 중은 불전(佛前)에서 영전(靈前)[10]으로 자리를 옮긴다. 제대로 불경이나 끝마쳤는지 의심스러웠다. 아까 공양을 나르던 젊은 중이 이번에는 널따란 그릇을 들고 들어온다. 그는 진영의 모녀를 돌아다보며, 영가[11] 앞으로 오라고 손짓한다.

진영은 문수의 사진이 놓인 앞에 가서 엎드렸다. 차가운 마룻바닥에 처음으로 뜨거운 눈물이 주체할 수 없을 정도로 쏟아지는 것이었다. 문수의 손결이 생생하게 마음속에 느껴진 것이다.

"문수야, 많이많이 먹어라. 불쌍한 내 자식아!"

진영은 어머니의 목소리를 이처럼 슬프게 들은 적은 없었다. 어머니는 향을 꽂고 빳빳한 은행에서 갓 나온 듯한 십 환짜리 스무 장을 영전에 놓았다. 진영도 일어서서 향을 꽂았다. 그리고 돌아섰을 때 중이 목을 길게 뽑아가지고 영전에 놓인 돈을 기웃거리고 있는 모습을 보았다. 그 빳빳한 새 돈은 흡사 백 환권으로 보이는 것이었다. 진영은 송구스런 생각에서 고개를 푹 수그리고 말았다.

그릇을 들고 온 젊은 중이 돈을 옆으로 밀어 놓으면서 시무룩하게,

"영가 노자가 너무 적군요. 이 세상이나 저 세상이나 그저 돈이 있어야지 동무하고 쓰고 놀다가 돌아가지 않겠어요?"

진영은 머릿속에 피가 꽉 차 오는 것을 느낀다. 돈을 그렇게밖에 준비하지 못한 어머니의 인색함을 격심히 저주하는 것이었다. 젊은 중은 들고 온

10_ **영전(靈前)**: 신이나 죽은 사람의 영혼을 모셔 놓은 자리의 앞
11_ **영가**: 靈駕. '영혼'과 같은 말

그릇에다 영가 앞에 차린 음식을 조금씩 덜어놓는다. 나물, 떡, 자반, 과실, 그렇게 차례차례 손이 간다. 마침 먹음직스런 약과에 손이 닿자 별안간 목탁을 치던 중이,

"그건 그만두구려!"

바락 소리를 지른다. 젊은 중은 진영을 힐끗 보면서 총총히 바깥 시식돌[施食石]¹²로 음식을 버리러 나가는 것이었다.

진영은 기가 막혔다. 처음부터 거래임에는 이의가 없었다. 그러나 이쯤 되면 어지간한 감정도 폭발 아니 할 수 없었다. 진영은 양손으로 얼굴을 푹 쌌다. 울음이 터진 것이다. 누구에게도 향할 수 없는 역정을 그는 울음 속에다 내리 퍼부었다. 울음 속에 그 목을 감던 문수의 손결이 느껴진다. 미칠 듯한 고독과 그리움이 치솟는 것이었다.

음식을 버리고 돌아온 젊은 중은 과실을 모으며,

"이걸 가져가셔야지. 보자기를……"

하며, 어머니를 돌아본다. 진영은 새빨갛게 충혈된 눈으로 젊은 중을 노리며,

"일없소. 그만두시오."

진영의 목소리는 악을 쓰는 것 같았다. 일을 다 미치고 법당 밖에 나온 늙은 중이,

"왜 가져온 걸 안 가져가슈?"

쳐다보지도 않는 진영이 대신 어머니가,

"뭐 그걸……"

12_ **시식돌[施食石]** : 영혼의 천도식(薦度式)을 마치고 마지막으로 문밖에서 잡귀에게 음식을 주며 경문을 읽는 곳.

진영의 얼굴을 어머니는 숨어 본다. 늙은 중은 침을 꿀꺽 삼키며,

"댁 같으면 중이 먹고 살갔수?"

진영의 눈이 번득였다.

"조반을 자셔야 할 텐데 너무 일러서 찬이 제대로 안 됐어요. 좀 기다리실까요."

젊은 중은 그런 말을 남기고 가 버린다. 진영은 법당 축돌 위에 주저앉았다. '이 세상이나 저 세상이나 그저 돈이 있어야지요.' 하던 말이 되살아온다. 물론 처음부터 거래였다. 그렇다면 화폐(貨幣)의 액수에 따라 문수에 대한 추모의 정이 계산(計算)된단 말인가. 진영이 그러한 울분에 젖어 있을 때 말쑥하게 차려 입은 그 서장은 부인인 듯싶은 젊은 여인이 주지 중에게 인도되어 법당으로 들어가고 있었다. 잠깐 후 불경 읽는 소리가 쩌렁쩌렁하게 밖으로 흘러 나왔다. 잠들었던 부처님이 처음으로 일어나서 귀를 기울일 만한 뱃속에서 밀어낸 목소리였다. 진영은 발딱 일어선다.

"어머니, 그냥 갑시다."

밥을 얻어먹으려 절에 온 것은 분명히 아니다. 그냥 걸어가는 진영을 만류 못할 것을 아는 어머니는 뜰에 서성거리고 있는 늙은 중에게

"그만 갈랍니다, 시님."

"이크, 아침이나 잡수시지……. 갈려오?"

굳이 잡지는 않았다. 그는 절 문까지 전송을 하며,

"당신네들 같으면 중이 먹고 살갔수."

진영은 울화보다 어처구니가 없었다.

내리막길에서 잡풀을 뽑으며 진영은 말없이 울었다. 여비도 떨어진 낯선 여관방에다 문수를 혼자 두고 가는 것만 같은 생각이 자꾸 드는 것이었다.

진영은 불덩어리 같은 이마를 짚는다.

한여름 내내 진영은 앓았다. 애당초 극히 경미하게 발생한 폐결핵이 전연
방치되었기 때문에 점점 악화되어 갔던 것이다. 뿐만 아니라 다른 병까지 연
속적으로 병발하는 것이었다. 찬물만 마셔도 배탈이 났다. 눈병이 나고 입
이 부르트고 하는 것은 일쑤였다. 앓다 못해 귀까지 앓았다. 그리고 수년 내
로 건드리지 않고 둔 충치가 일시에 쑤시어 밤낮을 가리지 않고 욱신거렸다.

진영은 진실로 하나의 육신이 해체(解體)되어 가는 과정 속에서 몸서리
치는 무서움을 느꼈다. 그것은 마치 쨍쨍하게 내리쬐는 햇볕 아래 늘어진
한 마리의 지렁이 같은 생명이었다. 이러한 육신과 더불어 정신도 해체되어
가는 과정 속에 진영은 있었다.

밤마다 귓가에 울려오는 아이의 울음소리, 산이, 언덕이, 집이 무너지는
소리, 산산이 바스러진 유리 조각이 수없이 날아와서 얼굴 위에 박히는 환각,
눈을 감으면 내장이 터진 소년병의 얼굴이, 남편의 얼굴이, 아이의 얼굴이,
분홍빛, 노랑빛, 파랑빛, 마지막에는 시꺼먼 빛, 그런 빛깔로 차례차례 뒤덮여
가면 드디어 무한정한 공간이 안개처럼 진영의 주변을 꽉 싸는 것이었다.

소리와 감각과 색채 이러한 순서로 진영의 신경은 궤도에서 무너져 나갔다.
진영은 그 이상 견딜 수가 없어서 내버려두었던 몸을 끌고 H병원으로 갔다.
그러나 그곳에도 일주일이 멀다고 가는 것을 그만 중지하고 말았던 것이다.
얼마 남지 않은 돈을 생활비에나 써야 한다는 이유도 있었다. 그러나 직접의
동기는 외국제 주사약의 빈 병들을 팔아 버리는 장면을 본 때문이다.

Y병원에서는 주사약의 분량을 속였고, S병원은 엉터리였다. 그리고 H병
원에서는 빈 약병을 팔았다. 진영은 간호원이 빈 병을 헤아리고 있을 때

직감적으로 가짜 주사약 생각을 했던 것이다. 그러나 H병원만이 빈 약병을 파는 것은 아니다. 또 그 빈 병만 하더라도, 반드시 가짜 약병으로 사용된다고 말할 수도 없다. 잉크병으로, 물감 병으로, 혹은 후춧가루 병으로 흔히 이용되고 있다. 그렇지만 사실 거리에는 가짜 주사약이 범람하고 있는 것이다. 상인들은 의연히 그런 가짜를 진짜 속의 진짜라고 나팔 불었다. 진영은 그것을 생각하니 인술이라는 권위를 지닌 의사가 그런 상인 따위들 같아서 신뢰감이 사라지는 것이었다. 물론 아무리 대수롭잖은 빈 병일지라도 그것은 전연 그 의사의 소유이며, 처분의 자유는 그의 기본 권리에 속한다. 그래도 진영은 그의 기본적 권리보다 무수히 마치 페스트[13]처럼 눈에 보이지 않게 만연(蔓延)되어 가는 가짜 주사약 생각만 하는 것이었다.

해바라기의 꽃이 씨앗을 안았다.

며칠 전에 아주머니가 원금만은 돌려주겠다던 약속대로 마지막 남은 만 환을 가지고 왔다. 이것으로 원금 십만 환은 다 받은 셈인데 조금씩 보내준 돈은 지금 집에 한 푼도 있지 않았다.

아주머니는 돈을 주고 난 다음 가려고 일어서면서 문수의 위패(位牌)를 절에다 모신 데 대한 불만을 했다. 그리고 왜 그런 우상을 숭배하느냐고 나무라는 것이었다. 진영은 어느 것이면 우상이 아니냐고 말하고 싶었으나, 곧 말하고 싶은 충동을 억눌러 버리고, 그저 멍멍히 아주머니를 쳐다보았던 것이다. 자기 자신이 지닌 모순을 설명할 도리가 없어서 그랬던 것이다.

추석날이었다.

13_ **페스트** : 페스트균이 일으키는 급성 전염병. 흑사병(黑死病)

진영은 어머니가 절에 가는 것을 말리지 않았다. 도리어 정성을 들여서 사다 놓은 실과를 바구니에 차곡차곡 넣어 주었다. 배, 사과, 포도, 밤, 대추, 먹음직한 과자도 서너 가지 있었다.

어머니가 바구니를 들고 걸어가는 뒷모습을 문 앞에서 바라보고 섰던 진영은, '당신네 같으면 중이 먹고 살갔수.' 하던 말이 문득 생각났다. 문수가 먹을 것을 중이 먹다니 아깝다. 밉살스럽다. 그러나 진영은 다음 순간 부끄럼 때문에 얼굴이 붉어졌다. 이러한 파렴치한 생각을 내가 왜 했던고…….

진영은 문을 걸고 뒷산으로 올라갔다. 울고 싶었고, 외치고 싶은 마음에 서였다. 산에는 게딱지만한 천막집이 군데군데 서 있었다. 꽃 한 송이 나무 한 뿌리 볼 수 없는 이곳에는 벌써 하나의 빈민굴이 형성되어 말이 산이지 이미 산은 아니었다.

짜짜하게 괸 샘터에서 물을 긷는 거미같이 가는 소녀(少女)의 팔, 천막집 속에서 내미는 누렇게 뜬 얼굴들 — 진영은 울고 싶은 마음에서 집을 나와 산으로 올라온 자기 자신이 여기서는 차라리 하나의 사치스런 존재였다는 것을 뉘우친다.

진영은 한참 올라와서 어느 커다란 바위에 가서 앉았다.

산등성이에서 바라다 보이는 시가(市街)는 너절했다. 구릉을 지은 곳마다 집들이 마치 진딧물 모양으로 다닥다닥 붙어 있었다. 그 속에는 절이 있고, 예배당이 있고, 그리고 서양적인 것, 동양적인 것이 과도기(過渡期)처럼 있고, 조화를 깨뜨린 잡다한 생활이 있었다. 이러한 도시(都市) 속에 꿈이 있다면 그것은 가로수(街路樹)라고나 할까! 보랏빛이 서린 먼 산을 스쳐 가는 구름이라고나 할까.

진영은 얄팍한 턱을 괸다.

꿀벌처럼 도시의 소음이 귓가에 울려오는데 고급 승용차가 산장(山莊)이 있는 고개로 미끄러지고 있었다. 진영은 산등성이에서 그것을 보니 그것은 별것이 아닌 한 마리의 딱정벌레 같은 것이라 생각한다. 꼬불꼬불 기어가는 딱정벌레.

진영은 새삼스레 사방을 두리번거렸다. 무의미하기 짝이 없는 충동들이다. 그래서 어쨌단 말인가. 진영은 이유 없이 자기를 다잡아 보았다. 사실 그러했다. 그래서 어쨌단 말인가, 딱정벌레 같아서 어쨌단 말인가. 진딧물 같고, 가로수, 구름, 그래서…….

진영은 머리를 쓸어 올린다.

모든 괴로움은 내 속에 있었다. 모든 모순도 내 속에 있었다. 신도, 문수의 손결도 내 속에 있었다. 그러나 그것은 아무 곳에도 실제 있지는 않았다. 나는 창기처럼 절조 없이 두 신전에 참배했다. 그리고 제물과 돈을 바쳤다. 그러나 그것 역시 문수와 나의 중계를 부탁한 신에게 주는 수수료(手數料)였는지도 모른다. 그 수수료는 실제에 있어서 중의 몇 끼의 끼니가 되었다. 결국 나는 나를 속이려고 했고, 문수는 아무 곳에도 있지 않았을 것이다.

진영은 이마 위에 흘러내리는 숱한 머리를 다시 쓸어 올린다. 파르스름한 손이 투명할 지경이다.

신비라고, 예고라고, 꿈, 아니야 그것은 우연의 일치였지, 문수의 죽음, 그것은 두말할 것도 없이 인위적인 실수 아니었던가. 인간은 누구나 나이 들면 죽는다고? 물론 죽는 게지, 노쇠해서 죽는 거지…… 설령 아이가 그때 이미 죽을 목숨이었다고 치자. 그래도 그렇게 죽이고 싶지는 않았다. 도수장의 망아지처럼……. 사람을, 사람을 좀 미워해야겠다. 있는지도 없는지도 모르는 신을 왜 생각은 해. 아니 아까는 없다고 하고선……. 아니야, 모르겠어.

사람을, 사람을 좀 미워해야겠다. 반항을 해야겠다. 모든 약탈적인 살인자(殺人者)를 저주해야겠다.

진영은 술이라도 마신 사나이처럼 두서도 없는 혼잣말을 언제까지나 중얼거리고 있었다. 진영의 해사한 얼굴에 그늘이 진다. 한없이 높은 가을 하늘에 구름이 지나가는 것이었다. 시가에는 마치 색종이를 찢어놓은 것같이 추석 치레가 오가고 있었다.

진영의 열에 들뜬 눈이 그것을 쳐다보며 일어선다. 그에게는 이미 반항 정신도, 아무 것도 없었다. 허황한 마음의 미로(迷路)가 끝없이 눈앞에 뻗어 있을 뿐이었다.

진영은 버릇처럼 머리를 쓸어 올리며, 산을 내려온다. 천막집에서 누렇게 뜬 얼굴들, 진영은 또다시 이곳에 있어서는 내 자신이 차라리 하나의 사치스런 존재라는 아까의 뉘우침을 되풀이하는 것이었다.

음력설이 임박해진 추운 날, 갈월동 아주머니가 목도리를 푹 뒤집어쓰고 찾아왔다. 웬일인지 몸가짐이 평소보다 좀 산란해 보였다.

"나 의논할 게 좀 있어서 왔는데…… . 참 기가 막혀서…… ."

"……?"

아주머니는 말을 꺼내기가 거북한 듯이 가만히 앉았다가,

"저, 말이야, 돈을 좀 빌려준 사람이 죽었구나. 어떻게 해?"

진영은 의심스럽게 아주머니를 쳐다본다.

"지난 오월 달에 가져 간 돈을 이자 한 푼 못 받고 그만…… ."

진영의 변해 가는 표정을 보고 아주머니는 입을 다물어 버린다. 오월이면 진영의 곗돈을 찾을 달이다. 그리고 계가 끝나는 달이기도 했다. 그것뿐이

아니다. 벌써 몇 달 전부터 곗돈을 받으려고 몸이 달아서 다니던 사람이 몇 명이 있었던 것이다.

"빌려 준 돈이 얼마나 돼요?"

진영은 처음으로 입을 열었다.

"오십만 환이야."

진영은 속으로 놀랐다. 계를 해서 빚만 뒤집어쓴 줄 알았는데 그런 대금의 비밀 거래를 하고 있었다는 것은 무엇을 의미하는 것일까?

진영은 차갑게 아주머니를 쳐다본다. 아주머니는 눈물을 글썽거리며,

"자식도, 남편도 없는 내겐 그것만이 남겨진 것이었어. 낸들 얼마나 돈을 떼었니? 설마 내가 잘 되면 빚이야 갚고 살겠지만, 그때 그 돈마저 내주게 되면 난 아주 영영 파멸이지."

진영은 어디 밑천 든 장사였더냐고 오금을 박아 주고 싶었다.

아주머니는 한참 만에 눈물을 닦고 일의 경위를 설명하기 시작한다. 그 내용인즉 죽은 사람은 돈을 쓴 회사의 전무였으며, 오월 달에 빌어 간 오십만 환의 이자라고는 한 푼도 받아본 일이 없었다는 것이다. 불안해진 아주머니는 전무에게 원금을 뽑아 달라고 졸랐으나 영 내놓지 않아서 생각다 못해 같은 신자에게 의논을 했더니 그이의 남편인 김 씨가 일을 봐 주겠노라하기에 일을 맡겼다는 것이다. 그 김 씨란 사람이 수단이 비상하여 마침내 사장 명의로 된 약속어음을 받게 되고, 그 며칠 후에 전무는 교통사고로 죽은 것이라 한다. 사장 명의로 된 약속어음을 받은 것은 무엇보다도 다행한 일이었으나, 웬 까닭인지 김 씨란 사람이 약속어음을 도무지 주지 않고 무슨 협잡을 하는지 알 수 없다는 것이다. 그렇다고 해서 그를 의심한다거나 비위를 거슬러 놓는다면 돈 준 사람도 없는 지금, 여자인 내가 어떻게 사장이란

사람에게 받아낼 수도 없고, 이렇게 속이 탄다고 하면서 아주머니는 가슴을 치는 것이었다.

이야기를 다 들은 진영은,

"대관절 그 전무란 사람을 어떻게 알고서 그런 대금을 주었어요?"

"저…저, 왜 그 상배 있잖아, 그 상배 아버지야."

"뭐예요? 영세 받았다는 상배 학생 말이에요?"

아주머니는 얼굴이 빨개진다. 진영은 기가 딱 막혔다. 그리고 보니 사업 때문에 상배 아버지가 서울로 오게 될 거라고 하던 말이 생각났다.

"사뜻하게[14] 종교를 이용했군요."

아주머니는 진영의 눈길이 부신 듯이 눈을 내려 깐다.

"글쎄, 지금 생각하니 모두가 계획적이었어. 영세 받은 것만 해도……."

"신용 보증으론 종교보다 더 실한 게 있어요?"

아주머니는 비꼬는 진영의 말에 풀이 죽는다. 진영은 풀이 죽는 아주머니로부터 눈을 돌렸다. 영세를 받았기 때문에 믿고 돈을 준 아주머니, 신자이기 때문에 믿고 일을 맡긴 아주머니, 단순했다고 할 수밖에 없다. 그런 생각을 하면서 진영은 다시 아주머니를 쳐다보았다. 그의 약점을 추궁할 마음은 이미 사라지고 없었다.

"그래서 어떡허실 작정이에요?"

"글쎄 말이다. 그래서 의논이지."

"지 생각 같아서는 김 씨가 일은 봐 주되 어음은 아주머니가 가지시는 것이 좋을 것 같아요."

14_**사뜻하게** : 깨끗하게

"그렇지만 어음은 찾아간다고 일을 안 봐주면?"

"그땐 벌써 그이에게 딴 야심이 있었다고 봐야지요."

"그럼 김 씨가 일 안 봐 줄 적에 너가 좀 협조해 줄 수 있을까? 여자 혼자니 아무래도 호락호락 보일 것 같아."

"글쎄……."

그런 일에는 아주 딱 질색이었다. 그러나 진영은 약점을 안 후 거절을 해 버리는 것이 무슨 악마(惡魔) 취미 같아서 아무렇지 않는 얼굴로,

"같이 저도 가지요."

그러자 아무것도 모르는 어머니가 점심을 차려 왔다. 점심을 먹으면서 아주머니는 한결 마음이 후련해졌는지 여러 가지 잡담을 꺼냈다.

"글쎄, 돈이 있어도 문제야. 이제 당초에 겁이 나서 남 줄 생각이 없어."

진영은 무표정하게 밥을 삼키고,

"아무 말씀 마시고 돈 찾거든 장사허세요. 체면이고 뭐고……. 저도 자본이나 장만해서 장사할래요."

"너야 뭐 취직하면 되지."

"취직이 그리 쉬운가요? 하다 안 되면 거리 빵이라도 구워 팔아야지요."

"너야 공부 많이 했으니까 하려면 취직 못할 것 없잖아? 난 정작 장사라도 해야겠어. 그러나 돈벌이론 계가 제일이야. 힘 안 들고……."

아주머니는 숟갈을 놓고 성냥개비로 이빨을 쑤시면서 말한 것이었다. 진영은 아무렴 그렇겠지. 그런 배짱이면……하다 말고 아주머니의 눈을 들여다본다. 아무런 악(惡)의 그늘도 없는 맑은 눈이었다.

"아무튼 돈을 벌어야 해. 돈이 제일이야. 세상이 그런 걸……."

이번의 말투에는 어느 사인지 모르게 저지른 자신의 일에 대한 짜증과

반발 같은 것이 있었다.

"그럼. 옛날 속담 말마따나 자식을 앞세우고 가면 배가 고파도 돈을 지니고 가면 든든하다고 안하던가."

어머니의 맞장구다. 진영은 가벼운 현기증을 느낀다. 시야 속에서 그들의 얼굴을 지워버리듯이 얼른 고개를 돌린다.

"형님, 이래서 천당 가겠습니까? 돈, 돈 하다가 호호……."

아주머니는 까르르 웃으며 일어서서 장갑을 낀다. 진영은 그 웃음 속에서 또 불안과 저포에 대한 반발을 느낀다. 진영은 고개를 들어 아주머니를 쳐다보았다. 역시 괴롭고 고독한 사람이고…….

아주머니가 가 버린 뒤 진영은 자리에 쓰러졌다. 솜처럼 몸이 풀어진다. 진영은 방안에 피운 구멍탄 스토우브에서 가스가 분명히 지금 방에 새고 있는 거라고 생각한다. 방안에 가득히 가스가 차면 나는 죽어 버리는 거라고 생각한다.

어느새 진영은 괴로운 잠이 드는 것이었다. 내장이 터진 소년병이 꿈에 나타났다. 진영은 꿈을 깨려고 무척 애를 썼다.

"모래가 명절인데, 절에도 돈 천 환이나 보내야겠는데……."

어렴풋이 들려오는 어머니의 말소리다. 진영은 몸을 들치며 눈을 떴다.

"귀신이나 사람이나 매한가진데……. 남들은 다 저 몫을 먹는데 우리 문수는 손가락을 물고 에미를 기다릴 거다."

잠이 완전히 깬 진영은 벌떡 자리에서 일어났다. 그는 외투와 목도리를 안고 마루에 나와 그것을 감았다. 진영은 부엌에서 성냥 한 갑을 외투주머니에다 넣고 집을 나갔다. 오랫동안 마음에서만 벼르던 일을 오늘에서야말로 해치울 작정인 것이다.

진영은 눈이 사복사복 밟히는 비탈길을 걸어 올라간다. 진영은 고슴도치처럼 바싹 털이 솟은 자신을 느낀다. 목도리와 외투 자락이 바람에 나부낀다. 그러면은 참나뭇가지 위에 앉은 눈이 외투 깃에 날아 내리는 것이었다.

진영은 절로 가는 것이다.

진영이 절 마당에 들어갔을 때, '당신네들 같으면 중이 먹고 살갔수' 하던 늙은 중이 막 승방에서 나오는 도중이었다. 절은 괴괴하니 다른 인적기는 통 없었다. 진영은 얼굴의 근육이 경련하는 것을 의식하며, 중 옆으로 다가선다.

"저 말이지요, 저이들이 이번에 시골로 가는데 아이 사진과 위패를 가지고 가고 싶어요."

고개를 푹 숙인 채 진영은 나지막하게 말한다. 허옇게 풀어진 눈으로 진영을 쳐다보던 중이 겨우 생각이 난 모양으로,

"이사를 하신다고요? 그럼 어떠우. 그냥 두구려. 명절에 우편으로라도 잊어버리지 않으면 되지."

진영은 숙인 고개를 발딱 세우더니 옆으로 홱 돌리며,

"참견할 것 없어요. 사진이나 빨리 주시오!"

쏘아붙인다. 중은 좀 어리둥절해 하더니 무엇인지 모르게 중얼중얼 씨부렁거리며 법당으로 간다.

이윽고 중이 문수의 사진고 위패를 가지고 나오자 진영은 그것을 빼앗듯이 받아들고 인사말 한 마디 없이 절문 밖으로 걸어 나간다. 화가 난 중은 진영의 뒷모습을 꼬나보다가 중얼중얼 씨부렁거리며 뒷산으로 간다. 진영은 중에게 화를 낸 것은 아니었다. 다만 진영으로서는 빨리 사진을 받아 가지고 절문 밖으로 나가고 싶었던 것이었다. 그래서 초조했던 것이다.

진영은 비탈길을 돌아 산으로 올라간다. 올라가면서 진영은 이리저리 기웃거린다. 어느 커다란 바위 뒤에 눈이 없는 마른 잔디 옆에 이르자 진영은 그 자리에 주저앉는다. 그리하여 문수의 사진과 위패를 놓고 물끄러미 한동안 쳐다본다.

한참 만에 그는 호주머니 속에서 성냥을 꺼내어 사진에다 불을 그어댄다. 위패는 이내 살라졌다. 그러나 사진은 타다 말고 불꽃이 잦아진다. 진영은 호주머니 속에서 휴지를 꺼내어 타다 마는 사진 위에 찢어서 놓는다. 다시 불이 붙기 시작한다.

사진이 말끔히 타 버렸다. 노르스름한 연기가 차차 가늘어진다. 진영은 연기가 바람에 날려 없어지는 것을 언제까지나 쳐다보고 있었다.

'내게는 다만 쓰라린 추억이 남아 있을 뿐이다. 무참히 죽어 버린 추억이 남아 있을 뿐이다.'

진영의 깎은 듯 고요한 얼굴 위에 두 줄기 눈물이 흘러내리고 있었다. 겨울 하늘은 매몰스럽게도 맑다. 참나무 가지에 얹힌 눈이 바람을 타고 진영의 외투 깃에 날아 내리고 있었다.

'그렇지. 나는 아직 생명이 남아 있었지. 항거할 수 있는 생명이.'

진영은 중얼거리며 참나무를 휘어잡고 눈 쌓인 언덕을 내려오는 것이었다.

박경리의「불신시대」를 다 읽으셨나요?

그러면 작품의 내용을 생각하면서 이 소설의 인물, 사건, 배경 등 여러 요소들에 대한 자신만의 마인드맵을 그려 보세요~!

줄거리 & 주제 정리

줄거리

6·25전쟁의 와중에 남편과 사별한 진영은 한 점 혈육인 아들 문수마저 엑스레이도 찍지 않고 약도 준비하지 않은 의사의 무관심 때문에 잃어버리고 만다. 아들 문수의 죽음이 가져온 충격은 그녀로 하여금 사회를 불신하게 만든다.

진영의 눈에 비친 사회는 정상이 아니다. 폐결핵에 걸린 진영이 찾아간 병원은 한결같이 엉터리였다. Y병원은 주사약의 분량을 속였고, S병원은 건달꾼이 의사 노릇을 하였고, H병원은 빈 외제 약병을 내다 팔았다. 거리에는 가짜 주사약이 난무하고 있었다.

집에 찾아온 여승은 시주로 받아 온 쌀을 팔려고 했고, 문수의 명복을 빌기 위해 찾은 절은 돈이 많고 적음에 따라 대접을 달리하는 타락한 곳이었다. 신앙이 깊어 의지하려 했던 갈월동 아주머니에게 돈을 떼이는 사건, 그러한 아주머니를 상대로 종교를 빌미삼아 사기 행각을 벌인 대학생, 신발을 들고 들어가야만 하는 교회 등은 진영을 지치게 만든다.

결국, 진영은 자신의 삶의 존재 가치를 확인하는 마지막 결심을 하게 되며, 아들 문수의 영혼을 위해 절에 맡겨 두었던 아들의 위패를 찾아 태우게 된다. 불심의 깊이를 금전으로 측량하는 절에서는 문수의 영혼이 편안할 수 없다는 생각이 들었던 것이다. 진영은 마음속으로 이 시대를 불신시대라 규정짓고, 이 사회에 항거하자는 다짐을 하며 산을 내려온다.

주제
전후 혼란기의 부정적 사회에 대한 분노와 고발

- **등장인물**
  - ·진영 : 전쟁으로 인해 남편과 아들을 잃게 되는 비극의 여인
  - ·여승, 갈월동 아주머니, 상배, 의사 : 불신 사회를 만드는 부정적 인물들
- **배경** – 1950년대 9·28수복 직후의 혼란한 서울
- **시점** – 3인칭 전지적 작가 시점
- **성격** – 현실 비판적, 고발적
- **출전** – 『현대문학』(1957)

문제 풀기

모범답 → p. 271

1. 이 글의 등장인물들에 대한 설명으로 알맞지 않은 것은? (   )

① 주지 : 경제적 능력으로 인간을 차별하는 타락한 종교인이다.

② 갈월동 아주머니 : 독실한 신앙인으로 사회봉사에 헌신적이다.

③ 어머니 : 가족에 대한 사랑이 깊으며, 기복 신앙을 가지고 있다.

④ 간호원 : 능력도 없으면서 환자를 치료하는 믿지 못할 의료인이다.

⑤ 진영 : 아들의 죽음으로 인하여 사회에 대한 불신감을 가지고 있다.

2. 종교와 병원이 이 글의 중심 배경으로 사용된 이유는 무엇일까요?

20

풍경(風景) A

 박경리 (朴景利, 1926~2008)

준비 "읽기 전에 알아두자."

「풍경 A」는 1965년 1월 『현대문학』에 발표되었는데, 영숙이라는 인물의 눈에 비친 띄는 풍경들이 마치 수필처럼 차례로 묘사되고 있는 소품입니다. 작가 관찰자 시점인 이 작품은 시선의 움직임에 따라 글이 전개되고 있습니다. 주인공이 우체국에서 우편배달부를 기다리며 인생의 양면인 기쁨과 슬픔을 관찰할 수 있도록 배경을 설치해 놓고 있지요. 우체국 안의 모습, 우체국 밖의 가게와 그곳을 드나드는 사람들을 치밀하게 관찰하도록 만든 것입니다. 지은이의 치밀한 관찰력과 구성력을 엿볼 수 있는 작품이라고 할 수 있습니다.

 집중 "이것만은 꼭 생각하며 읽자."

이 작품은 사건이 없는 소설 같지만, 사실 사건은 감춰져 있을 뿐이며, 매일 아무렇지도 않게 스쳐가는 수많은 사람들의 내면에 숨어 있는 삶의 의미를 생각해 보게 합니다. 구성 방식이 다른 작품과 어떻게 다르고, 인물의 시선 이동에 따라 장면이 어떻게 묘사되고 있는지 그림을 그리듯이 해당 장면의 이미지들을 머릿속에 떠올리며 읽어 보세요.

풍경(風景) A

-
-
-

대구로 가는 여객 버스가 K면에 닿았을 때 별안간 소나기가 쏟아졌다. 버스에서 내린 영숙은 굵은 빗발 속을 질러서 길켠에 있는 가게 처마 밑으로 급히 뛰어간다. 말뚝을 박아 놓았으나 휘장도 없는 장터의 장꾼들이 흩어진다. 목을 뽑은 얼룩박이 닭이 뛰뚝거리며 싸리나무 울타리 안으로 달아난다.

소나기는 이내 멎고 물방울이 달린 나뭇잎에 햇빛이 뻗친다. 물방울이 반짝인다. 장터에 장꾼들이 다시 모여든다. 간이역같이 자그마한 우편국 창구 앞에 농부가 한 사람, 인조 치마를 걷어 올려 양어깨를 감싼 아낙이 한 사람 서 있다. 은비녀가 비틀어진 쪽에서 물방울이 떨어진다.

"등기로 부칠라카는케요."

창구 안으로 얼굴을 디밀 듯하며 농부는 큰 소리로 말했다.

영숙은 우편국 사무실 안으로 들어간다. 창구에 앉아 있던 러닝 입은 얼굴이 하얀 청년이 인사한다. 영숙은,

"안녕하셨어요. 서울에 전화 좀 걸려구요. 이젠 통하겠죠?"

"네."

편지를 달아서 우표를 붙이고 농부에게 영수증을 끊어 준 뒤 청년은 수화기를 든다.

"진주! 진주?"

하고 소리를 질렀다.

"중계를 세 군데나 하니까 시간이 오래 걸릴 겁니다. 앉으십시오."

청년은 수화기를 놓고 말했다. 영숙은 딱딱한 나무 의자에 앉아서 거리를 내다본다. 큰 유리창 한 장에 길 건너 가게가 꽉 들어찬다. 아주 큰 기와집이다. 기둥에는 ○○여객 ××여객이라 쓰인 버스 회사의 간판들이 요란스럽게 나붙어 있다. 빛깔이 고운 비단은 진열장 속에, 광목 포플린 따위는 좌판 위에 쌓여 있고, 화장수, 크림 등 잡화에서 술병과 과자, 학용품, 숯섬에다 석유까지 없는 게 없는 만물상. 정리가 잘 되어 상자 속에 들앉은 만물상 같다. 갖가지 빛깔과 모양이 크레용으로 이겨 놓은 아이들 그림같이. 가게에는 목이 기다란 사나이가 앉아 있었다.

'이 마을에서 제일 부자일 거야.'

"돈부터 내세요. 돈부터."

창구에 앉은 청년이 짜증을 낸다.

"아, 우표딱지 먼저 주어야 돈을 내제."

창구 밖에서 아낙이 미욱한[1] 목소리로,

"돈을 내세요. 돈 내면 우표를 줍니다."

아낙은 한참 망설이다가 돈을 밀어낸다. 우표를 받자,

"이것 좀 붙여 주소, 어디 붙이는지 내가 알 수 있어야제. 글을 모르니께."

청년은 혀를 차며 우표를 붙이고 편지를 함 속에 집어던진다.

"편지 꼭 가지요? 가지요?"

1_**미욱한**: 하는 짓이나 됨됨이가 매우 어리석고 미련한

아낙이 창구를 들여다보며 다짐한다.

"틀림없어요, 참."

청년의 러닝셔츠는 땀에 흠뻑 젖어 있다.

기름병을 든 아이가 가게로 들어간다. 목이 긴 주인이 느릿느릿 일어서서 기름통을 열고 손잡이가 날씬한 쪽으로 기름을 떠서 병에 붓는다. 덤으로 조금 더 떠 넣어 준다. 아이는 기름병을 눈 위까지 졸려 기름이 적은가 많은가 살피고 가게 앞을 떠난다. 주인은 금고 속에 돈을 집어넣고 하늘을 한번 올려다본다. 하얀 고무신에 모시 고의바지. 뒷짐을 지고 어슬렁어슬렁 장터로 향해 그는 걸어간다.

가게 안, 살림집에서 노인이 나온다. 이리저리 살피다가 노인의 손이 유리 단지 속으로 들어간다. 사탕을 한 줌 집고 알루미늄 뚜껑을 얼른 덮은 뒤 치마를 걷어 올리고 속주머니 속에 사탕을 밀어 넣는다. 안에서 다시 퍼머한 여자가 나타난다. 노인은 빗자루를 들고 가게 마루를 쓰는 척하다가 얼굴을 찌푸린 퍼머한 여자에게 싱긋이 웃어 보인다. 바라보고 있는 영숙도 싱긋이 웃는다. 노인은 안으로 들어가고 퍼머한 여자는 털개를 들고 물건 위에 앉은 먼지를 턴다.

"오늘도 전화 못 하면 큰일인데 아직 안 통합니까?"

영숙이 청년에게 묻는다.

"곧 될 겁니다. 대구에서 떨어져야 하니까요. 접때도 전화 못하고 가셨는데 그 땐 워낙 비가 많이 왔거든요."

"신문 보니까 서울에도 비가 많이 왔다더군요. 집의 전화가 고장 났을지도 몰라요."

"그럼 전보를 치시죠."

"편지는 했지만……. 참 여기 송금된 것 없을까요?"

"찾아보죠. 두 개 있었던 것 같은데."

청년은 장부를 뒤진다.

"성함이 누구시죠?"

"김영숙이에요."

"아! 있군요. 현금 등긴데 아까 배달부가 가지고 나갔습니다. 지금쯤 갔을 겁니다."

"그, 그럼 전화는 취소하겠어요."

영숙은 서두르며 일어선다. 청년은 수화기를 들고 신청한 전화를 취소한다.

"하지만 현금 등기면 본인이 있어야, 도장을 두고 오셨습니까?"

"아뇨. 제가 가지고 왔어요."

"그럼 배달부가 돌아올 때까지 기다리십시오. 두 시 차로 내려올 겁니다. 하루 걸러서 산에 가니까……. 더군다나 내일은 일요일이고."

"그래야겠군요. 여기서 기다렸다가."

영숙은 도로 주저앉는다.

"절에 수양 오셨습니까?"

청년이 묻는다.

"네. 너무 심심해서 이제 돌아가야겠어요."

"그렇지요. 산 속에 뭐 볼 게 있어야지요."

말을 끊고 청년은 장부 정리를 한다. 가게의 여러 가지 빛깔이 참 아름답다. 크림통, 머릿기름, 분갑, 머리빗, 칫솔, 치약 온갖 것이 다 있다. '이 마을에서 제일 부잘 거야.'

키가 땅땅하고 머리가 곱슬한 남자가 창구 앞을 지나 사무실로 쫓아 들어온다.

"성수야?"

"응."

청년이 돌아본다. 곱슬머리의 청년은 먼지가 쌓인 빈 책상 위에 낡은 가방을 던지고 손수건을 꺼내어 목덜미를 우둑우둑 닦는다.

"니 오늘 진주 갈 기제?"

손수건을 집어넣으며 묻는다.

"나 못 가겠다."

"와?"

"머 가나 마나지."

"이눔아야, 봉애가 목이 빠지게 기다릴 건데 안 갈라 카믄 어짜노. 같이 가자."

"편지나 좀 전해 주고……. 돈 천 원 넣어 왔다."

"와 안 갈라 카노? 내일 일요일인데 여기서 머할래?"

"갈 때 올 때 차비만 쓰고 뭐할라고……. 내사 낮잠이나 잘란다."

"돈 애낄라고 그러나? 보고 싶은 사람도 안 보고?"

"만날 해 봐야 시골구석의 월급쟁이, 애낄 돈이나 있나."

"흥, 다 마찬가지지. 안 그런 사람이 있나?"

우편국의 청년은 가늘고 하얀 팔을 뒤로 올리며 머리를 받친다.

"약값 보탤라고 니가 그러는구나. 하여간 열녀, 아니 열부다."

곱슬머리 청년은 감동한 얼굴이면서 핀잔을 준다.

"싱거운 소리하지 마라, 언제 내가 장가들었다고 열부?"

"니도 참 큰일이다. 봉애가 어서 나아야지 혼자 궁상이구나."

"니 걱정이나 해라."

"어서 병이 나아서 가을에는 떡을 먹어야 할 긴데……."

곱슬머리는 책상에 걸터앉아 다리를 흔들며 길켠을 바라본다.

"주사나 맞고 치료하면 괜찮을 거다. 가을까지야 낫겠지."

"글쎄, 요새는 약이 좋으께."

"약도 약이지만 잘 먹어야 한다는데……."

청년의 얼굴에 초조한 빛이 보인다.

"복도 많다. 복도 많아."

"복이 많기는 무슨 복이 많아, 이런 시골구석에서 뭘 내가 해 준다고 복이 많아."

"니 마음 하나 중하지. 니 마음 하나 중하다 말이다. 누가 그리 알뜰하게 생각하는 남자가 있나."

청년은 서랍을 열고 봉투를 꺼내어 곱슬머리에게 주며,

"자 이 거 간수해라. 돈하고……."

"음."

곱슬머리는 호주머니 속에 그 봉투를 집어넣는다.

"두 시 차가 곧 올 기다. 그리고 요 다음 일요일에 가겠다고, 편지에도 썼다만, 최 선생님한테 잘 부탁해 왔으니까 미안하게 생각할 것 없이 주사는 꼭꼭 맞으라고 니가 일러라."

두 시 차가 내려왔다.

"그라믄 갔다 올게."

곱슬머리는 쫓아 나간다. 버스는 가게 앞을 잠시 가리고 멎어 있다가 떠났다. 청년은 멍하니 창구에서 밖을 내다본다.

"여 딱지 하나 주이소."

아낙이 와서 말했다. 청년은 돈부터 내라는 재촉도 않고 얼른 딱지를 밀어낸다. 돈이 들어왔다. 아낙은 딱지를 붙이고 편지를 도로 디밀었다. 청년은 그것을 편지통 속에 집어넣고 창구의 문을 닫아 버린다.

"왜 안 오지요? 우편배달부 말예요."

영숙이 말을 걸었다.

"아, 참 안 오는군요. 그럼 다음 버스로. 네 시 버스로 오겠군요."

청년은 건성으로 대꾸한다.

"그럼 제가 갈 걸 그랬네요."

"기다리신 김에 더 기다려 보십시오. 엇갈리면 아무래도 모레 돈을 받게 되니까요."

영숙은 다시 창밖의 가게를 가만히 바라본다. 아낙이 커다란 광주리를 들고 가게 앞으로 간다. 그의 아들인 듯싶은 노타이 셔츠에 감색 작업복 바지를 입은 청년이 그를 따라간다. 어깨가 떡 벌어지고 얼굴은 햇볕에 잘 그을려서 꺼멓다. 입을 벌리고 웃는다. 이빨은 하얗게 두드려져 보인다. 가게 마루에 걸터앉은 그들은 뭐라고 가겟집 여자를 보고 이야기한다. 가겟집 여자가 진열장 문을 열고 빨간빛, 남색, 노랑색, 연두색 네 가지 비단을 꺼내어 두르르 편다. 서로 뭐라고 한참 지껄인다. 청년은 포개 놓은 다리 위에 주먹 쥔 두 손을 얹어놓고 비단을 넌지시 바라보고 아낙은 펼친 천을 만져 보고 또 만져 본다. 가겟집 여자는 긴 자를 들고 웃으며 또 뭐라고 이야기하는 모양. 청년은 슬그머니 얼굴을 돌리고 외면을 하며 웃는다. 아마 청년을 보고 농을 걸었던 모양이다. 청년은 장가 들 신랑임에 틀림없다. 가겟집 여자는 노랑 비단을 자로 잰다. 아낙이 붙들어 주고 가위는 노랑 비단을 두 동강이로 낸다. 착착 접어놓고, 다시 다홍빛 비단을 끊는다, 남색과 연두 비단도, 그리고 속치마 안감, 동정까지—. 가겟집 여자는 아주 기분이 좋다. 아낙도 기분이 좋고 청년도 기분이 좋다. 아낙은 주머니를 끌러서 돈을 꺼내어 침을 묻혀 가며 센다. 센 돈을 또 세고 세 번을 센다. 그리고는 가겟집 여자에게 돈을 준다. 종이에 옷감을 싸고 노란 끈으로 묶어 내놓으며 또 웃는다. 아낙과 청년도 따라 웃는다. 청년은 웃다가 거리를 바라본다. 거리를 바라보면서 또 웃는다. 영숙도 슬그머니 웃는다.

꿈을 깨듯 전화벨이 요란스럽게 울린다. 우편국의 청년이 수화기를 든다.

"아 네, 네. 진주라고? 음 상수가, 웬일고?"

청년의 얼굴이 흐려진다.

"응 그래, 뭐? 오늘 난 못 가, 삼칠이한테 돈하고 편지 부쳤다. 요 다음 토요일에 갈게."

"뭐 봉애가, 뭐?"

사무원의 얼굴은 창백하게 변했다.

"죽었다고……."

청년은 수화기를 든 채 영숙을 물끄러미 바라본다.

아낙과 아들은 혼숫감을 들고 나란히 걸어 나왔다. 그리고 하늘을 한 번 올려다본다. 유리창에서 그들은 사라지고 울긋불긋 그림같이 가게의 모든 빛깔들이 번져나는 듯 — 여자는 털개를 들고 상품 위의 먼지를 떤다.

박경리의 「풍경A」를 다 읽으셨나요?
그러면 작품의 내용을 생각하면서 이 소설의 인물, 사건, 배경 등 여러 요소들에 대한 자신만의 마인드맵을 그려 보세요~!

풍경A

줄거리

　영숙이 K면에 도착했을 때 별안간 소나기가 쏟아졌다. 소나기는 이내 멎고 솔방울이 달린 나뭇잎에 햇빛이 뻗친다. 영숙은 서울에 전화를 걸기 위해 우체국 안으로 들어간다. 그 곳에서 기다리다 창밖의 가게를 보게 된다. 가게의 진열장 안에는 비단, 술병, 과자 등 없는 게 없다.

　영숙은 전화를 걸기가 힘들다는 사실을 알고, 우편배달부가 가지고 나간 현금 등기를 우체국에서 기다린다. 그리고 또 다시 가게 안의 물건들이 띠는 여러 가지 아름다운 빛깔을 바라본다. 키가 땅딸막한 곱슬머리 남자가 우체국 직원인 청년과 말을 주고받는다. 청년은 병든 애인이 있는 진주에 내려갈 차비를 아껴 애인의 약값에 보태려고 한다. 그는 애인에게 줄 돈과 편지를 곱슬머리 청년이 진주로 가는 편에 건네준다. 한 아낙이 편지를 부치려고 우체국을 왔다 간 후에도 우편배달부는 오지 않는다. 영숙은 다시 창밖의 가게를 바라본다. 장가들 신랑인 듯한 아들과 그의 어머니는 가게에서 즐겁게 비단을 고르고 있다. 그때 꿈을 깨듯 전화 벨 소리가 울린다. 청년의 애인이 죽었다고 한다.

　아낙과 아들은 혼숫감을 들고 가게를 걸어 나오고, 가게 보는 여자가 상품 위의 먼지를 떠는 모습이 우체국 창밖으로 보인다.

주제

사람들의 일상생활과 인생의 양면성

- **등장인물**
  - 영숙, 우체국 직원인 청년, 아낙, 아들, 가게 보는 여자 등 : 일상생활의 풍경을 만들어가는 인물들
- **배경** – 어느 여름날의 우체국과 그 주변 가게
- **시점** – 3인칭 관찰자 시점
- **성격** – 사실적, 묘사적
- **출전** – 『현대문학』(1965)

문제 풀기

모범답 → p. 271

1. 다음 밑줄 친 ⊙~⑩ 중 인물의 심리가 묘사된 부분은? (   )

> ⊙가겟집 여자는 노랑 비단을 자로 잰다, 아낙이 붙들어 주고 가위는 노랑 비단을 두 동강으로 낸다. ⑥착착 접어놓고, 다시 다홍빛 비단을 끊는다, 남색과 연두 비단도, 그리고 속치마 안감, 동정까지— 가겟집 여자는 아주 기분이 좋다. ⑥아낙도 기분이 좋고 청년도 기분이 좋다. 아낙은 주머니를 끌러서 돈을 꺼내어 침을 묻혀 가며 센다. ⑧센 돈을 또 세고 세 번을 센다. 그리고는 가겟집 여자에게 돈을 준다. 종이에 옷감을 싸고 노란 끈으로 묶어 내놓으며 또 웃는다. ⑩아낙과 청년도 따라 웃는다.

① ⊙   ② ⑥   ③ ⑥   ④ ⑧   ⑤ ⑩

2. 이 글의 구성 방식이 일반적인 소설과 다른 점은 무엇일까요?

....

21

중국인 거리

 오정희(吳貞姬, 1947~)

오정희 吳貞姬

1947~

한국의 대표적인 여성 작가. 가부장제에 억눌렸던 여성의식과 여성적 생명의 에너지를 섬세하게 되살려낸 작품을 쓰고 있으며, 인간의 비극적 내면의식을 인과관계를 벗어난 특유의 구성 방법으로 표현함으로써 한국 현대문학의 새로운 지평을 개척함.

연보

- 1947년 11월 9일 서울 종로구 사직동에서 출생
- 1966년 이화여자고등학교 졸업
- 1968년 『중앙일보』 신춘문예에 「완구점 여인」 당선
- 1970년 서라벌예술대학 문예창작과 졸업
- 1977년 첫 창작집 『불의 강』 출간
- 1979년 「저녁의 게임」으로 제3회 이상문학상 수상
- 1982년 「동경」으로 제15회 동인문학상 수상
- 1984년 8월 뉴욕으로 이주
- 1986년 귀국하여 세 번째 창작집 『바람의 넋』 발간
- 2003년 독일 리베라투르상 수상
- 2007년 동인문학상 심사위원회 심사위원 역임

❶ 오정희는 유년기에 겪은 한국전쟁 속에서 가족의 파괴, 윤리와 질서의 붕괴, 빈곤, 죽음 등과 마주하면서 세계와 인간에 대한 비극적 인식이 내면에 형성되었는데, 이러한 외부의 현실보다 더 넓고 다양한 자신의 내면 의식세계를 '미묘하고 섬뜩하지만 거칠지는 않은' 방법으로 작품화 하였다.

❷ 오정희는 소설의 사건들은 인과관계가 무시되거나 시간구조가 뒤섞인 채 제시되어 있다. 소설 구성의 이런 특징 때문에 일반적인 소설들에서 등 장인물의 심리가 사건의 전개 양상에 이끌리는 것에 반해 오정희 소설은 주인공의 심리묘사 과정에서 사건이 나타나고 전개되는 특징을 갖고 있다.

주요 작품들

직녀(1970)	적요(1975)
미명(1977)	저녁의 게임(1979)
유년의 뜰(1980)	별사(1981)
동경(1983)	돼지꿈(2008)

준비 ·· "읽기 전에 알아두자."

「중국인 거리」는 1979년 『문학과 지성』 봄호에 발표된 단편소설로서 공간적 배경인 인천의 중국인 거리는 한국전쟁 당시 인천상륙작전이 전개되었던 지역으로 전쟁의 참상을 고스란히 간직하고 있는 곳입니다. 이 소설은 1인칭 화자인 소녀가 황폐한 중국인 거리의 삶 속에서 성장해가는 모습을 그리고 있지요. 회상의 기법을 사용하고 있으며, 아홉 살 소녀의 감수성으로 접하게 되는 체험을 바탕으로 시대에 대한 지은이의 비극적 인식을 잘 드러내고 있습니다.

집중 ·· "이것만은 꼭 생각하며 읽자."

이 작품은 6·25전쟁 후 피난살이하던 곳을 떠나 인천으로 이주해 와 중국인 거리 속에 살게 된 한 소녀의 눈을 통하여, 전쟁이 가져온 비극을 묘사하고 있습니다. 아직 철이 들지 않은 소녀가 전쟁의 후유증이 그대로 남아 있는 중국인 거리에서 여러 가지 비극적인 체험을 겪음으로써 어떻게 정신적으로 성숙해가고 있는지 자신의 삶과 관련 지어 살펴가며 읽어 보세요.

중국인 거리

-
-
-

시(市)를 남북으로 나누며 달리는 철도는 항만의 끝에 이르러서야 잘려졌다. 석탄을 싣고 온 화차(貨車)는 자칫 바다에 빠뜨릴 듯한 머리를 위태롭게 사리며 깜짝 놀라 멎고 그 서슬에 밑구멍으로 주르르 석탄 가루를 흘려보냈다.

집에 가 봐야 노루 꼬리만큼 짧다는 겨울해에 점심이 기다리고 있는 것도 아니어서 우리들은 학교가 파하는 대로 책가방만 던져둔 채 떼를 지어 선창을 지나 항만의 북쪽 끝에 있는 제분 공장에 갔다.

제분 공장 볕 잘 드는 마당 가득 깔린 멍석에는 늘 덜 건조된 밀이 널려 있었다. 우리는 수위가 잠깐 자리를 비운 틈을 타서 마당에 들어가 멍석의 귀퉁이를 밟으며 한 움큼씩 밀을 입안에 털어 넣고는 다시 걸었다. 올올이 흩어져 대글대글 이빨에 부딪치던 밀알들이 달고 따뜻한 침에 의해 딱딱한 껍질을 불리고 속살을 풀어 입 안 가득 풀처럼 달라붙다가 제법 고무질의 질긴 맛을 낼 때쯤이면 철로에 닿게 마련이었다.

우리는 밀 껌으로 푸우푸우 풍선을 만들거나 침목(枕木) 사이에 깔린 잔돌로 비사치기[1]를 하거나 전날 자석을 만들기 위해 선로 위에 얹어 놓았던 못을 뒤지면서 화차가 닿기를 기다렸다.

드디어 화차가 오고 몇 번의 덜컹거림으로 완전히 숨을 놓으면 우리들은 재빨리 바퀴 사이로 기어들어가 석탄 가루를 훑고 이가 벌어진 문짝 틈에 갈퀴처럼 팔을 들이밀어 조개탄을 후벼내었다. 철도 건너 저탄장에서 밀차를 밀며 나오는 인부들이 시커멓게 모습을 나타낼 즈음이면 우리는 대개 신발주머니에, 보다 크고 몸놀림이 잽싼 아이들은 시멘트 부대에 가득 석탄을 팔에 안고 낮은 철조망을 깨금발²로 뛰어넘었다.

선창의 간이음식점 문을 밀고 들어가 구석 자리의 테이블을 와글와글 점거하고 앉으면 그날의 노획량에 따라 가락국수, 만두, 찐방 등이 날라져 왔다. 석탄은 때로 군고구마, 딱지, 사탕 따위가 되기도 했다. 어쨌든 석탄이 선창 주변에서는 무엇과도 바꿀 수 있는 현금과 마찬가지라는 것을 우리는 알고 있었고, 때문에 우리 동네 아이들은 사철 검정 강아지였다.

해안촌(海岸村), 혹은 중국인 거리라고도 불리는 우리 동네는 겨우내 북풍이 실어 나르는 탄가루로 그늘지고, 거무죽죽한 공기 속에 해는 낮달처럼 희미하게 걸려 있었다.

할머니는 언제나 짚수세미에 아궁이에서 긁어낸 고운 재를 묻혀 번쩍 광이 날 만큼 대야를 닦았다. 아버지의 와이셔츠만을 따로 빨기 위해서였다. 그러나 바람을 들이지 않은 차양 안쪽 깊숙이 넌 와이셔츠는 몇 번이고 다시 헹구어 푸새를 새로 하지 않으면 안 되었다.

"망할 놈의 탄가루들. 못 살 동네야."

할머니가 혀를 차면 나는 으레 나올 뒷엣말을 받았다.

1_**비사치기** : 돌을 비석처럼 땅바닥에 세우고, 돌을 던져서 넘어뜨리거나 발로 돌을 차서 맞혀 넘어 뜨리는 놀이
2_**깨금발** : 발뒤꿈치를 들어 올림. 또는 그 발

"광석천이라는 냇물에서는 말이다. 물론 난리가 나기 전 이북에서지. 빨래를 하면 희다 못해 시퍼랬지. 어느 독(瀆)이 그렇게 퍼렇겠니."

겨울 방학이 끝나면 담임인 여선생은 중국인 거리에 사는 아이들을 불러 학교 숙직실로 데리고 갔다. 그리고 숙직실 부엌 바닥에 웃통을 벗겨 엎드리게 하고는 미지근한 물을 사정없이 끼얹었다. 귀 뒤, 목덜미, 발가락, 손톱 사이까지 탄가루가 없는 것을 확인하고서야 왕소금이 돋은 등어리를 찰싹찰싹 때리는 것으로 검사를 끝냈다. 우리는 킬킬대며 살비듬이 푸르르 떨어지는 내의를 머리부터 뒤집어썼다.

봄이 되자 나는 3학년이 되었다. 오전반이었기 때문에 한낮인 거리를 치옥이와 나는 어깨동무를 하고 천천히 걸어 집으로 돌아오고 있었다.

"나는 커서 미용사가 될 꺼야."

삼거리의 미장원을 지날 때 치옥이가 노오란 목소리로 말했다.

'회충약을 먹은 날이니 아침을 굶고 와야 해요.' 선생의 지시대로 치옥이도 나도 빈속이었다. 공복감 때문일까, 산토닌[3]을 먹었기 때문일까, 해인초[4] 끓이는 냄새 때문일까, 햇빛도, 지나다니는 사람들의 얼굴도, 치마 밑으로 펄럭이며 기어드는 사나운 봄바람도 모두 노오랬다.

길의 양켠은 가건물인 상점들을 빼고는 거의 빈터였다. 드문드문 포격에 무어진 건물의 형해가 썩은 이빨처럼 서 있을 뿐이었다.

"제일 큰 극장이었대."

3_ **산토닌**: 회충약의 하나
4_ **해인초**: 海人草. 홍조류의 해조

조명판처럼, 혹은 무대의 휘장처럼 희게 회칠이 된 한쪽 벽만 고스란히 남아 서 있는 건물을 가리키며 치옥이가 소곤거렸다. 그러나 그것도 곧 무너질 것이다. 나란히 늘어선 인부들이 곡괭이의 첫날을 댈 위치를 가늠하고 있었다. 어느 순간 희고 거대한 벽은 굉음으로 주저앉으리라.

한쪽에서는 이미 헐어 버린 벽에서 상하지 않은 벽돌과 철근을 발라내고 있는 중이었다.

"아주 쑥밭을 만들어 버렸다니까."

치옥이는 어른들의 말투를 흉내 내어 몇 번이고 쑥밭이라는 말을 되풀이했다. 사람들은 개미처럼, 열심히 집을 지어 빈터를 다스렸다. 반 자른 드럼통마다 조개탄을 듬뿍 써서 해인초를 끓였다. 치옥이와 나는 자주 멈춰 서서 찍찍 침을 뱉아냈다.

"회충이 약을 먹고 지랄하나 봐."

"아냐, 회충이 오줌을 싸는 거야."

그래도 메스꺼움은 가라앉지 않았다. 끓어오르는 해인초의 거품도, 조개탄에서 피어오르는 연기도, 해조(海藻)와 뒤섞이는 석회의 냄새도 온통 노란빛의 회오리였다.

"왜 사람들은 집을 지을 때 해인초를 쓰지? 난 저 냄새만 맡으면 머리털 뿌리까지 뽑히는 것처럼 골치가 아파."

치옥이는 내 어깨에 엇걸린 팔을 무겁게 내려뜨렸다. 그러나 나는 마냥 늑장을 부리며 천천히 걸어 해인초 냄새, 내가 이 시와 나눈 최초의 악수였으며 공감이었던 그 노란빛의 냄새를 들이마셨다.

우리 가족이 이 도시로 이사를 온 것은 지난해 봄이었다.

'늬 아버지가 취직만 되면……' 어머니는 차곡차곡 쌓은 담뱃잎에 푸우 푸우 입에 가득 문 물을 뿜는 사이사이 말했다. 담뱃잎을 꼭꼭 눌러 담은 부대에 멜빵을 해서 메고 첫새벽에 나가는 어머니는 이틀이나 사흘 후 초죽음이 되어 돌아오곤 했다.

'간이 열이라도 담배 장사는 이제 못 해먹겠다. 단속이 여간 심해야지. 늬 아버지 취직만 되면……' 미리 월남해서 자리를 잡았거나 전쟁을 재빨리 벗어난 친구, 동창들을 찾아다니며 취직 운동을 하던 아버지가 석유 소매 업소의 소장직으로 취직을 하고, 우리를 실어갈 트럭이 온다는 날 우리는 새벽밥을 지어 먹고 이불 보따리와 노끈으로 엉글게 동인 살림 도구들을 찻길에 내다 놓았다.

점심때가 되어도 트럭은 오지 않았다. 한없이 길게 되풀이되는 동네 사람들과의 작별 인사도 끝났다.

해질 무렵이 되자 어머니는 땅뺏기 놀이나 사방치기에도 진력이나 멍청히 땅바닥에 주저앉은 우리들을 일으켜 세워 읍내의 국수집에서 국수를 한 그릇씩 사 먹였다. 집을 나서기 전 갈아 입은 옷이건만 한없이 흐르는 콧물로 오빠와 나 그리고 동생은 소매와 손등이 반들반들하게 길이 들었다.

날이 완전히 어두워졌어도 어머니는 젖먹이를 안고 이불 보따리 위에 올라앉은 채 트럭이 나타날 다릿목께만을 뚫어지게 노려보고 있었다.

트럭이 나타난 것은 저물고도 한참이 지난 후였다. 헤드라이트를 밝힌 트럭이 요란한 엔진 소리와 함께 다릿목에 모습을 드러내자 어머니는 '차가 왔다.'라고 비명을 질렀다. 저마다 보따리 하나씩을 타고 앉았던 우리 형제들은 공처럼 튀어 일어났다. 트럭은 신작로에 잠시 멎고, 달려간 어머니에게 창으로 고개만 내민 조수가 무어라고 소리쳤다. 어머니는 되돌아오고 트럭은 다시 떠났다. 우리는 어리둥절해서 서로의 얼굴을 마주 보았다. 난간을 높이 세운 짐칸에 검은 윤곽으로 우뚝우뚝 서 있던 것은 소였다. 날카롭게 구부러진 뿔들과 어둠 속에서 흐르듯 눅눅하게 들려오던 되새김질 소리도 역력했다.

"소를 내려놓고 올 거예요, 짐을 부려놓고 빈 차로 올라가는 걸 이용하면 운임이 절반이니까 아범이 그렇게 한 거예요."

어머니의 설명에, 아버지와 어머니에게 한 번도 이의(異意)를 나타내 본 적이 없는 할머니는 뜨악한 표정으로, 그러나 어련히들 잘 알아서 하겠느냐는 듯 몇 번이고 고개를 주억거렸다.

그러나 트럭이 정작 우리 앞에 다시 나타난 것은 두어 시간택이나 지난 후였다. 삼십 리 떨어진 시의 도살장에 소들을 부려 놓고 차 바닥의 오물을 닦아 내느라고 늦었다는 것이었다.

이삿짐을 다 싣고 마지막으로 어머니가 젖먹이를 안고 운전석의, 운전수와 조수를 틈에 끼어 앉자 트럭은 출발했다. 멀리 남행 열차의 기적 소리가 들리는 것으로 보아 자정 무렵이었다.

나는 이삿짐들 틈에서 고개만 내밀어 깜깜하게 묻힌, 점점 멀어져 가는 마을을 보았다. 마을과 마을 뒤의 야산과 야산의 잡목 숲은 한데 뭉뚱그려져 더 짙은 어둠으로 손바닥만하게 너울대다가 마침내 하나의 점으로 털털대며 트럭의 꽁무니를 따라왔다.

읍을 벗어나자 산길이었다. 길이 나쁜데다 서둘러 험하게 몰아대는 통에 차는 길길이 뛰고 짐들 틈바구니에 서캐[5]처럼 박혀 있던 우리는 스프링

5_**서캐**: 이의 알

장치가 된 자동인형처럼 간단없이[6] 튀어 올랐다.

할머니는 아그그그 뼈마디 부딪치는 소리를 어금니로 눌렀다. 길 아래는 강이었다. 차가 튀어 오를 때마다 하마하마 강물로 곤두박질치겠지 생각하며 나는 눈을 꼭 감고 네 살짜리 동생을 힘주어 끌어안았다.

봄이라고는 해도 밤바람은 칼끝처럼 매웠다. 물살을 가르며 사납게 웅웅대던 바람은 그 첨예한 손톱으로 비듬이 허옇게 이는 살갗을 후비고 아직도 차안에 질척하게 고여 있는 쇠똥 냄새를 한 소금씩 걷어 내었다.

"아까 그 소들, 다 죽었을까?"

나는 문득 어둠 속에서 들려오던 소리들의 눅눅한 되새김질 소리를 떠올리며 언니에게 물었다. 언니는 세운 무릎 사이에 얼굴을 깊이 묻은 채 대답이 없었다. 물론 지금쯤이면 각을 뜨고 가죽을 벗기고 내장을 훑어내기에 충분한 시간일 것이다.

달은 줄곧 머리 위에서 둥글었고 네 살짜리 동생은 어눌한 말씨로, '씨팔 늠아아, 왜 자꾸 따라오는 거여어.' 소리치며 달을 향해 주먹질을 해대었다.

차는 자주 섰다. 다섯 명의 아이들이 차례로 오줌이 마려웠기 때문이었다. 짐칸과 운전석 사이의 손바닥만한 유리를 두들기면 조수가 옆창문을 열고 고개를 내밀어 돌아보며 '뭐야!' 하고 소리쳤다.

"오줌이 마렵대요."

조수는 손짓으로 그냥 누라는 시늉을 해 보였으나 할머니가 펄쩍뛰었다. 마지못해 차가 멎고 조수는 아이들을 하나씩 안아 내리며 한꺼번에 '다 눠 버려, 몽땅.' 하고 퉁명스럽게 말했다. 우리는 길바닥에 쭈그리고 앉기가 무

6_ **간단없이** : 끊임없이

섭게 푸드득 몸을 떨며 오래 오줌을 누었다.

행정 구역이 바뀌거나 길이 굽이도는 곳에는 반드시 초소가 있어 한 차례씩 검문을 받아야 했다. 전투복을 입은 경찰이 트럭 위로 전짓불을 휘두를 때면 담배 장사로 간이 손톱만큼밖에 안 남았다는 어머니는 공연히 창밖으로 고개를 빼어 소리쳤다.

"실컷 보시요, 암만 뒤져도 같잖은 따라지 보따리와 새끼들뿐이요."

트럭은 기름을 넣기 위해 한 차례 멎고 두 번 고장이 났으며 굽이굽이 수많은 검문소를 지나쳐 강과 산과 잠든 도시를 밤새도록 달려 날이 밝을 무렵 이 도시로 진입해 들어왔다. 우리가 탄 트럭의 낡은 엔진의 요란한 소리에 비로소 거리는 푸득푸득 깨어나기 시작했다.

바다를 한 뼘만치 밀어 둔 시의 끝, 해안 동네에 다다라 우리는 짐들과 함께 트럭에서 안아 내려졌다. 밤새 따라오던 달은 빛을 잃고 서쪽 하늘에 원반처럼 납작하게 걸려 있었다. 트럭이 멎은 곳은 낡은 목조의 이 집 앞이었는데 아래층은 길가에 연해 상점들처럼 몇 쪽의 유리문으로 되어 있었다. 그리고 흙먼지가 부옇게 앉은 유리에 붉은 페인트로 석유 배급소라고 씌어 있었다.

바로 앞으로 우리가 살게 될 집이었다.

나는 새삼스럽게 달려드는 차가운 공기에 이빨을 마주치며 언제나 내 몫인 네 살짜리 사내 동생을 업었다.

우리가 요란하게 가로질러 온, 그리고 트럭의 뒤꽁무니 이삿짐들 틈에서 호기심과 기대로 목을 빼어 바라본 시는 내가 피난지인 시골에서 꿈꾸어 오던 도회지와는 달랐다. 나는 밀대 끝에서 피어오르는 오색의 비눗방울 혹은 말로만 듣던 먼 나라의 크리스마스트리처럼 우리가 가게 될 도회지를 생각하곤 했었다.

폭이 좁은 길을 사이에 두고 조그만 베란다가 붙은, 같은 모양의 목조 이 층집들이 늘어선 거리는 초라하고 지저분했으며 새벽닭의 첫 날개질 같은 어수선한 활기에 차 있었다. 그것은 이른 새벽 부두로 해물을 받으러 가는 장사꾼들의 자전거 페달 소리와 항만의 끝에 있는 제분 공장의 노무자들의 발길 때문이었다. 그들은 길을 메우고 버려 선 트럭과 함부로 부려진 이삿짐을 피해 언덕을 올라갔다.

지난밤 떠나온 시골과는 모든 것이 달랐음에도 불구하고 나는 잠시, 우리가 정말 이사를 온 것일까, 낯선 곳에 온 것일까 이상한 혼란에 빠졌다. 그것은 공기 중에 이내처럼 짙게 서려 있는, 무척 친숙하고, 내용은 잊혀진 채 분위기만 남아 있는 꿈과도 같은 냄새 때문이었다. 무슨 냄새였던가.

석유 배급소의 유리문을 밀어붙이고 나온 아버지는 약속이 틀리다고 운전수에게 고래고래 소리를 지르고 운전수는 호기심과 어쩔 수 없는 불안으로 눈을 두릿두릿 굴리고 서 있는 우리들과 이삿짐들을 번갈아 가리키며 아버지에게 삿대질을 해댔다.

목덜미에 시퍼렇게 면도 자국을 드러낸 뒷박 머리에 솜이 비져나온 노랑 인조 저고리를 입고, 아홉 살배기 버짐투성이 계집애인 나는 동생을 업고 이상하게 안절부절못하는 심사로 우리가 살게 될 동네를 둘러보았다.

우리의 이사 소동에 동네는 비로소 잠을 깨어 사람들은 들창을 열거나 길가에 면한 출입문으로 부스스한 머리를 내밀었다.

길을 사이에 두고 각각 여남은 채씩 늘어선 같은 모양의 목조 이층집들은 우리 집을 마지막으로 갑자기 끝났다. 그리고 우리 집에서부터 완만한 경사로 이루어진 언덕이 시작되었는데 그 언덕에는 바랜 잉크 빛깔이나 흰색

페인트로 벽을 칠한 커다란 이층집들이 길을 사이에 두고 나란히 마주 보고 서 있었다.

우리 집 앞을 지나는 길은 언덕으로 이어져 있고 언덕이 시작되는 첫째 집은 거의 우리 집과 이웃해 있었다. 그러나 넓은 벽에 비해 지나치게 작은, 창문이나 출입문이라고 볼 수 있는 문들은 모두 나무 덧문이 완강하게 닫혀져 있어 필시 빈집이거나 창고라는 느낌이 짙었다.

큰 덩치에 비해 지붕의 물매가 싸고[7] 용마루가 밭아서 이상하게 눈에 설고 불균형해 뵈는 양식의 집들이었다. 그 집들은 일종의 적의로 냉담하고 무관심하게 언덕 아래를 내려다보며 서 있었다. 언덕을 넘어 선창으로 향하는 사람들의 발길에도 불구하고 언덕은 섬처럼 멀리 외따로 있었으며 갑각류의 동물처럼 입을 다문 집들은 초라하게 그러나 대개의 오래된 건물들이 그러하듯 역사와 남겨지지 않은 기록의 추측으로 상상의 여백으로 다소 비장하게 바다를 향해 서 있었다.

이삿짐을 다 부려놓고도 트럭은 시동만 걸어 놓은 채 떠나지 않았다. 요구한 액수대로 운임을 받지 못한 운전수는 지구전에 들어간 듯 운전대에 두 팔을 얹고 잠깐 눈을 붙였다.

"아이 시끄러워. 또 난리가 쳐들어오나, 새벽부터 웬 지랄들이야."

젊은 여자의, 거두절미한 쇳소리가, 시위하듯 부릉대는 찻소리를 단번에 눌러 끄며 우리의 머리 위로 쨍하니 날아왔다. 어머니는, 그리고 우리는 망연해서 고개를 쳐들었다. 허벅지까지 맨살을 드러낸 채 겨우 군복 윗도리만을 어깨에 걸친 젊은 여자가 염색한 머리털을 등 뒤로 너울대며 맞은편 집

<hr>

7_**싸고**: 경사가 가파르고

이층 베란다에서 마악 들어가려던 참이었다.

아버지는 차바퀴 사이를 들락거리며 뺑뺑이를 치는 오빠의 덜미를 잡아 끌어내어 알밤을 먹였다. 그리고는 오르르 몰려 선 우리들을 보며 일개 소대 병력이로구나 하며 기막히다는 듯 헛웃음을 쳤다.

새벽 구름이 걷히고 햇살이 조금씩 투명해지기 시작할 무렵에도 언덕 위 집들은 굳게 문을 닫은 채 잠에서 깨어나지 않았다. 시의 곳곳에서 밀려난 새벽의 푸르스름한 어두움은 비를 품은 구름처럼 불길하게 언덕 위의 하늘에 몰려 있었다. 어둠이 완전히 걷히자 밤의 섬세한 발 틈으로 세류(細流)가 되어 흐르던 냄새는 억지로 참았던 긴 숨처럼 거리 곳곳에서 피어오르기 시작했다.

아, 그제야 나는 그 냄새의 정체를 알 수 있었다. 그 냄새는 낯선 감정을 대번에 지우고 거리는 친숙하고 구체적으로 내게 다가왔다. 그것은 나른한 행복감이었고 전날 떠나온 피난지의 마을에 깔먹여진 색채였으며 유년(幼年)의 기억이었다.

민들레꽃이 필 무렵이 되면 나는 늘 어지럼증과 구역질로, 툇돌에 앉아 부걱부걱 거품이 이는 침을 뱉고 동생은 마당을 기어다니며 흙을 집어먹었다. 할머니는 긴 봄 내내 해인초를 끓였다. 싫어 싫어 도리질을 해대며 간신히 한 사발을 마시고 나면 나는 어쩔 수 없이 천지가 노오래지는 경험과 함께 춘곤(春困)과도 같은 이해할 수 없는 나른한 혼미 속에 빠져 할머니에게 지금이 아침인가 저녁인가를 때 없이 묻곤 했다. 할머니는 망할 년, 회동하나부다라고 대꾸하며 흐흐 웃었다.

나는 잊혀진 꿈속을 걸어가듯 노란빛의 혼미 속에 점차 빠져들며 문득 성큼 다가드는 언덕 위의 이층집들과 굳게 닫힌 덧창 중의 하나가 열리며 젊은 남자의 창백한 얼굴이 나타나는 것을 보았다.

어머니는 일곱 번째 아이를 배고 있어 나는 아침마다 학교에 가기 전 양재기를 들고 언덕 위 중국인들의 집 앞길을 지나 부두로 갔다. 싱싱한 굴과 조개만이 어머니의 뒤집힌 속을 달래 주었기 때문이었다. 나는 알 수 없는 두려움과 호기심으로 흘끗거리며 굳게 닫힌 문들 앞을 달음박질쳤다. 언덕받이로부터 스무 발자국 정도만 뜀박질하면 갑자기 중국인 거리는 끝나고 부두가 눈 아래로 펼쳐졌다. 내가 언덕의 내리받이에 이르러 가쁜 숨을 몰아쉬며 돌아볼 즈음이면 언덕의 초입에 있는 가게의 덧문을 여는 덜컹대는 소리가 들려왔다.

일주일에 한 번쯤 돼지고기를 반근, 혹은 반의 반근 사러 가는 푸줏간이었다. 어머니는 돈을 들려 보내며 매양 같은 주의를 잊지 않았다.

"적게 주거든, 애라고 조금 주느냐고 말해라. 그리고 또 비계는 말고 살로 주세요, 해라."

푸줏간에서는 한쪽 볼에 힘껏 쥐어질린 듯 여문 밤톨만한 혹이 달리고 그 혹부리에, 상기도 보이지 않는 손에 의해 끄들리고 있는 듯 길게 뻗힌 수염을 기른 홀아비 중국인이 고기를 팔았다.

"애라고 조금 주세요?"

키가 작아 발돋음질로 간신히 진열대에 턱을 올려놓고 돈을 밀어 넣은 것과 동시에 나는 총알처럼 내뱉었다. 고기를 자르기 위해 벽에 매단 가죽 끈에 칼을 문질러 날을 세우던 중국인은 미처 무슨 말인지 몰라 뚱한 얼굴로 나를 바라보았다. 나는 비계는 말고 살로 달래라 하던 어머니의 말을 하기 전 중국인이 고기를 자를까 봐 허겁지겁 내쏘았다.

214

"고기로 달래요."

중국인을 꾸룩꾸룩 웃으며 그때야 비로소 고기를 덥썩 베어 내었다.

'왜 고기만 주니, 털도 주고 가죽도 주지.'

푸줏간에 잇대어 후추나 흑설탕, 근으로 달아 주는 중국차 따위를 파는 잡화점이 있었다. 이 거리에 있는 단 하나의 중국인 가게였다. 우리 동네 사람들은 가끔 돼지고기를 사러 푸줏간에 갈 뿐 잡화점에는 가지 않았다. 우리에게는 옷이나 신발에 다는 장식용 구슬, 염색 물감, 폭죽 놀이에 쓰이는 화약 따위가 필요치 않았기 때문이었다.

햇빛이 밝은 날에도 한쪽 덧문만 열린 가게는 어둡고 먼지가 낀 듯 침침했다. 그러나 저녁 무렵이 되면 바구니를 팔에 건 중국인들이 모여들었다. 뒤통수에 쇠똥처럼 바짝 말라 붙인 머리를 조금씩 흔들며 엄청나게 두꺼운 귓불에 은고리를 달고 전족한 발을 뒤뚱거리며 여자들은 여러 갈래로 난 길을 통해 마치 땅거미처럼 스름스름 중국인 거리를 향했다.

남자들은 가게 앞에 내놓은 의자에 앉아 말없이 오랫동안 대통 담배를 피우다가 올 때처럼 사라졌다. 그들은 대게 늙은이들이었다. 우리는 찻길과 인도를 가름 짓는 낮고 좁은 턱에 엉덩이를 붙이고 나란히 앉아 발장단을 치며 그들을 손가락질했다.

"아편을 피우고 있는 거야, 더러운 아편장이들."

정말 긴 대통을 통해 나오는 연기는 심상치 않은 노오란 빛으로 흐트러지고 있었다. 늙은 중국인들은 이러한 우리들에게 가끔 미소를 지었다. 통틀어 중국인 거리라고 불리는 동네에, 바로 그들과 인접해 살고 있으면서도 그들 중국인에게 관심을 갖는 것은 아이들뿐이었다. 어른들은 무관심하게 그러나 경멸하는 어조로 '뙤놈들'이라고 말했다.

우리는 그들과 전혀 접촉이 없었음에도, 언덕 위의 이층집, 그 속에 사는 사람들은 한없이 상상과 호기심의 효모(酵母)였다. 그들은 우리에게 밀수업자, 아편장이, 누더기의 바늘땀마다 금을 넣는 쿠리[8], 그리고 말발굽을 울리며 언 땅을 휘몰아치는 마적단, 원수의 생간(肝)을 내어 형님도 한 점, 아우도 한 점 씹어 먹는 오랑캐, 사람 고기로 만두를 빚는 백정, 뒤를 보면 바지도 올리기 전 꼿꼿이 언 채 서 있다는 북만주 벌판의 똥덩어리였다. 굳게 닫힌 문의 안쪽에 있는 것은, 십년을 사귀어도 좀체 내 뵈지 않는다는 깊은 흉중에 든 것은 금인가, 아편인가, 의심인가.

"우리 집에서 숙제하지 않을래?"

집 앞에 이르러 치옥이가 이불과 담요가 널린 이층의 베란다를 올려다보며 나를 끌었다. 베란다에 이불이 널린 것은 매기 언니가 집에 없다는 표시였다. 매기 언니는 집에서는 담요를 씌운 침대 속에 들어가 있었다.

나는 맞은편의 우리 집을 흘긋거리며 망설였다. 할머니나 어머니는 치옥이네를 양갈보집[9]이라고 불렀다. 그러나 이 거리의 적산 가옥[10]들 중 양갈보에게 방을 세 주지 않은 것은 우리 집뿐이었다. 그네들은 거리로 면한 문을 활짝 열어 놓고 거리낌 없이 미군에게 허리를 안겼으며 볕 잘 드는 베란다에 레이스가 달린 여러 가지 빛깔의 속옷들과 때 묻은 담요를 널어 지난밤의 분방한 습기를 말렸다. 여자의 옷은, 더욱이 속엣것은 방안에 줄을 매고야 너는 것으로 알고 있는 할머니는, 천하의 망종들이라고 고개를 돌렸다.

치옥이의 부모는 아래층을 쓰고 위층의 큰방을 매기 언니가 검둥이와 함께

8_ **쿠리**: 쿨리(coolie). 육체노동에 종사하는 하층의 중국인·인도인 노동자. 19세기에 아프리카·인도·아시아의 식민지에서 혹사당함.

9_ **양갈보집**: 서양인을 상대로 몸을 파는 여자(양갈보, 양공주)가 사는 집

10_ **적산 가옥**: 1945년 8·15해방 이전까지 한국 내에 있던 일본인 소유의 가옥

세 들어 있었다. 치옥이는 큰방을 거쳐 가야 하는 협실과도 같은 좁고 긴 방을 썼다. 때문에 나는 아침마다 치옥이를 부르러 가면 그때까지도 침대 속에 머리칼을 흩뜨리고 누워 있는 매기 언니와 화장대의 의자에 거북스럽게 몸을 구부리고 앉아 조그만 은빛 가위로 콧수염을 가다듬는 비대한 검둥이를 만났다. 매기 언니는 누운 채 손을 까딱거려 들어오라는 시늉을 했으나 나는 반쯤 열린 문가에 비켜서서 방안을 흘끔거리며 치옥이를 기다렸다. 나는 검둥이는 우울한 남자라고 생각했다. 맥없이 늘어진, 두꺼운 가슴팍의 살, 잿빛 눈, 또한 우물거리는 말투와 내게 한 번도 웃어 보인 적이 없다는 것이 그러한 느낌을 갖게 한 것이다.

"학교 갈 때는 길에서 불러라. 검둥이는 네가 아침에 오는 게 싫대."

치옥이가 말했으나 나는 매일 아침 삐꺽대는 층계를 밟고 올라가 매기 언니의 방문 앞을 서성이며 치옥이를 불렀다.

"매기 언니는 밤에 온다고 그랬어, 침대에서 놀아도 괜찮아."

입덧이 심한 어머니는 매사가 귀찮다는 얼굴로 안방에 드러누워 있을 것이고 오빠는 땅강아지를 잡으러 갔을 것이다. 할머니는 기다렸다는 듯 막젖이 떨어진 막냇동생을 업혀 내쫓을 것이었다.

커튼으로 햇빛을 가린 어두운 방의 침대에 매기 언니의 딸인 제니가 자고 있었다. 치옥이는 벽장문을 열고 비스켓 상자를 꺼내어 꼭 두 개만 집어 들고는 잘 닫아 다시 넣었다. 비스켓은 달고, 연한 치약 냄새가 났다.

"이거 참 예쁘다."

내가 화장대의 향수병을 가리키자 치옥이는 그것을 거꾸로 들고 솔솔 겨드랑이에 뿌리는 시늉을 하며 '미제야,'라고 말했다. 치옥이는 다시 벽장 속에 손을 넣어 부시럭대더니 사탕을 두 알 꺼냈다.

"이거 참 맛있다."

"응, 미제니까."

치옥이가 또 새침하게 대답했다. 제니가 눈을 말갛게 뜨고 우리를 보고 있었다.

"제니, 예쁘지? 언니들은 숙제를 해야 하니까 조금만 더 자렴."

치옥이가 부드럽게 말하며 손바닥으로 눈꺼풀을 쓸어 덮자 제니는 깜빡이 인형처럼 눈을 꼭 감았다.

매기 언니의 방에서는 무엇이든 신기했다. 치옥이는 내가 매양 탄성으로 어루만지는 유리병, 화장품, 페티코트, 속눈썹 따위를 조금씩만 만지게 하고는 이내 손댄 흔적이 없이 본대로 해 놓았다.

"좋은 수가 있어."

치옥이 침대 머릿장에서 초록색의 액체가 반쯤 남겨진 표주박 모양의 병을 꺼냈다. 병의 초록색이 찰랑대는 부분에 손톱을 대어 금을 만든 뒤 뚜껑을 열어 그것을 따라 내게 밀었다.

"먹어 봐. 달고 화하단다."

내가 한 모금에 훌쩍 마시자 치옥이는 다시 뚜껑을 가득 채워 꿀꺽 마셨다. 그리고 손톱을 대고 있던 금부터 손가락 두 마디만큼 초록색 술이 줄어들자 줄어든 만큼 냉수를 부어 뚜껑을 닫아 머릿장에 넣었다.

"감쪽같잖니? 어떻니? 맛있지?"

입안은 박하를 한 입 문 듯 상쾌하게 화끈거렸다.

"이건 비밀이야."

11_**빌로드** : 우단(羽緞), 벨벳(velvet)

매기 언니의 방에서는 무엇이든 비밀이었다. 서랍장의 옷갈피짬에서 꺼낸 빌로드[11] 상자 속에는 세 줄짜리 진주 목걸이, 여러 가지 빛깔로 야단스럽게 물들인 유리알 브로치, 귀걸이 따위가 들어 있었다. 치옥이는 그 중 알이 굵은 유리 목걸이를 걸고 거울 앞에서 단호하게 말했다.

"난 커서 양갈보가 될 테야, 매기 언니가 목걸이도 구두도 옷도 다 준댔어."

손끝도 발끝도 저리듯 나른히 맥이 풀려 왔다. 눈꺼풀이 무겁고 숨이 차오르는 건 방안이 너무 어둡기 때문일까. 숨을 내쉴 때마다 박하 냄새가 하얗게 뿜어져 나왔다. 나는 베란다로 통한 유리문의 커튼을 열었다.

노오란 햇빛이 다글다글 끓으며 들어와 먼지를 떠올려 방안은 온실과도 같았다. 나는 문의 쇠장식에 달아오른 뺨을 대며 바깥을 내다보았다. 그리고 다시 중국인 거리의 이층집 열린 덧문과 이켠을 보고 있는 젊은 남자의 얼굴을 보았다. 그러자 알지 못할 슬픔이, 비애라고나 말해야 할 아픔이 가슴에서부터 파상(波狀)[12]을 이루며 전신으로 퍼져나갔다.

"왜 그러니? 어지럽니?"

이미 초록색 물의 성질을, 그 효과를 알고 있는 치옥이 다가와 나란히 문에 매달렸다. 나는 고개를 저었다. 그럴 수밖에 없는 것이 나는 이층집 창문에서 비롯되는 감정을 알 수도, 설명할 수도 없었으며 그 순간 나무 덧문이 무겁게 닫히고 남자의 모습이 사라졌기 때문이다.

유리 목걸이에 햇빛이 갖가지 빛깔로 쟁강쟁강 튀었다. 그 중 한 알을 입술에 물며 치옥이가 말했다.

"난 양갈보가 될 꺼야."

12_ **파상(波狀)** : 물결과 같은 모양

나는 커튼을 닫고 돌아와 침대에 누웠다. 그는 누구일까. 나는 기억나지 않는 꿈을 되살려 보려는 안타까움에 잠겨 생각했다. 지난가을에도 나는 그를 보았다. 이발소에서였다. 키가 작아 의자에 널판자를 얹고 앉아 나는 어머니가 일러 준 대로 말했다.

"상고머리예요. 가뜩이나 밉상인데 뒷박머리는 안 돼요."

그런데 다 깎은 뒤 거울 속에 남은 것은 여전히 뒷박머리였다.

"이왕 깎은 걸 어떡하니, 다음번에 다시 잘 깎아 주마."

"그러길래 왜 아저씨는 이발만 열심히 하지 잡담을 하느냔 말예요."

나는 바락바락 악을 썼다. 마침내 이발사는 덜컥 의자를 젖히며 말했다.

"정말 접시처럼 발랑 되바라진 애구나, 못쓰겠어, 엄마 뱃속에서 나올 때 주둥이부터 나왔니?"

"못쓰면 끈 달아 쓸 테니 걱정 말아요. 아저씨는 손모가지에 가위부터 들고 나와 이발쟁이가 됐단 말예요?"

이발소 안이 와아 웃음바다가 되었다. 나는 의기양양해서 사람들을 둘러보았다. 웃지 않는 건 이발사와 구석 자리의 의자에 턱수건을 두르고 앉은 젊은 남자뿐이었다. 그는 거울 속에서 물끄러미 나를 보고 있었다.

나는 문득 그가 중국인 남자라고 생각했다. 길 건너 비스듬히 엇비낀 거리에서만 보았을 뿐 한번도 가까이서 본 적이 없었으나 그 알 수 없는 시선의 느낌이 그러했다. 나는 목수건을 풀어 탁 거울 앞에 던져 놓았다. 그리고 또각또각 걸어나가 두 손으로 허리를 짚고 문께에 서서 말했다.

"죽을 때까지 이발쟁이나 해요."

그러고는 달음질쳐 집으로 돌아왔다. 아버지는 피난 시절의 셋방살이 혹은 다리 밑이나 천막에서 아이들을 끌어안고 밤을 새우던 기억에 복수라도 하듯 끊임없이 집 손질을 했다. 손바닥만한 마당을 없애며, 바느질을 처음 배운 계집애들이 가방의 안쪽이나 옷의 갈피짬마다 비밀 주머니를 만들어 붙이듯 방을 드리고 마루를 깔았다. 때문에 집안에는 개미굴 같이 복잡하게 얽힌 좁고 긴 통로가 느닷없이 나타나고, 숨으면 아무도 찾아낼 수 없는 장소로 꼭 한 군데는 있게 마련이었다.

나는 집으로 뛰어들어와 헌 옷가지나 묵은 살림살이 따위 잡동사니가 들어찬 변소 옆의 골방에 숨어 들어갔다. 빈 항아리의 좁은 아가리에 얼굴을 들이밀어도 온몸의 뼈가 물러앉은 듯한 센 물살과도 같은 슬픔은 사라지지 않았다.

그 뒤로도 나는 여러 차례 창을 열고 이켠을 보고 있는 그 남자의 시선을 느낄 수 있었다. 대개 배급소의 문 밖에 쭈그리고 앉아 석간신문을 기다리고 있을 때였다.

"제니, 제니, 일어나. 엄마가 왔다."

치옥이가 꾸며낸, 부드럽고 달콤한 목소리로 제니를 부르자 제니가 눈을 뜨고 일어나 앉았다. 치옥이가 아래층에서 대야에 물을 떠왔다. 제니는 비눗물이 눈에 들어가도 울지 않았다. 우리는 제니의 머리를 빗기고 향수를 뿌리고 옷장을 뒤져 옷을 갈아 입혔다. 백인 혼혈아인 제니는 다섯 살이 되었어도 말을 못 했다. 혼자 옷을 입는 것은 물론 숟갈질도 못해 밥을 떠 넣어 주면 한 귀로 주르르 흘렸다. 검둥이가 있을 때면 제니는 늘 치옥이의 방에 있었다.

"짐승의 새끼야."

할머니는 어쩌다 문 밖이나 베란다에 있는 제니를 보고 신기하다는 듯 혹은 할머니가 제일 싫어하는, 털 가진 짐승을 볼 때의 혐오의 눈으로 보며 말했다. 나는 제니를 보는 할머니의 눈초리가 무서웠다. 언젠가 집에 쥐가 끓어 고양이를 한 마리 기른 적이 있었다. 고양이가 골방에서 새끼를 일곱 마리나 낳자 할머니는 고양이에게 미역국을 갖다 주었다. 그리고는 똑바로 고양이의 눈을 쳐다보며 '나비가 쥐새끼를 낳았구나, 쥐새끼를 일곱 마리나 낳았구나.' 하고 노래의 후렴처럼 몇 번이고 되풀이했다. 그날 밤 고양이는 새끼를 모조리 잡아먹고 대가리만 남겨 피 칠한 입으로 야옹 야옹 밤새 울었다. 할머니는 기다렸다는 듯 일곱 개의 조그만 대가리들을 신문지에 싸서 하수구에 버렸다. 할머니가 유난히 정갈하고 성품이 차가운 것은 한 번도 자식을 실어 보지도 못했기 때문이라고 어머니는 말하곤 했다. 할머니는 어머니의 서모였다. '시집온 지 석 달만에 영감님이 처제를 봤다지 뭐예요. 글쎄, 그래서 평생 조면(阻面)[13]하시고 의붓딸에게 의탁하신 거지요.' 어머니는 먼 친척 할머니에게 소리를 낮춰 수근거렸다.

제니는 치옥이의 살아 있는 인형이었다. 목욕을 시켜도, 삼십 분마다 한 번씩 옷을 갈아 입혀도 매기 언니는 나무라지 않았다. 제니는 아기가 되고 때로 환자가 되고 때로 천사도 되었다. 나는 진심으로 치옥이가 부러웠다.

"너도 동생이 있잖아."

치옥이가 의아하게 물었다.

"의붓동생인걸."

"그럼 늬네 친 엄마가 아니니?"

나는 마른침을 꿀꺽 삼켰다.

"응, 계모야."

13_**조면(阻面)**: 오래 서로 만나 보지 못함.

치옥이의 눈에 단박에 눈물이 괴었다.

"그렇구나, 어쩐지 그럴 거라고 생각했었어. 이건 비밀인데 엄마도 계모야."

치옥이는 비밀이라고 했지만 치옥이가 의붓자식이라는 것을 모르는 사람은 동네에서 아무도 없었다. 우리는 비밀을 서로 지켜 주기로 손가락을 걸고 맹세했다.

"그럼 너의 엄마도 널 때리고, 나가 죽으라고 하니?"

"응, 아무도 없을 때면."

치옥이는 바지를 내려 허벅지의 피멍을 보이며 단호하게 말했다.

"난 나가서 양갈보가 되겠어."

나는 얼마나 자주 정말 내가 의붓자식이었기를, 그래서 맘대로 나가 버릴 수 있기를 바랐는지 몰랐다.

어머니는 일곱 번째 아이를 배고 있었다. 가난한 중국인 거리에 사는 우리들 중 아기는 한밤중 천사가 안고 오는 것이라든지 배꼽으로 방긋 웃으며 나오는 것이라는 것을 믿는 아이는 아무도 없었다. 여자의 벌거벗은 두 다리 짬에서 비명을 지르며 나온다는 것쯤은 누구나 다 알고 있었다.

러닝셔츠 바람의 지아이[14]들의 부대 안의 테니스 코트에 모여 칼 던지기를 하고 있었다. 동심원이 그려진 과녁을 향해 칼은 은빛 침처럼, 빛의 한 순간처럼, 청년의 머리에 돋아난 새치처럼 날카롭게 빛나며 공기를 갈랐다.

휙휙 바람을 일으키며 휘파람처럼 날아드는 칼이 동심원 안의 검은 점에 정확히 꽂힐 때마다 그들은 우우 짐승 같은 함성을 질렀고, 우리는 뜨거운

14_ **지아이** : GI. 미국인 병사를 일컫는 말

침을 삼키며 아아 목젖을 떨었다.

목표를 정확히 맞추고 한 걸음씩 물러나 목표물과의 거리를 넓히며 칼을 던지던 백인 지아이가, 칼이 손안에서 튕겨져 나오려는 순간 갑자기 발의 방향을 바꾸었다. 칼은 바람을 찢는 날카로운 소리로 우리를 향해 날았다. 우리는 아악 비명을 지르며 철조망 아래로 납작 엎드렸다. 다리 사이가 뜨뜻하게 젖어 왔다. 그리고 잠시 후 고개를 들어 킬킬대는 미군의 손짓이 가리키는 곳을 하얗게 질린 얼굴로 바라보았다. 우리의 뒤 두어 걸음쯤 떨어진 곳에서 가슴에 칼을 맞은 고양이가 네 발을 허공에 쳐들고 반듯이 누워 있었다. 거의 작은 개만큼이나 큰 검정 고양이였다.

부대의 쓰레기통을 뒤지는 도둑고양이였을 것이다. 우리가 다가가 둘러섰을 때까지도 날카로운 수염발이 바르르 떨리고 있었다. 갑자기 오빠가 고양이를 집어 올렸다. 그리고 뛰었다. 우리도 뒤를 따라 덩달아 뛰기 시작했다. 젖은 속옷이 살에 감겨 쓰라렸다.

미군 부대의 막사가 보이지 않는 곳에 이르자 오빠가 헉헉대며 걸음을 멈추었다. 그리고 비로소 손에 들린 것이 무엇인지 깨달은 듯 진저리를 치며 내동댕이쳤다. 검은 고양이는 털썩 둔탁한 소리를 내며 땅바닥에 떨어졌다.

"그걸 왜 갖고 왔니?"

한 아이가 비난하는 어조로 말했다. 도전을 받은 꼬마 나폴레옹은 분연히 고양이의 가슴팍에 꽂힌, 끝이 송곳처럼 가늘고 날카로운 칼을 빼어 풀섶에 쓱쓱 피를 닦았다. 그리고 찰칵 날을 숨겨 주머니에 넣었다.

"막대기를 가져와."

한 아니가 지난 봄 식목일의 기념식수 가지를 잘라 왔다. 오빠는 혁대를 끌러 고양이의 목에 감고 그 끝을 나뭇가지에 매었다. 그리고 우리는 묵묵히 거리를 지났다. 고양이는 한없이 늘어져 발이 땅에 끌리고 그 무게로 오빠의 어깨에 얹힌 나뭇가지는 활처럼 휘었다.

중국인 거리에 다다랐을 때 여름의 긴긴 해는 한없이 긴 고양이의 허리를 자르며 비껴 기울고 있었다. 머리에 서릿발이 얹힌 듯 희끗희끗 밀가루를 뒤집어 쓴 제분 공장 노무자들이 빈 도시락을 달그락거리며 언덕을 넘어 우리 곁을 지나쳐 갔다.

고양이의 검고 긴 몸뚱아리, 우리들의 끝없이 길고 두려운 저녁 무렵의 그림자를 밟으며 우리는 부두를 향해 걸었다. 그때 나는 다시 보았다. 이층의 덧문을 열고 그는 슬픈 듯, 노여운 듯 어쩌면 희미하게 웃는 듯한 알 수 없는 눈길로 우리의 행렬을 보고 있었다.

부두에 이르러 우리는 나뭇가지를 내려놓고 고양이의 목에 혁대를 풀었다. 오빠는 퉤퉤 침을 뱉으며 자꾸 흘러내리려는 바지허리를 혁대로 단단히 죄었다. 그리고 쓰레기와 빈 병과 배를 허옇게 뒤집고 떠 있는 썩은 생선들이 떠밀려 범람하는 방죽 아래로 고양이를 떨어뜨렸다.

해가 지고 있었으므로 우리는 공원으로 가기로 했다.

여느 때 같으면 한없이 올라가는 공원의 층계에 엎드려 층계를 올라가는 양갈보들의 치마 밑을 들여다보며, 고래 힘줄로 심을 넣어 바구니처럼 둥글게 부풀린 페티코트 속의 온통 맨다리뿐이라는데 탄성을 지르거나 혹은 풀섶에 질펀히 앉아서 '도라아 보는 발거름마다 눈무울 젖은 내애 처엉춘, 한마아는 과거사를 도리켜 보올때에 아아 산타마리아아의 종이이 우울리인다' 따위 늙은 창부 타령을 찢어지게 불러대었을 텐데, 우리는 묵묵히 하늘 끝까지라도 이어질 것 같은 층계를 하나씩 올라갔다.

공원의 꼭대기에는 전설로 길이 남을 것이라는 상륙 작전의 총지휘관이었던 노장군의 동상이 있었다. 그곳에서는 시가지 전체가 한눈에 들어왔다.

선창에 정박해 있는 크고 작은 배들의 깃발이 색종이처럼 조그맣게 팔랑이고 있는 사이 기중기는 쉬지 않고 화물을 물어 올렸다. 선창에서 멀찌 감치 물러나 섬처럼, 늙은 잉어처럼 조용히 떠 있는 것은 외국 화물선일 것이다.

공원 뒤쪽의 성당에서는 끊임없이 종을 치고 있었다. 고양이를 바다에 던질 때부터 아니 그 이전부터 우리 뒤를 따라오며 머리칼을 당기던 소리였다. 일정한 파문과 간격으로 한없이 계속되는, 극도로 절제되고 온갖 욕망과 성질을 단 하나의 동그라미로 단순화시킨 그 소리에는 한밤중 꿈속에서 깨어나 문득 듣게 되는 여름밤의 먼 우레 소리, 혹은 깊은 밤 고달프게 달려가는 기차 바퀴 소리에서와 같은, 이해할 수 없는 두려움과 비밀스러움이 있었다.

"수녀가 죽었나 봐."

누군가 말했다. 끊임없이 성당의 종이 울릴 때는 수녀가 고요히 죽어가는 것이라는 것을 우리는 모두 알고 있었다.

철로 너머 제분 공장의 굴뚝에서 욱컥울컥 토해 내는 검은 연기는 전쟁으로 부서진 도시의 하늘에 전진(戰塵)[15]처럼 밀려들고 있었다. 전쟁사에 길이 남을 것이라는 치열했던 함포 사격에도 제 모습을 고스란히 지니고 있는 것은 중국인 거리라고 불리는, 언덕 위의 이층집들과 우리 동네 낡은 적산 가옥들뿐이었다.

시가지 쪽에는 아직 햇빛이 머물러 있는데도 낙진처럼 내려앉는, 북풍에

15_ **전진(戰塵)**: 싸움터의 먼지

실린 저탄장의 탄가루 때문일까, 중국인 거리는 연기가 서리듯 눅눅한 어둠에 잠겨 들고 있었다.

시의 정상에 조망하는 중국인 거리는, 검게 그을린 목조 적산 가옥 베란다에 널린 얼룩덜룩한 담요와 레이스의 속옷들은, 이 시의 풍물(風物)이었고 그림자였고 불가사의한 미소였으며 천칭의 한쪽 손에 얹혀 한없이 기우는 수은이었다. 또한 기우뚱 침몰하기 시작한 배의, 이미 물에 잠긴 고물(船尾)[16]이었다.

시의 동쪽 공설 운동장에서 때 이른 횃불이 피어올랐다. 잔양(殘陽)[17] 속에서 그것은 단지 하나의 흔들림, 너울대는 바람의 자락이었다. 그리고 사람들은 와아와아 함성을 질렀다. 체코, 폴란드, 물러가라, 꼭두각시, 괴뢰 집단 물러가라, 와아와아. 여름 내내 햇빛이 걷히면 한 집에서 한 명씩 뽑혀 나간 사람들은 공설 운동장에 모여 발을 구르며 외쳤다.

할머니는 돌아와 밤새 끙끙 허리를 앓았다.

'중립국 감시 위원단 중 공산측이 추천한 체코와 폴란드가(그들은 소련의 위성 국가입니다) 그들의 임무를 저버리고 유엔군 측의 군사기밀을 캐내어 공산측에 보고하는 스파이가 되었기 때문입니다.'

전체 조회에서 교장선생님은 말했다.

무릎을 세우고 앉아 그 사이에 깊이 고개를 묻으면 함성은 병의 좁은 주둥이에 휘파람을 불어넣을 때처럼 아스라하게 웅웅대며 들려왔다. 땅속 깊숙이에서 울리는, 지층이 움직이는 소리, 해일의 전조로 미미하게 흔들리는

16_ **고물(船尾)** : 배의 뒤쪽
17_ **잔양(殘陽)** : 저녁 무렵의 기우는 햇볕

물살, 지붕 위에 핥으며 머무는 바람.

집으로 돌아왔을 때 어머니는 수채에 쭈그리고 앉아 으윽으윽 구역질을 하고 있었다. 임신의 징후였다. 이제 제발 동생을 그만 낳아 주었으면 좋겠다고 생각하며 나는 처음으로 여자의 동물적인 삶에 대해 동정했다. 어머니의 구역질에는 그렇게 비통하고 처절한 데가 있었다. 또 아이를 낳게 된다면 어머니는 죽게 될 것이다.

밤이 깊어도 나는 잠을 잘 수가 없었다. 마악 생기기 시작한 젖망울을 할머니가 치마말기를 뜯어 만들어 준 띠로 꽁꽁 동인 언니는 홑이불의 스침에도 젖이 아파 가슴을 싸쥐며 돌아누워 앓았다. 밤새도록 간단없이 들려오는 야경꾼의 딱딱이 소리, 화차의 바퀴 소리를 낱낱이 헤아리다가 날이 밝자 부두로 나갔다. 여전히 물결에 떠밀려 방죽에 부딪는 더러운 쓰레기와 썩은 생선들 사이에도, 더 멀리 닻 없이 떠 있는 폐선의 밑창에도 고양이는 없었다. 어느 먼 항구에서 아이들의 장대질에 의해 뼈가 무너진 허리 중동이[18]를 허물며 끌어올려질지도 몰랐다.

가을로 접어들어도 빈대의 극성은 대단했다. 해가 퍼지면 우리는 다다미를 들어내어 베란다에 널어 습기를 말리고 빈대 알을 뒤졌다. 손목과 발목에 고무줄을 넣은 옷을 입고 자도 어느 틈에 빈대는 옷 속에서 스멀대며 비린 날콩 냄새를 풍겼다. 사람들은 전깃불이 나가는 열두 시까지 대개 불을 켜 놓고 잠이 들었다. 불빛이 있으면 빈대가 덜 끓었기 때문이었다. 그러나 열두 시를 기점으로 그것들은 다다미 짚 속에서, 벌어진 마루 틈에서 기어

18_**중동이**: 중동. 사물의 중간 되는 토막

나와 총공격을 개시했다.

열은 잠 속에서 손톱을 세워 긁적이며 빈대와 싸우던 나는 문득 나무토막이 부서지는 둔탁하고 메마른 소리에 눈을 떴다. 오빠는 어느새 바지를 주워 입고 총알처럼 계단을 뛰어 내려가고 있었다. 바깥에서는 갑작스런 소음이 끓었다. 무슨 사건이 일어났구나, 나는 가슴을 두근대며 베란다로 나갔다. 불이 나간 지 오래되어 깜깜한 거리, 치옥이네 집과 우리 집 앞을 메우며 사람들이 가득 와글와글 떠들고 있었다. 뒤미처 늘어선 집들의 유리문이 드르륵 열리고 베란다로 나온 사람들이 무슨 일이냐고 소리쳤다. 죽었다는 소리가 웅성거림 속에 계시처럼 들렸다. 모여 선 사람들은 이어 부르는 노래를 하듯 입에서 입으로 죽었다는 말을 옮기며 진저리를 치거나 겹겹의 둘러싼 틈으로 고개를 쑤셔 넣었다. 나는 턱을 달달 떨어대며 치옥이의 집 이층 시커멓게 열린 매기 언니의 방과 러닝셔츠 바람으로 베란다의 난간을 짚고 아래를 내려다보고 있는 검둥이를 보았다.

잠시 후 요란한 사이렌을 울리며 미군 지프차가 달려왔다. 겹겹이 진을 친 사람들이 순식간에 양쪽으로 갈라졌다. 헤드라이트의 쏟아질 듯 밝은 불빛 속에 매기 언니가 반듯이 누워 있었다. 염색한, 길고 숱 많은 머리털이 흩어져 후광처럼 얼굴을 감싸고 있었다. '위에서 던져 버렸다는군.' 검둥이는 술에 취해 있었다. 엠피가 검둥이의 벗은 몸에 군복을 걸쳤다. 검둥이는 단추를 풀어헤치고 낄낄대며 지프차에 실려 떠났다.

입의 한 귀로 흘러내리는 물을 짜증을 내는 법도 없이 찬찬히 닦아주며 치옥이는 제니에게 물을 먹이고 있었다. 아무리 물을 먹여도 제니는 딸꾹질은 멎지 않았다.

"고아원에 가게 될 꺼야."

치옥이가 말했다. '봄이 되면 매기 언니는 미국에 가게 될 꺼야, 검둥이가 국제결혼을 해준대.'라고 말하던 때처럼 조금 시무룩한 말투였다. 그 무렵 매기 언니는 행복해 보였다. 침대에 걸터앉은 검둥이의 발을 닦아주는 매기 언니의, 물들인 머리를 높이 틀어 올려 깨끗한 목덜미를 물끄러미 보노라면 화장을 지운, 눈썹이 없는 얼굴로 나를 돌아보며 상냥하게 손짓했다. '들어와, 괜찮아.'

"제니는 성당의 고아원에 갔어."

이틀 후 치옥이는 빨갛게 부은 눈을 사납게 찡그리며 말했다. 매기 언니의 동생이 와서 매기 언니의 짐을 모조리 실어가며 제니만을 달랑 남겨 놓았다는 것이다. 치옥이네 이층은 꽤 오랫동안 비어 있었다. 그러나 나는 치옥이네 집에 숙제를 하러 가거나 놀러가지 않았다. 아침마다 길에서 큰 소리로 치옥이를 불렀다.

또 아이를 낳게 된다면 어머니는 죽을 것이라는 예감이 신념처럼 굳어가고 있었지만 어머니의 배는 치마 밑에서 조심스럽게 불러가고 있었다. 대신 매운 손맛과 나지막하고 독한 욕설로 나날이 정정해지던 할머니가 쓰러졌다. 빨래를 하다가 모로 쓰러진 후에 제정신이 돌아오지 않는 것이다. 할머니의 등에 업혀 살던 막내동생은 언니의 차지가 되었다. 대소변을 받아 내게 되자 어머니와 아버지는 할머니를 할아버지가 있는 시골로 보내는 것에 합의를 보았다.

"이십 년도 가는 수가 있대요. 중풍이란 돌도 삭인다니까요."

어머니는 작게 소곤거렸다. 그리고는 조금 큰 소리로, 미우니 고우니 해도 늙마에는 영감님 곁이 제일이에요 했고, 이어 택시를 대절해서 모셔야 해요 하고 크게 말했다.

할머니는 다시 아기가 되었다. 나는 치옥이가 제니에게 하듯 아무도 없을 때면 할머니의 방에 들어가 머리를 빗기고 물을 입에 떠 넣기도 하고 가끔 쉬이를 했는지 속옷을 헤치고 기저귀 속에 살그머니 손끝을 대어 보기도 했다.

할머니가 떠나는 날 어머니는 할머니의 옷을 벗기고 새로 빤 옷을 갈아 입혔다. 평생 자식을 실어 보지도 못한 몸이라 아직 몸매가 이렇게 고우시구나. 할아버지가, 할머니의 동생인 작은할머니와 그 사이에 낳은 자식들과 살고 있는 시골에 할머니를 모셔다 놓고 온 아버지는 한숨을 쉬며 더듬더듬 말했다.

"못할 짓을 한 것 같아, 그 집에서 누가 달가워하겠어, 개밥에 도토리지. 그런데 부부라는 게 뭔지……. 글쎄 의식이 하나도 없는 양반이 펄떡 펄떡 열불이 나는 가슴을 풀어헤치고 영감님 손을 끌어 당겨 거기에 얹더라니깐……."

"그러게 내가 뭐랬어요, 역시 보내드리길 잘했지. 평생 서리서리 뭉쳐둔 한인 걸요."

어머니는 할머니가 쓰던 반닫이의 고리를 열었다. 평소에 할머니가 만지지도 못하게 하던 것이라 우리들의 길게 뺀 목도 어머니의 손길을 따라 움직였다. 어머니는 차곡차곡 쌓인 옷가지들을 하나씩 들어내어 방바닥에 놓았다. 다리 부분을 줄여 할머니가 입던 아버지의 헌 내의, 허드레로 입던 몸뻬[19] 따위가 바닥에 쌓였다. 그리고 항라, 숙고사 같은 옛날 천의 옷이 나왔다. 점차 어머니의 손길에 끌려 나온, 지난날 할머니가 한두 번쯤 입고 아껴 넣어 두었을 옷가지들을 보는 사이 비로소 이제 할머니는 돌아오지 않는다, 이런 옷들을 입을 날이 없을 것이라는 생각이 들어 가슴 밑바닥에 바람

19_**몸뻬** : 여자들이 일할 때 입는 바지의 하나(일본말)

이 지나가듯 서늘해졌다. 할머니는 언제 저 옷들을 입었을까, 언제 다시 입기 위해 아끼고 아껴 깊이 넣어 둔 걸까.

마지막으로 어머니는 수달피 배자를 들어내고 밑바닥을 더듬었다. 그리고 손수건에 단단히 싼 조그만 물건을 꺼냈다. 어머니의 손길이 그대로 잽싸게 움직이는 동안 우리 형제들은 숨을 죽여 뚫어지게 그것을 바라보았다.

어머니는 의아한 얼굴로 눈살을 찌푸려 손수건 속을 들여다보았다. 그속에는 동강이 난 비취 반지, 퍼렇게 녹이 슬어 금방 부스러져 버릴 듯한 구리 혁대 버클, 왜정 때의 백동전 몇 닢, 어느 옷에 달았던 것인지 모를 크고 작은 몇 개의 단추, 색실 토막 따위가 들어 있었다.

"노친네도 참, 깨진 비취는 사금파리[20]나 다름없어."

어머니는 혀를 차며 그것을 다시 손수건에 싸서 빈 반닫이에 던져 놓았다. 내의 따위 속옷은 걸렛감으로 내어놓고 옷가지들은 어머니의 장에 옮겨 놓았다. 수달피는 고급품이어서 목도리로 고쳐 쓰겠다고 했다.

다음날 나는 아무도 몰래 반닫이를 열고 손수건 뭉치를 꺼냈다. 그리고는 공원으로 올라가 장군의 동상에서부터 숲 쪽으로 할머니의 나이 수대로 예순 다섯 발자국을 걸어 숲의 다섯 번째 오리나무 밑에 깊이 묻었다.

겨울의 끝 무렵 우리는 할머니의 부음을 들었다. 택시에 실려 떠난 지두 계절 만이었다. 산월을 앞둔 어머니는 새삼스럽게 할머니가 쓰던, 이제는 우리들의 해진 옷가지들이 뒤죽박죽 되는대로 쑤셔 박힌 반닫이를 어루만지며 울었다.

저녁 내내 아무도 찾아내지 못할, 골방의 잡동사니들 틈에서 숨을 죽이

20_ **사금파리** : 사기그릇의 깨진 조각

고 있던 나는 밤이 되자 공원으로 올라갔다. 아주 깜깜했지만 나는 예순다섯 걸음을 걷지 않고도 정확히 숲의 다섯 번째 오리나무를 찾을 수 있었다.

깊은 땅 속에서 두 계절을 묻혀 있던 손수건은 썩은 지푸라기처럼 축축하게 손가락 사이에 묻어났다. 동강난 비취 반지와 녹슨 버클, 몇 닢 백동전의 흙을 털어 가만히 손안에 쥐었다. 똑같았다. 모두가 전과 다름없었다. 잠시의 온기와 이내 되살아나는 차가움.

나는 다시 손안의 물건들을 나무 밑에 묻고 흙을 덮었다. 손의 흙을 털고 나무 밑을 꼭꼭 밟아 다진 뒤 일정한 보폭(步幅)을 유지하는 데 신경을 쓰며 장군의 동상을 향해 걸었다. 예순 번을 세자 동상이었다. 나는 고개를 갸웃했다. 분명히 두 계절 전 예순 다섯 걸음의 거리였다. 앞으로 다시 두 계절이 지나면 쉰 걸음으로도 닿을 수가 있을까, 다시 일 년이 지나면, 그리고 십 년이 지나면 단 한걸음으로 날 듯 닿을 수 있을까.

아직 겨울이고 깊은 밤이어서 나는 굳이 사람들의 눈을 피하지 않고도 쉽게 장군의 동상에 올라갈 수 있었다. 키를 넘는, 위가 잘려진 정사면체의 받침돌에 손톱을 박고 기어올라 장군의 배 위에 모아 쥔 망원경 부분에 발을 딛고 불빛이 듬성듬성 박힌 시가지를 내려다보았다. 지난해 여름 전지(戰塵)처럼 자욱이 피어오르던 함성은 이제 들려오지 않았다. 다만 조용했다. 귀 기울여 어둠 속에 부드럽게 흐르는 소리를 좇노라면 땅 속 가장 깊은 곳에서 숨어 흐르는 수맥이라도 손끝에 닿을 것 같은 조용함이었다.

나는 깜깜하게 엎드린 바다를 보았다. 동지나 해로부터 밤새워 불어오는 바람, 바람에 실린 해조류의 냄새를 깊이 들이마셨다. 그리고 중국인 거리, 언덕 위 이층집의 덧문이 열리며 쏟아져 나와 장방형으로 내려앉는 불빛과 드러나는 창백한 얼굴을 보았다. 차가운 공기 속에 연한 봄의 숨결이 숨어 있었다. 나는 따스한 핏속에서 돋아 오는 순(筍)[21]을, 참을 수 없는 근지러움으로 감지했다.

'인생이란⋯⋯'

나는 중얼거렸다. 그러나 뒤를 이을 어떤 적절한 말도 떠오르지 않았다. 알 수 없는, 다만 복잡하고 분명치 않은 색채로 뒤범벅된 혼란에 가득 찬 어제와 오늘과 수없이 다가올 내일들을 뭉뚱거릴 한마디의 말을 찾을 수 있을까.

다시 봄이 되고 나는 6학년이 되었다. 오빠는 어디서인지 강아지 한 마리 얻어 와 길을 들이는 중이었다. 할머니가 없는 집안에 개는 멋대로 터럭을 날리고 똥을 쌌다.

나는 일 년 동안 키가 한 뼘이나 자랐고 언니가 쓰던, 장미가 수놓인 옥스퍼드 천의 가방을 들게 된 것은 지난해부터였다.

우리는 겨우내 화차에서 석탄을 훔치고 밤이면 여전히 거리를 쥐떼처럼 몰려다니며 소란을 떨었으나, 때때로 골방에 틀어박혀 대본 집에서 빌려 온 연애소설 따위를 읽기도 했다.

토요일이어서 오전 수업뿐이었다. 회충약을 먹는 날이니 아침을 굶고 와요, 배가 부른 회충은 약을 받아먹지 않아요.

사람들은 이제는 집을 훨씬 덜 지었으나 해인초 끓이는 냄새는 빠지지 않는 염색 물감처럼 공기를 노랗게 착색시키고 있었다. 햇빛이 노랗게 끓는 거리에, 자주 멈춰 서서 침을 뱉으며 나는 중얼거렸다. '회충이 지랄을 하나 봐.'

치옥이는 깡통에 파마약을 풀고 있었다. 제분 공장에 다니던 치옥이의

21_ 순(筍) : 식물의 싹

아버지가 피댓줄에 감겨 다리가 끊긴 후 치옥이의 부모가 치옥이를 삼거리의 미장원에 맡기고 이 거리를 떠난 것은 지난겨울이었다. 나는 매일 학교를 오가는 길에 미장원 앞을 지나치며 유리문을 통해 치옥이를 보았다. 치옥이는 자꾸 기어 올라가는 작은 스웨터를 끌어당겨 바지허리 위로 드러나는 맨살을 가리며 미장원 바닥에 떨어진 머리칼을 쓸고 있었다.

나는 미장원 앞을 떠났다. 수천의 깃털이 날아오르듯 거리는 노란 햇빛으로 가득 차 있었다. 언제였지, 언제였지, 나는 좀처럼 기억나지 않는 먼 꿈을 되살리려는 안타까움으로 고개를 흔들며 집을 향해 걸었다. 그리고 집앞에 이르러 언덕 위의 이층집 열린 덧창을 바라보았다. 그가 창으로 상체를 내밀어 나를 손짓해 부르고 있었다.

내가 끌리듯 언덕 위를 올라가자 그는 창문에서 사라졌다. 그리고 잠시 후 닫힌 대문을 무겁게 밀고 나왔다. 코허리가 낮고 누른빛의 얼굴에 여전히 알 수 없는 미소를 띠고 있었다.

그는 내개 종이 꾸러미를 내밀었다. 내가 받아 들자 그는 몸을 돌려 안으로 들어갔다. 열린 문으로 어둡고 좁은, 안채로 들어가는 통로와 갑자기 나타나는 볕바른 마당과, 걸음을 옮길 때마다 투명한 맨발에 찰랑대며 묻어오르는 햇빛을 보았다.

나는 골방에 들어가 문을 잠근 뒤 종이 뭉치를 끌렀다. 속에 든 것은 중국인들이 명절 때 먹는 세 가지 색의 물감을 들인 빵과, 용이 장식된 엄지손가락만한 등이었다.

나는 그것들을 금이 가서 쓰지 않는 빈 항아리 속에 넣었다. 안방에서는 어머니가 산고(産苦)의 비명을 지르고 있었으나 나는 이층으로 올라갔다. 그리고 숨바꼭질을 할 때처럼 몰래 벽장 속으로 숨어 들어갔다.

한낮이어도 벽장 속은 한 점의 빛도 들이지 않아 어두웠다. 나는 차라리 죽여 줘라고 부르짖는 어머니의 비명과 언제부터인가 울리기 시작한 종소리를 들으며 죽음과도 같은 낮잠에 빠져들어 갔다.

내가 낮잠에서 깨어났을 때 어머니는 지독한 난산이었지만 여덟 번째 아이를 밀어내었다. 어두운 벽장 속에서 나는 이해할 수 없는 절망감과 막막함으로 어머니를 불렀다. 그리고 옷 속에 손을 넣어 거미줄처럼 온몸을 끈끈하게 쥐고 있는 후덥덥한 열기를, 그 열기의 정체를 찾아내었다.

초조(初潮)[22]였다.

22_ **초조(初潮)** : 월경이 처음으로 나오는 일. 초경

오정희의 「중국인 거리」를 다 읽으셨나요?

그러면 작품의 내용을 생각하면서 이 소설의 인물, 사건, 배경 등 여러 요소들에 대한 자신만의 마인드맵을 그려 보세요~!

줄거리

　'나'의 가족들은 아버지의 일자리를 따라 피난지로부터 항구 도시인 인천의 외곽에 있는 중국인 거리로 이사를 온다. 그곳은 전쟁으로 인해 폐허가 된 건물들과 낯선 모습의 중국식 적산 가옥, 그리고 기지촌과 미군 부대가 있는 곳이다. '나'는 제분 공장에서 훔친 밀로 밀껌을 불고, 화차에서 훔친 석탄으로 간식을 바꾸어 먹으며 유년 시절을 보낸다. 공복에 먹은 회충약과 해인초를 끓이는 냄새로 인해 세상을 온통 회오리로 느끼며 중국인 거리에 이사 오던 날의 첫인상을 떠올리던 '나'는 언덕 위 이층집 창문에 나타나는 중국인 남자의 얼굴을 본다. 중국인 거리의 일상에는 아편쟁이 늙은 중국인들, 쿨리, 치옥이네 집에 세 들어 사는 양갈보 매기 언니, 매기 언니의 미제 물건이 탐나 커서 양갈보가 되겠다는 친구 치옥이가 있다. 함께 살던 흑인 병사에 의한 매기 언니의 죽음과 어머니의 서모로 어두운 삶을 살다 간 할머니의 죽음을 거치면서 '나'는 삶의 유한성을 깨닫고 되고 정신적인 성숙을 경험한다. 6학년이 된 '나'에게 중국인 청년은 선물 꾸러미를 건넨다. 어머니는 난산 속에서 여덟 번째 아이를 낳고, 낮잠에서 깨어난 '나'는 절망감과 막막함 속에서 초조(初潮)를 맞이한다.

주제

전쟁으로 인한 비극적 현실에 대응하는 삶의 양상
비극적 현실 체험과 고뇌를 통한 인간의 정신적 성장

- **등장인물**
  · **나** : 성장의 아픔을 겪는 열두 살 소녀
  · **치옥** : 나의 급우. 의붓자식이며, 매기언니의 동생
  · **매기언니** : 흑인 병사에 의해 죽임을 당하는 양공주
  · **중국인 남자** : 주인공이 내면을 자각하는 계기가 되는 인물
- **배경** – 6·25전쟁 직후 항구 도시의 중국인 거리
- **시점** – 1인칭 주인공 시점
- **성격** – 사실적, 체험적, 회상적
- **출전** – 『문학과 지성』(1979)

문제 풀기

모범답 → p. 271

1. 이 글의 지은이가 독자들에게 궁극적으로 말하고자 한 것은? (　)
   ① 도시 체험의 중요성
   ② 중국인 거리의 더러움
   ③ 자유민주주의의 소중함
   ④ 전쟁으로 인한 삶의 허무함
   ⑤ 정신적인 성장을 위한 고통

2. 이 글의 마지막에 나오는 '초조(草潮)'가 상징하는 것은 무엇일까요?

   ....

   ....

   ....

22

춘향전(春香傳)

 작자 미상

준비

'춘향전'은 작자·연대 미상의 고전 소설로서 한국인이 가장 좋아하는 사랑의 이야기
입니다. 이본이 120여 종이나 되고, 제목도 이본에 따라 다르지요. 원래는 입에서 전해
지는 판소리로 불리다가 조선 후기에 소설로 정착된 판소리계 소설의 하나이나, 문장체
소설로 바뀐 것도 있으며, 한문본도 있습니다. 창극, 신소설, 현대소설, 연극, 영화 등으
로도 개작되었으며, 한국문학 작품 중에서 가장 널리 알려지고 사랑받는 고전이라고
할 수 있습니다.

집중

이 작품은 신분을 초월한 자유연애와 평등사상을 고취한 반봉건적 문학으로서,
고전 소설 중 최대 걸작으로 평가되고 있습니다. 이 작품의 뛰어난 문학성은 해학과
풍자에서 비롯됩니다. 조선 말기 가렴주구의 세태와 몰락해 가는 부패한 관료 봉건제도
에 대한 고발, 미천한 신분인 춘향의 수절을 통한 민중의 저항정신이 잘 나타나 있지요.
변 사또에 대한 춘향의 반항은 어떤 의미를 가지며, 춘향·이도령의 사랑과 오늘날 젊은
이들의 사랑의 방식에는 어떤 차이가 있는지 생각하며 읽어 보세요.

춘향전(春香傳)

-
-
-

[전략]

이때는 삼월이라 일렀으나, 실은 오월 단오일이었다. 천중지가절[1]이라고 하는 이때를 맞아, 월매(月梅) 딸 춘향(春香)이도 또한 시와 글, 음악에 능통하니 이 좋은 절기를 모를 리 없었다.

추천[2]을 하려고 향단(香丹)이를 앞세우고 내려오는 춘향이의 자태는 이루 말할 수 없이 고왔다. 난초같이 고운 머리는 두 귀를 눌러 곱게 땋아 금봉채[3]를 가지런히 꽂고, 비단치마를 두른 허리는 가는 버들처럼 힘없이 드리운 듯하였다.

아름답고 고운 태도로 아장거리며 흐늘거리며 가만가만 밖으로 나와 우거진 수풀 속으로 들어가니, 녹음방초가 우거져 금잔디 좌르륵 깔린 곳에 황금 같은 꾀꼬리는 쌍쌍이 오고 가며 날아들 때, 무성한 버드나무에 백척장고[4] 높이 매고 그네를 타려고 한다. 수화유문[5] 초록 장옷 남방사[6]

1_**천중지가절** : 天中之佳節. 일년 중 가장 양기가 왕성한 때
2_**추천** : 鞦韆. 그네 타기
3_**금봉채** : 金鳳釵. 봉황을 새긴 금비녀
4_**백척장고** : 百尺丈高. 백 자나 되는 매우 높은 높이

홑단치마 훨훨 벗어 걸어두고, 자줏빛 비단 가죽신을 썩썩 벗어 던져두고, 흰 비단 속치마를 턱 밑까지 훨씬 추켜올리고, 연숙마[7] 그네 줄을 섬섬옥수[8] 넌지시 들어 양 손에 갈라 잡고, 흰 비단 버선 신은 두 발길로 살짝 올라 발을 구르며 가는 버들 같은 고운 몸을 단정히 노니는데, 뒷단장 옥비녀 은죽절[9]과 앞치레 볼 것 같으면 밀화장도[10]와 옥장도며 광원사[11] 겹저고리 제색 고름에 태가 난다.

"향단아 밀어라."

한 번 굴러 힘을 주며 두 번 굴러 힘을 주니 발밑에 가는 티끌 바람 좇아 펄펄 앞뒤로 점점 멀어간다. 머리 위에 나뭇잎은 몸을 따라 흐늘흐늘 오고 갈 때, 춘향이 그네 타는 모습을 살펴보니, 녹음 속에 붉은 치맛자락이 바람결에 내비치니 구만장천백운간[12]에 번갯불이 쏘는 듯 첨지재전홀언후[13]이다. 앞으로 얼른 하는 모습은 가벼운 제비가 떨어지는 복숭아 꽃잎 하나 채려고 쫓아가는 듯하고, 뒤로 번듯 하는 모습은 센 바람에 놀란 나비가 짝을 잃고 날아가다 돌아서는 듯하고, 무산선녀(巫山仙女)[14]가 구름 타고 양대 위에 내리는 듯하였다.

춘향이 그네를 타며 나뭇잎도 물어보고 꽃도 질끈 꺾어 머리에다 살짝 꽂으며,

5_ **수화유문** : 水禾有紋. 품질 좋은 비단
6_ **남방사** : 藍紡紗. 비단의 일종
7_ **연숙마** : 軟熟麻. 잿물에 담갔다 솥에 찐 삼의 껍질
8_ **섬섬옥수** : 纖纖玉手. 가냘프고 고운 여자의 손
9_ **은죽절** : 銀竹節. 대마디 모양으로 만들어 여자의 쪽에 꽂는 은으로 된 장식품
10_ **밀화장도** : 평복에 차는 작은 칼
11_ **광원사** : 윤기 나는 가공하지 않은 실
12_ **구만장천백운간** : 九萬長天白雲間. 한없이 높고 넓은 하늘에 떠있는 흰구름 사이
13_ **첨지재전홀언후** : 瞻之在前忽焉後. 바라보니 앞에 있다가 갑자기 뒤에 가 있다
14_ **무산선녀** : 巫山仙女. 무산지몽(巫山之夢)의 고사에서 유래함. 초(楚)나라의 양(襄)왕이 꿈에 만난 선녀

"얘, 향단아. 그네 바람이 사나워서 정신이 아찔하구나. 그넷줄을 붙들어라."

하니, 향단이 그네를 붙들려고 무수히 왔다 갔다 하며 한창 이리 노닐 적에 시냇가 너른 바위 위에 옥비녀가 떨어져 쟁쟁하고 소리를 낸다.

"비녀, 비녀."

하는 소리는 산호채[15]를 들어 옥쟁반을 깨치는 듯, 춘향이의 그 태도와 그 모습은 세상 인물 아닌 것 같다.

제비도 봄 한 철을 날아 오고가는데, 이도령(李道令)은 마음이 울적하고 정신이 어찔하여 별 생각이 다 나는 것이었다. 혼잣말로 헛소리처럼 중얼거리기를,

"오호[16]에 작은 배를 타고 범소백[17]을 좇았으니 서시[18]도 올 리 없고, 해성[19]의 달밤에 슬픈 노래로 초패왕[20]과 이별하던 우미인[21]도 올 리 없고, 천자의 대궐을 하직하고 백용퇴[22]로 시집간 후에 홀로 푸른 무덤에 머물렀으니 왕소군[23]도 올 리 없고, 장신궁[24]을 깊이 닫고 백두음[25]을 읊었으니 반첩여[26]도 올 리 없고, 소양궁[27] 아침 날에 시측[28]하고 돌아오니 조비연[29]도 올 리 없고, 낙포선녀인가, 무산선녀인가."

15_ **산호채**: 珊瑚釵. 산호로 만든 비녀
16_ **오호**: 五湖. 호주(湖洲) 동편에 있는 호수
17_ **범소백**: 范少伯. 춘추시대의 초(楚)나라 사람. 월(越)왕 구천(勾踐)을 도와 오(吳)나라를 멸망시킴.
18_ **서시**: 西施. 오(吳)나라 임금 부차(夫差)의 총애를 받던 월(越)나라의 미녀
19_ **해성**: 垓城. 한(漢)나라 유방(劉邦)과 항적(項籍)이 싸우던 곳
20_ **초패왕**: 楚覇王. 항적(項籍). 자(字)는 우(羽). 기원전 209년 군사를 일으켜 진(秦)나라를 쳐서 멸한 다음 스스로 서초(西楚)의 패왕(覇王)이라 함.
21_ **우미인**: 虞美人 항우의 총애를 받던 여인
22_ **백용퇴**: 지명.
23_ **왕소군**: 王昭君. 전한(前漢) 효원제(孝元帝)의 궁녀

하는데 이도령은 정신이 공중에 날아다니는 것처럼 제 정신을 차리지 못하니,
과연 결혼 안 숫총각이 분명하였다.

"통인[30]아."

"예."

"저 건너 꽃과 버들 사이에 오막가락 희뜩희뜩 얼른얼른하는 게 무엇인지
자세히 보아라."

통인이 살펴보고 여쭈었다.

"다른 무엇이 아니오라, 이 고을 기생 월매의 딸 춘향이란 계집아이입니다."

이도령이 엉겁결에,

"매우 좋다. 훌륭하다."

하고 말하니 통인이 다시 아뢰었다.

"제 어미는 기생이오나 춘향이는 도도하여 기생 구실을 마다하고 백화초엽[31]
의 글자도 배우고 여인이 갖추어야 할 재질과 문장을 다 갖추어 여염집[32]
처자와 다름이 없습니다."

이도령이 허허 웃고 방자를 불러 분부하였다.

"들은즉 기생의 딸이라니 급히 가 불러 오라."

방자가 여쭈오되,

24_ **장신궁** : 궁궐의 이름. 한(漢)의 태후(太后)가 거처하던 곳
25_ **백두음** : 白頭吟. 악부(樂俯)의 곡(曲) 이름
26_ **반첩여** : 班婕妤. 한대(漢代)의 여류시인. 장신궁에서 태후를 모시며 시부(詩賦)를 지음.
27_ **소양궁** : 궁궐의 이름
28_ **시측** : 侍厠. 측간에 모시고 감.
29_ **조비연** : 한나라 성제의 황후
30_ **통인** : 通引. 지방의 관장(官長) 밑에서 잔심부름을 하던 사람
31_ **백화초엽** : 온갖 종류의 풀과 꽃잎
32_ **여염집** : 일반 백성의 살림집

"춘향이는 설부화용[33]이 남방에 유명하여, 방[34], 첨사, 병부사, 군수, 현감, 관장님네 엄지발가락이 두 뼘가웃[35]씩 되는 양반 오입쟁이들도 무수히 보려 하였으나, 장강(莊姜)[36]의 색과 임사(姙姒)[37]의 덕행이며 이두(李杜)[38]의 문필이며, 태사의 조화롭고 순한 마음과 이비[39]의 정절을 품었으니, 춘향이는 오늘날 천하의 절색이요, 덕기 높은 여인이옵니다. 황공하온 말씀이지만 불러오기 어렵습니다."

하니, 이도령이 크게 웃으며 말하였다.

"방자야, 물건에는 각자 임자가 있음을 네가 모르는구나. 형산의 백옥과 여수의 황금에도 임자가 각각 있느니라. 잔말 말고 불러 오라."

방자가 이도령의 분부 듣고 춘향을 불러오려고 건너가는데, 맵시 있는 방자라 요지연[40]에서 서왕모[41]의 편지 전하던 청조[42]같이 이리저리 건너가서 말하였다.

"여봐라, 얘 춘향아."

갑자기 부르는 소리에 춘향이는 깜짝 놀라서 대답했다.

"무슨 소리를 그 따위로 질러 사람의 정신을 놀래느냐."

"이 애야, 말 마라, 일이 났다."

33_ **설부화용** : 雪膚花容. 눈처럼 흰 살갗과 꽃처럼 아름다운 얼굴
34_ **방** : 方. 관찰사
35_ **가웃** : 그 단위의 절반가량에 해당하는, 남는 분량을 이르는 말
36_ **장강(莊姜)** : 춘추시대 위장공(衛莊公)의 부인
37_ **임사(姙姒)** : 주(周)나라 문왕(文王)의 모친인 태임과 무왕(武王)의 모친인 태사
38_ **이두(李杜)** : 이백(李白)과 두보(杜甫)
39_ **이비** : 二妃. 우순(虞舜)의 두 비(妃)인 아황과 여영
40_ **요지연** : 瑤池宴. 요지에서 벌이던 잔치. 요지는 주(周)나라 목왕(穆王)이 서왕모와 만났다는 선경(仙境)
41_ **서왕모** : 西王母. 중국의 신화, 전설 등에 등장하는 여신
42_ **청조** : 靑鳥. 푸른 빛깔의 새 혹은 파랑새. 동방삭(東方朔)이 푸른 새가 온 것을 보고 서왕모의 사자(使者)라고 한 고사에서 사자 혹은, 편지를 일컬음.

"일이라니. 무슨 일?"

"사또 자제 도령님이 광한루에 오셨다가 너 노는 모양 보고 불러오란 영이 났다."

춘향이 화를 내어 말했다.

"네가 미친 자식이로구나. 도령님이 어찌 나를 알아서 부른단 말이냐. 이 자식, 네가 내 말을 종달새 열씨[43] 까듯 일러바쳤지?"

"아니다. 내가 네 말을 할 리가 없으니, 네 잘못이지, 내 잘못이냐? 네가 잘못한 이유를 들어 보아라. 계집아이 행실로 추천을 하려면, 제 집 후원 단장 안에 줄을 매고 남이 알까 모를까 은근히 매고 추천하는 게 도리에 당연한 것이야. 그런데, 광한루가 멀지 않은데다가, 또한 이곳은 한창 녹음이 우거져 꽃들은 만발하고, 풀들은 푸르고, 앞내 버들은 초록빛 장막을 두르고, 뒷내 버들은 유록장[44]을 둘러 한 가지는 늘어지고 또 한 가지는 펑퍼져 봄바람을 이기지 못하여 흐늘흐늘 춤을 추는데, 광한루 구경처에 그네를 매고 네가 뛸 때 외씨 같은 두 발길로 백운간에 노닐 적에 홍상 자락이 펄펄 날리고, 백방사 속곳 가랑이가 동남풍에 펄렁펄렁하고, 박속같은 네 살결이 백운간에 희뜩희뜩하니, 도령님이 보시고 너를 부르신 것이지 내가 무슨 말을 했단 말이냐? 잔말 말고 건너가자."

춘향이 대답하였다.

"네 말이 당연하나 오늘이 단오일인데, 비단 나뿐이겠느냐? 다른 집 처

43_ **열씨** : 삼씨

44_ **유록장** : 柳綠帳. 유록색의 휘장. 유록색은 푸른색과 누른색의 중간색

45_ **시사** : 時仕. 아전이나 기생 등이 그 매인 관아에서 맡은 일을 치르는 것

46_ **호래척거** : 呼來斥去. 사람을 오라고 불러놓고 다시 곧 쫓아 버리는 것

47_ **언즉시야** : 言則是也. 말인즉 바른 말이다.

자들도 여기 와 함께 추천하였으되 그럴 뿐 아니라, 설혹 내 말을 할지라도 내가 지금 시사[45]가 아니므로 여염 사람을 호래척거[46]로 부를 리도 없고 부른다 해도 갈 까닭이 없다. 당초에 네가 말을 잘못 들은 게로구나.”

방자 마음이 속상하고 볶이어 광한루로 돌아와 이도령에게 춘향이가 한 말을 전하니, 이도령이 그 말 듣고 방자에게 다시 일렀다.

“기특한 사람이로구나. 언즉시야[47]로되, 다시 가 말을 하되 이리이리 하여라.”

[후략]

「춘향전」을 다 읽으셨나요?

그러면 작품의 내용을 생각하면서 이 소설의 인물, 사건, 배경 등 여러 요소들에 대한 자신만의 마인드맵을 그려 보세요~!

춘향전

줄거리

숙종 때 전라도 남원의 퇴기 월매의 딸 춘향은 서울서 내려온 남원부사의 아들 이몽룡과 광한루에서 만나 백년가약을 맺은 후 행복한 나날을 보내게 된다. 그러다가 이몽룡이 영전하여 가는 아버지를 따라 한양으로 가게 되자, 두 사람은 애틋한 이별을 한다.

그 후 새로 남원 부사에 부임한 변학도는 춘향의 미모에 반해 수청을 강요하고, 춘향은 이를 거역한 죄로 옥에 갇혀 갖은 악형을 당한다. 한편 서울에 올라간 이 도령은 과거에 급제하여 삼남 암행어사로 내려온다. 거지로 가장한 어사는 변 사또의 생일잔치로 각 고을 수령들이 모여 취흥이 무르익은 자리에 나타나, 변 사또의 가렴주구(苛斂誅求)를 풍자하는 시를 지어 놓고 사라진다. 시 내용이 심상치 않음을 깨달은 좌중은 흥이 깨어지고, 변 사또는 춘향을 처형하려 한다.

이때 암행어사 출도가 이루어지고 각 고을 수령들은 혼비백산하고 변 사또는 어사 앞에 복죄한다. 어사는 변 사또를 봉고파직하고, 춘향을 구출하여 서울로 데려가 정실부인을 삼는다.

주제

신분을 초월한 남녀의 사랑
유교적 정절
탐관오리에 대한 서민의 저항과 신분 상승의 의지

· 등장인물
· **성춘향** : 기생 월매의 딸로서 일부종사하는 전형적인 여주인공
· **이몽룡** : 양반의 자제로 신분을 초월한 사랑을 이루는 남주인공
· **이한림** : 이몽룡의 부친으로 전형적인 양반
· **월매** : 성춘향의 모친으로 성 참판의 소실이 된 퇴기
· **방자** : 해학적인 남원 관아의 통인
· **향단** : 복종적인 춘향의 몸종
· 갈래 – 고전 소설(판소리계 소설, 애정 소설)
· 배경 – 조선 숙종 때의 전라도 남원과 한양
· 성격 – 해학적, 풍자적, 비판적, 사실적
· 출전 – 「열녀춘향수절가」(완판본)

모범답 → p. 271

1. 이 글의 내용과 일치하지 <u>않는</u> 것은? (   )

① 이도령은 통인과 방자를 데리고 광한루에 나와 있다.

② 이도령은 춘향이 그네 타는 모습을 보고 제 정신이 아니었다.

③ 춘향은 은근히 이도령이 자기를 불러주기를 기다리고 있다.

④ 춘향이 모친인 월매는 기생 노릇을 하고 있는 중이다.

⑤ 이도령은 춘향을 함부로 대해도 된다는 생각을 가지고 있다.

2. 춘향전의 표면 주제와 이면 주제는 각각 무엇일까요?

....

....

....

감상 쓰기

주인공이나 지은이에게 하고 싶은 말, 알게 된 점, 느낀 점 등

23

토끼전

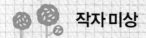

작자 미상

준비

'토끼전'은 조선 후기의 판소리계 소설로 작자와 연대는 알 수 없으며, 동물을 의인화한 우화소설입니다. 약 100여 종의 이본이 전하며, 명칭도 별주부전, 토별가, 수궁가, 토공전 등 다양합니다. 단순한 동물소설이 아니라 당시의 비판적 서민의식을 우화적 수법을 통하여 드러낸 소설이라는 점에서 중요한 의의를 지닌다 할 수 있지요. 이 작품은 판소리, 소설 외에 전래동화로도 전해지고 있으며, 오늘날에도 마당극이나 판소리 등으로 계속 공연되고 있는 우리 민족의 살아있는 고전입니다.

집중

"이것만은 꼭 생각하며 읽자."

이 작품에는 용왕에 대해 충성을 다하는 별주부와 이에 대립하는 문어, 위기를 지혜롭게 극복하는 토끼, 무능한 용왕의 모습 등이 해학적으로 드러나 있습니다. 즉, 이 소설은 단순한 동물의 이야기가 아니라 그 당시 지배 계층의 무능함과 어리석음, 권력계층의 상호 대립과 투쟁, 그리고 지배계층에 대한 비판적인 서민들의 의식을 반영하고 있는 우의적 성격의 작품인 것이지요. 해학과 풍자는 소설에서 어떤 역할을 하는지 생각하며 읽어 보세요.

토끼전

-
-
-

천하의 모든 물 중에 동해와 서해와 남해와 북해 네 바닷물이 제일 컸다. 그 네 바다 가운데에 각각 용왕이 있었으니, 동은 광연왕(廣淵王)이요, 남은 광리왕(廣利王)이요, 서는 광덕왕(廣德王)이요, 북은 광택왕(廣澤王)이라 하였다. 남과 서와 북의 세 왕은 무사태평하였으나, 오직 동해 광연왕이 우연히 병이 들어 천만 가지 약으로도 도무지 효험을 보지 못하였다.

하루는 왕이 모든 신하를 모으고 의논하였다.

"가련하도다. 과인의 한 몸이 죽어지면 북망산 깊은 곳에 백골이 진토에 묻혀 세상의 영화며 부귀가 다 허사로구나. 이전에 여섯 나라를 통일하여 다스리던 진시황(秦始皇)도 삼신산에 불사약을 구하려고 어린 남녀 오백 인을 보내었고, 위엄이 사해에 떨치던 한무제도 백대를 높이 짓고 승로반[1]에 신선의 손을 만들어 이슬을 받았으되, 하늘 명이 떳떳치 아니하여 필경은 여산의 무덤과 무릉침을 면치 못하였거늘, 하물며 나 같은 한쪽 조그마한 나라 임금이야 일러 무엇하리. 대대로 전해오던 왕의 기업[2]을 영원히 이별하고

1_ **승로반** : 承露盤. 한무제가 불사약인 이슬을 받기 위해 구리로 만든 그릇
2_ **기업** : 基業. 선대(先代)로부터 이어 오는 재산과 사업

죽을 일이 망연하도다. 고명한 의원을 널리 구하여 자세히 진찰한 후에 약으로 치료함이 마땅하도다."

하교[3]하여 왕이 계속 말을 하였다.

"과인의 병세가 심히 위중하니 경들은 아무쪼록 충성을 다하여 명의를 널리 구하여 과인을 살려서 군신이 더욱 서로 함께 즐겁게 지내도록 하라."

이에 한 신하가 여러 사람이 모인 반열로 나와 아뢰었다.

"신은 듣자오니, 오나라 범상국(范相國)이며 당나라 장정군이며 초나라 육처사(陸處士)는 오나라와 초나라 지경에 제일가는 세 호걸이라 하오니, 세 사람을 찾아 문의하옵소서."

모두 보니 선조 적부터 정성을 극진히 하던 공신인데, 수천 년 묵은 잉어였다. 왕이 들으시고 옳게 여기시어 가까운 신하를 보내어 그 세 사람을 청하니 수일 만에 다 왔다. 이에 왕이 전좌[4]하고 세 사람을 인도하여 본 후 고마운 뜻을 나타내어 말했다.

"선생들이 과인의 청함으로 인하여 천리를 멀리 여기지 아니하시고, 누추한 곳에 왕림하시니 불안하고 감사하여 하노라."

세 사람이 왕을 공경하며 대답하여 말했다.

"생의 무리가 세상에 덧없는 인생으로 청운[5]과 홍진[6]을 하직하고, 강산 풍경을 사랑하와 오초강산 궁벽한 곳에 임의로 왕래하며 무정한 세월을 헛되이 보내옵더니, 천만 뜻밖에 대왕의 명을 받자오니 황송하옵기 가이 없사이다."

---

3 _하교:下敎. 윗사람이 아랫사람에게 가르침을 베풂.
4 _전좌:殿坐. 임금이 옥좌에 나와 앉음.
5 _청운:靑雲. 벼슬
6 _홍진:紅塵. 속세

왕이 말하기를,

"과인이 신수가 불길하여 우연히 병든 지 지금 수년이나 되도록 약 신세도 많이 하였건마는, 범상한 의술이라 그러한지 종시 효험을 조금도 보지 못하오니, 선생은 죽게 된 목숨을 살려 주시기를 하늘같이 바라노라."

한즉 세 사람이 말을 하였다.

"술은 사람을 미치게 하는 약이오, 색은 사람의 수명을 줄이는 근본이로소이다. 대왕이 술과 색을 과도히 하시어 이 지경에 이르심이니 스스로 지으신 죄악이라 수원수구[7]하시오리까마는, 혹은 이르되 사람의 소년 한 때 예사라 하오니 저렇듯이 중한 병이 한 번 들면 회춘하기 어려운 병이로소이다. 푸른 산에 안개 걷히듯 봄바람에 눈 슬듯[8] 오장육부가 마디마디 녹아지니, 화타(華陀)[9]와 편작(扁鵲)[10]이 다시 살아나도 손쓸 수 없사옵고, 금강초와 불사약이 산더미같이 쌓였어도 즉시 효력을 볼 수 없사옵고, 인삼과 녹용을 장복하여도 재물이 쌓였어도 대속[11]할 수 없고, 용맹한 힘이 남보다 뛰어나도 제어할 수 없나이다. 이리저리 아무리 생각하여도 국운이 불행하고 천명이 다하여 없어지심인지, 대왕의 병환이 회복되시기가 과연 어렵도소이다."

왕이 다 들으시고 정신이 산란하여 말하였다.

"그러면 어찌할꼬? 죽을 자는 다시 살지 못하리로다. 이 세상 일 년에 한 번 저같이 좋은 이삼월 도리화[12]와 사오월에 녹음방초와 팔구월에 황국단풍과 동지섣달 설중매화며, 저렇듯이 아리따운 삼천 궁녀의 아미분대[13]를 헌신짝

7_ **수원수구** : 誰怨誰咎. 남을 원망하고 탓할 것이 없다.
8_ **슬듯** : 스러지듯, 없어지듯
9_ **화타(華陀)** : 중국 후한(後漢) 때의 명의
10_ **편작(扁鵲)** : 중국 전국시대(戰國時代)의 명의
11_ **대속** : 代贖. 남의 죄를 대신하여 당하거나 속죄하는 것
12_ **도리화** : 桃李花. 복숭아꽃과 배꽃
13_ **아미분대** : 蛾眉粉黛. 화장한 아름다운 여자

같이 버리고 속절없이 황천객이 되리니, 그 아니 가련하오? 설혹 효험이 없을 지라도 선생은 묘한 술법을 다하여 약방문[14]이나 하나 내어 주시면 죽어도 한이 없겠노라."

이에 세 사람이 웃으며 말하였다.

"생의 말을 들으신다면, 약방문이나 하여 올리리다. 상한 병에는 시호탕[15] 이요, 음기가 허하여 나는 병에는 보음익기전[16]이요, 열병에는 승마갈근탕[17] 이요, 원기부족증에는 육미지탕[18]이요, 체증에는 양위탕[19]이요, 다리 통증 에는 우슬탕[20]이요, 눈병에는 청간명목탕[21]이요, 풍증에는 방풍통성산[22]이라. 천병만약에 증세 따라 약을 지어줌이 다 당치 아니하옵고, 신통한 효험이 있는 것 한 가지가 있사오니, 바로 토끼의 생간이라, 그 간을 얻어 더운 김에 진어[23]하시면 즉시 병환이 나아 회복되시오리이다."

왕이 말하기를,

"어찌하여 그 간이 좋다 하느냐?"

하니 대답하여 여쭈었다.

"토끼란 것은 천지개벽한 후 음양과 오행[24]으로 된 짐승이라, 병을 음양 오행의 상극으로도 고치고 상생으로도 고치는 법이라, 토끼 간이 두루 제

14_ **약방문** : 藥方文. 약을 짓기 위하여 약 이름과 분량을 적은 종이
15_ **시호탕** : 柴胡湯. 감기나 말라리아의 치료에 쓰이는 탕약
16_ **보음익기전** : 補陰益氣煎. 보혈이 되면서 외감(外感)을 푸는 탕약
17_ **승마갈근탕** : 升麻葛根湯. 주독(酒毒)을 푸는 약
18_ **육미지탕** : 六味之湯. 숙지황 등으로 짓는 가장 흔히 쓰는 보약
19_ **양위탕** : 養胃湯. 인삼을 주제(主劑)로 하여 달인 탕약
20_ **우슬탕** : 牛膝湯. 도가니탕
21_ **청간명목탕** : 淸肝明目湯. 간화(肝火)를 다스리는 탕약
22_ **방풍통성산** : 防風通聖散. 몸에 열이 많아서 부스럼이 나고 얼굴빛이 붉어지며, 배설이 잘 안될 때 쓰는 약
23_ **진어** : 進御. 임금이 먹고 입는 일을 높여 이르는 말
24_ **오행** : 五行. 우주에 운행하는 金·木·水·火·土의 다섯 가지 원기(元氣)

일 좋은 것이온데, 더구나 대왕은 물속 용신이시오, 토끼는 산속 영물이라, 산은 양이요, 물은 음이올뿐더러, 그 중에 간이라 하는 것은 더욱 목기[25]로 된 것이온즉, 만일 대왕이 토끼의 생간을 얻어 쓰시면 음양이 서로 화합하는 것이므로 신효하시리라 하옵나이다."

이에 하직하여 말하기를,

"녹수청산 벗님네와 무릉도원 화류촌에서 만나기로 금석같이 언약하고 왔삽기로, 무궁한 회포를 다 못 펴 드리옵고 총총히 하직하니, 바라건대 대왕은 옥체를 천만 보중하옵소서."

하고 섬에 내려 백운산으로 표연히[26] 향하였다.

왕이 그 세 사람을 보내고 즉시 만조백관을 모아 놓고 하교하여 말하였다.

"과인의 병에는 토끼 생간이 제일 신효한 약이요, 그 외에는 천만 가지 약이 다 쓸 데 없다 하니 나를 위하여 뉘 능히 토끼를 산 채 잡아올꼬?"

문득 일원대장이 출반주[27]하여 말하기를,

"신이 비록 재주 없사오나 한 번 인간에 나아가 토끼를 산 채 잡아오리이다."

하니, 모두 보니 머리는 두루주머니[28] 같고 꼬리는 여덟 갈래로 돋친 수천 년 묵고 묵은 문어였다.

왕이 크게 기뻐하여 말하기를,

"경의 용맹은 과인이 아는 바라. 급히 인간에 나아가 토끼를 산 채 잡아오면 그 공이 적지 아니하리라."

25_ **목기** : 木氣. 나무의 기운
26_ **표연히** : 훌쩍 나타나거나 떠나는 모양이 거침없이
27_ **출반주** : 出班奏. 여러 사람이 모인 반열에서 나옴.
28_ **두루주머니** : 허리에 차는 주머니의 하나

하고 장차 문성장군으로 봉하려 할 즈음에, 문득 한 장수가 뛰어 내달아 크게 외쳐 말한다.

"문어야. 네 아무리 기골이 장대하고 위풍이 약간 있다한들, 언변도 제일 넉넉지 못하고 생각도 부족한 네가 무슨 공을 이루겠다 하며, 또한 세상 사람들이 너를 보면 영락없이 잡아다가 요리조리 오려내어 국화송이며 매화송이처럼 형형색색으로 갖추갖추 아로새겨, 혼인잔치 환갑잔치에 크고 큰 상 어물접시 웃기거리[29]로 긴요하고, 재자가인[30]의 놀음상과 공문거족[31]의 식물상과, 어린아이의 거둘상과 오입장이 남 술안주에 구하느니 네 고기라. 무섭고 두렵지도 아니하냐. 이 어림 반 푼어치 없는 것아. 나는 세상에 나아가면 칠종칠금[32]하던 제갈량(諸葛亮)과 같이 신출귀몰한 꾀로 토끼를 산 채 잡아오기 용이하다."

모두 보니 그는 수천 년 묵은 자라이니, 별호는 별주부였다.

문어가 그 말을 듣고 분기가 크게 일어나, 긴 꼬리 여덟 갈래를 샅샅이 엉벌리고 검붉은 대가리를 설설이 흔들면서 소리를 지르니, 물결이 뛰노는 듯 웅어눈[33]을 부릅뜨고 크게 꾸짖어 말한다.

"요망한 별주부야, 내 말 잠깐 들어 보아라. 포대기 속에 있는 어린아이가 장부를 저희[34]할 줄 뉘 알았으리오. 정말 그야말로 범 모르는 하룻강아지요, 수레 막는 쇠똥벌레로구나. 네 죄를 의논하고 보면 태산도 오히려 가

29_ **웃기거리** : 음식의 모양을 돋보이게 하고자 위에 꾸미는 재료
30_ **재자가인** : 才子佳人. 재주 있는 젊은 남자와 아름다운 여자
31_ **공문거족** : 公門巨族. 출세한 명문집안
32_ **칠종칠금** : 七縱七擒. 마음대로 잡았다 놓아줌을 이르는 말. 중국 촉나라의 제갈량이 맹획(孟獲)을 일곱 번이나 사로잡았다가 일곱 번 놓아주었다는 데서 유래함.
33_ **웅어눈** : 웅어(熊魚)처럼 가늘고 길게 찢어진 눈
34_ **저희** : 沮戱. 훼방 놓아 해롭게 함.

볍고 황하수가 도리어 얕다 하겠으니, 그것은 다 그만 덮어두고 첫 문제로 네 모양을 볼 것 같으면, 사면이 넓적하여 나무접시 모양이라. 작고 못 생기기로 둘째가라면 대단 싫어할 터이지. 요따위 자격에 무슨 생각이 들어 있으리오. 그뿐만 아니라 세상 사람들이 너를 보면 잡아다가 끓는 물에 솟구쳐서 자라탕을 만들어 양반들과 세도 가문의 자제들이 구하는 것이 네 고기라. 무슨 수로 살아오랴?"

이에 자라가 반박을 한다.

"너는 우물 안 개구리라. 한 가지만 알고 두 가지는 알지 못하는도다. 지나[35]에서 세상을 주름잡던 초패왕(楚覇王)[36]도 해하성에서 패하였고, 유럽에서 각국을 응시하던 나파륜(拿破崙)[37]도 바다의 섬 중에 갇혔는데, 요마한 네 용맹을 뉘 앞에서 번쩍이며, 또는 무슨 지식이 있노라고 내 지혜를 헤아리느냐? 참으로 내 재주를 들어보아라. 만경창파[38] 깊은 물에 기엄둥실 사족을 바투 끼고 긴 목을 움치며 넓적이 엎드리면, 둥글둥글 수박이오, 편편 납작 솥뚜껑이라. 나무 베는 목동이며 고기 잡는 어부들이 무엇인지 모를 터이니, 장구[39]하기는 태산이오, 평안하기는 반석이라. 남모르게 다니다가 토끼를 만나 보면 어린아이 젖국 먹이듯, 뚜쟁이 과부 호리듯, 이 패 저 패 두루 써서 간사한 저 토끼를 두 눈이 멀젛게 잡아올 것이요, 만일 시운이 불행하여 못 잡아 오는 경우이면 수궁에 돌아와서 내 목을 대신하리라."

문어 할 수 없이 주먹 맞은 감투가 되어 슬쩍 웃으며 뒤통수를 툭툭 치고

35_ **지나**: 支那. 중국
36_ **초패왕(楚覇王)**: 중국 진시황의 뒤에 일어난 유명한 장수 항우(項羽)의 높인 이름
37_ **나파륜(拿破崙)**: 나폴레옹
38_ **만경창파**: 萬頃蒼波. 끝없이 너른 바다
39_ **장구**: 長久. 매우 길고 오램.

흔들흔들 달아나니, 만조백관이 주부의 생각과 언변을 한없이 칭찬하였다. 자라가 다시 엎드려 왕께 아뢰어 말하였다.

"소신은 물속에 있는 물건이옵고, 토끼는 산속에 있는 짐승이온즉 그 형용을 자세히 알 수 없사오니 화공을 패초[40]하시와 토끼 형용을 그려 주옵소서."

이에 용왕이 옳게 여기어 화공을 패초하니, 지나로 이르면 인물 그리던 모연수(毛延壽)[41]와 대 잘 그리던 문여가(文與可)[42]며, 조선으로 이르면 산수 그리던 겸재(謙齋)[43]와 나비 잘 그리던 남나비[44]며, 그 외에 오도자(吳道子)[45], 김홍도(金弘道)[46]와 같이 유명한 여러 화공들이 많이 준비하고 기다리는데, 왕이 명하여 토끼의 화상을 그려 들이라 하시니, 화공들이 전교를 듣고 한 처소로 나와 보니 여러 가지 그림 도구 찬란하다. 고려자기 연적이며, 남포청석 용연[47]이며, 한림풍원 해묵[48]이며, 중산 황모무심필[49]과 눈같이 하얀 종이며, 백녹자주홍 여러 가지 물감이 전후좌우에 벌여 있었다.

이에 화공들이 둘러앉아서 토끼 화상을 그리는데, 각기 한 가지씩 맡아 그려 토끼 한 마리를 만들어 냈다. 하나는 천하명산 좋은 경치 구경하던 저 눈 그리고, 또 하나는 두견 앵무 지저귈 때 소리 듣던 저 귀 그리고, 또 하나는 난초지초 등 온갖 향초 꽃 따먹는 입 그리고, 또 하나는 방장 봉래[50] 운무 중에 냄새 맡던 코 그리고, 또 하나는 동지섣달 설한풍에 방풍하던 털 그리

40_ **패초**: 牌招. 왕명으로 신하를 부름.
41_ **모연수(毛延壽)**: 한나라 때의 화가
42_ **문여가(文與可)**: 송나라 때의 화가로 대와 산수를 잘 그림.
43_ **겸재(謙齋)**: 조선 중기의 산수화가 정선(鄭敾)
44_ **남나비**: 남구만의 5대손인 남계우(南啓宇). 나비와 화초를 잘 그려 남나비라 불림.
45_ **오도자(吳道子)**: 중국 당나라 때의 화가 오도현(吳道玄)
46_ **김홍도(金弘道)**: 조선 영조 대의 서화가(書畵家)
47_ **용연**: 龍硯. 용이 새겨진 벼루
48_ **해묵**: 황해도 해주에서 나던 먹 이름
49_ **황모무심필**: 황모(족제비의 꼬리털)로 만든 붓

고, 또 하나는 만학천봉[51] 구름 깊은 곳에 펄펄 뛰던 발 그리니, 두 눈은 도리도리, 앞다리는 짤막, 뒷다리는 길쭉, 두 귀는 쫑긋, 뛸 듯 뛸 듯 천연한 토끼 모습 그대로였다.

왕이 보시고 크게 기뻐하여 모든 화공에게 각기 천금씩 상급하고, 그 화본을 자라를 주며 말하였다.

"어서 길을 떠나라."

이에 자라 재배하고 화본을 받아 들고 이리 접고 저리 접쳐 등에다 지자하니 물에 가라앉을 것이었다. 이윽히 생각하다 움친 목을 길게 늘려 한 편에 집어넣고 도로 움츠리니 전후가 도무지 염려 없게 되었다.

용왕이 신기하게 여기어 친히 잔을 들어 권하여 말하였다.

"경은 정성을 다하여 큰 공을 이루어 수이 돌아오면 부귀를 한가지로 하리라."

그리고 즉시 호혜청에 전교하여 전곡[52]의 다소를 생각하지 아니하고 별주부에게 사송[53]하시니, 별주부 천은에 대단히 감격하여 사은숙배[54]하고 만조백관을 작별한 후 집에 돌아왔다.

처자를 이별할 때 그 아내가 당부하여 말하였다.

"인간 세상은 위험한 곳이니 부디 조심하여 큰 공을 세워 가지고 수이 돌아오시기를 천만 축수하옵나이다."

자라가 대답하기를,

"수요장단[55]이 하늘에 달렸으니 무슨 염려가 있으리오. 돌아올 동안 늙

50_ **방장 봉래** : 방장산(方丈山)과 봉래산(蓬萊山). 여기에 영주산(瀛洲山)까지 합하여 중국의 삼신산(三神山)이라 함.

51_ **만학천봉** : 萬壑千峰. 첩첩이 겹쳐진 깊고 큰 골짜기와 많은 봉우리

52_ **전곡** : 錢穀. 돈과 곡식

53_ **사송** : 賜送. 임금이 신하에게 물건을 내리어 보냄.

54_ **사은숙배** : 謝恩肅拜. 임금의 은혜를 사례하여 공손하게 절함.

으신 부모와 어린 자식들을 잘 보호하라."

하고 행장을 수습하여 소상강과 동정호 깊은 물에 허위둥실 떠올라서 푸른 시내 흐르는 산속으로 들어가니, 이때는 꽃과 버들이 피는 좋은 시절이었다.

　초목군생 온갖 물건들이 다 스스로 즐거움을 가지고 있으니, 작작한[56] 두견화는 향기를 띠었는데 얼숭얼숭 호랑나비는 춘흥을 못 이기어서 이리 저리 흩날리고, 청청한 수양버들 늘어진 시냇가에 날아드는 황금 같은 꾀꼬리는 벗 부르는 소리로 구십춘광[57]을 희롱하고, 꽃 사이에 잠든 학은 자취 소리에 자주 날고, 가지 위에 두견새는 불여귀를 화답하니, 그야말로 별유천지비인간(別有天地非人間)[58]이었다. 소상강 기러기는 가노라 하직하고, 강남서 오는 제비는 왔노라 모습을 나타나고, 조팝나무에 비쭉새 울고, 함박꽃에 뒤웅벌이오, 방울새 떨렁, 물떼새 찍걱, 접동새 접둥, 뻐국새 벅, 까마귀 골각, 비둘기 국국 슬피 우니, 그것인들 좋은 경치가 아니겠는가. 천산과 만산에 홍장[59] 찬란하고 앞 시내와 뒤 시내에 흰 깁[60]을 펼친 듯, 푸른 대나무와 소나무는 천고의 절개요, 복숭아꽃과 살구꽃은 순식간의 봄이니, 기괴한 바윗돌은 좌우에 층층한데 절벽 사이 폭포수는 이 골 물 저 골 물 한 데 합쳐져 와당탕퉁텅 흘러가는 저 경개 무진 좋을시고.

　　[후략]

55_ **수요장단** : 壽夭長短. 오래 사는 것과 일찍 죽는 것
56_ **작작한** : 꽃이 핀 모양이 화려하고 찬란한
57_ **구십춘광** : 九十春光. 봄의 석달 90일동안
58_ **별유천지비인간** : 別有天地非人間. 인간세상이 아닌 별천지에 있다. 이백(李白)의 '산중문답(山中問答)'에 나옴.
59_ **홍장** : 紅粧. 붉은 꽃을 비유하는 말
60_ **깁** : 명주 실로 바탕을 좀 거칠게 짠 비단

「토끼전」을 다 읽으셨나요?

그러면 작품의 내용을 생각하면서 이 소설의 인물, 사건, 배경 등 여러 요소들에 대한
자신만의 마인드맵을 그려 보세요~!

줄거리

동해 용왕이 우연히 병이 들었는데, 어떤 약도 소용이 없었다. 그때 세 명의 도사가 왕의 병은 주색(酒色)이 원인이라고 하며, 토끼의 생간을 먹어야 병이 나을 것이라고 처방했다. 문어와 자라(별주부)가 서로 토끼를 잡아 오겠다고 다툰 끝에 별주부가 토끼를 잡아오기로 한다.

별주부가 토끼의 그림을 가지고 육지로 나와 토끼를 찾고는, 토끼에게 육지 생활이 위험하다고 강조하고, 용궁에 가면 행복하게 살 수 있다며 감언이설로 토끼를 유혹한다. 토끼는 별주부의 유혹에 넘어가 별주부 등에 업혀서 수궁으로 들어간다. 용왕이 토끼를 잡아서 간을 내오라고 하니 토끼가 놀라 간을 육지에 두고 왔다고 거짓말을 한다. 용왕은 토끼의 말을 믿고는 별주부에게 토끼를 육지에 데려다 주라고 한다.

육지에 도달하자 토끼는 간을 빼어놓고 다니는 짐승이 어디 있느냐며 별주부를 놀리고는 달아난다. 자라는 허탈한 마음으로 돌아가고 이후 용왕은 어찌 되었는지 아무도 모른다. 수궁에서 겨우 살아온 토끼는 경망스럽게 행동하다가 독수리에게 잡혔으나 또다시 꾀를 내어 위기를 모면한다.

주제

고난 극복의 지혜
우직한 충성심
허욕에 대한 경계

- **등장인물**
  - **토끼** : 허욕이 있으나 지혜로 위기를 극복하는 인물(평민)
  - **용왕** : 권위적이며 욕심 많은 어리석은 인물(지배층)
  - **자라** : 우직하고 충성심이 강하나 어리석은 인물(신하)
  - **자가사리** : 강직하며 소신과 분별력이 있는 신하
- **갈래** – 고전 소설(판소리계 소설, 우화 소설, 풍자 소설)
- **배경** – 옛날의 용궁과 봄날의 산속
- **성격** – 교훈적, 해학적, 풍자적, 우화적
- **출전** – 「토끼전」(완판본)

문제 풀기

모범답→p. 271

1. 이 글의 내용으로 알맞은 것은? (   )

① 자라가 산속에 들어간 때는 봄이다.

② 용왕은 토끼를 죽여서라도 잡아오라고 명령한다.

③ 문어는 자라한테 자기가 가지 않겠다고 양보한다.

④ 잉어는 용왕의 병이 절대 나을 수 없다고 충고한다.

⑤ 용왕은 신하들의 충성심을 시험하려고 아픈 척하고 있다.

2. 이 글에 나오는 용왕의 행동을 지도자라는 관점에서 비판해 보세요.

....

....

....

13 모범 경작생
1.① 2.표면적 갈등은 길서와 성두의 갈등, 이면적 갈등은 착취하는 일본 제국주의 세력과 착취당하는 우리나라 농민의 갈등이다.

14 백치 아다다
1.⑤ 2.수롱이가 돈을 벌면 반드시 자신을 배신할 것이라는 과대망상증에 빠져 있다는 점이다.

15 동백꽃
1.⑤ 2.점순이가 준 감자를 먹지 않아 그녀의 마음을 상하게 한 일 때문이다.

16 메밀꽃 필 무렵
1.③ 2.첫째, 허 생원이 처녀에게 잉태시킨 것처럼 당나귀도 강릉집 피마에게 새끼를 얻은 것. 둘째, 당나귀의 까스러진 갈기, 개진개진한 눈 등이 허 생원의 늙은 모습과 닮은 것

17 밤길
1.① 2.비극적 결말에도 불구하고 아무렇지도 않게 들려오는 개구리와 맹꽁이의 울음소리들은 소설의 침울한 분위기를 더욱 비극적으로 만드는 구실을 한다.

18 독 짓는 늙은이
1.① 2.전통적인 가치의 붕괴, 또는 문명 이전의 순수한 삶의 좌절을 의미한다.

19 불신 시대
1.② 2.종교는 인간의 영혼을 구원하고, 병원은 인간의 생명을 구하는 곳이어야 함에도 불구하고 더 타락하고 있다는 것을 보여줌으로써 사회의 불신이라는 주제를 강화하기 위해서이다.

20 풍경A
1.③ 2.구체적인 사건의 전개가 없고, 작중인물(영숙)로 하여금 제3자 입장에서 외부(내부) 풍경을 바라보게 한 점이다.

21 중국인 거리
1.⑤ 2.어린 소녀가 여성으로 변모하고 있다는 것, 즉 한 인간의 성숙을 상징한다.

22 춘향전
1.③ 2.표면 주제는 전통 윤리를 강조하는 여성의 정절, 이면 주제는 신분 제약을 벗어난 인간 해방이라고 할 수 있다.

23 토끼전
1.① 2.자신의 병에 대해 잘 알지도 못하면서 다른 사람들의 말만 믿고 따르려고 하는 등 지도자로서 가져야 할 지혜가 없으며 무능하고 우유부단하다.